메모리케어

메모리케어

진보라

장편소설

은행나무

목차

3장 기억하는 자들 ─────────────────

4장 Request for Deletion ─────────────────

─────────────

진세범 할아버지를 기억하며

프롤로그

누군가의 손가락이 사선을 그리며 자판기 화면 속 어두운 배경을 이리저리 훑어대자 돌연 한 송이의 꽃 형상이 피어난다. 나는 걸음을 멈춘 채 그 광경을 가만히 바라본다. 모든 것이 광고라는 것을 알면서도. 오래전 폐허로 변했던 도시가 다시금 새롭게 시작했다는 의미를 담은 현란한 샌드아트의 향연을 멍하니 감상한다. 흩어졌다가 다시 하나가 되기를 수없이 반복하는 이미지들을.

지평선 위 당당히 서 있는 세 사람을 표현한 그림자는 40년 전 기억관리시스템을 도입한 주요 결정권자들을, 칠흑처럼 어두운 화면에 차례로 수놓이는 불빛의 행렬은 메모리케어의 시작과 확산을 뜻한다.

손가락은 현란한 손놀림으로 단란한 대가족의 모습을 만

9

들어낸다. 할아버지와 할머니, 부모님과 어린아이의 얼굴이 화면 가득 들어찬다. 그들은 서로를 바라보며 활짝 웃고 있다. 나는 마른침을 삼킨다. 주름 가득한 두 노인의 얼굴에 네 번째 손가락이 닿는 순간, 그들의 얼굴은 빠르게 흩어져 고운 모래 입자로 돌아간다. 약물 자판기의 광고판 가장자리가 다시 새까맣게 변한다. 사라진 단란한 가족의 모습 대신 화면 아래에 있던 어린아이의 얼굴이 자리매김한다. 곁에 있던 가족이 사라졌음에도 남겨진 이들의 미소는 사라지지 않는다. 아무것도 기억하지 못할 테니까. 멍하니 영상을 바라보던 내 앞으로 약이 든 패키지 하나가 뚝 떨어진다.

당신의 행복을 지켜드려요, 믿으세요. 아우름.

나는 투입구를 향해 손을 뻗다가 잠시 머뭇거린다. 불량이면 어떡하지? 100% 정품인 메모리케어 용품은 썬시티에서나 가능한 일이라는 건 어린아이도 알고 있다. 겉으로 봐서는 이 약이 당첨인지 꽝일지 알 수 없다. 오늘밤 먹어봐야만 알 수 있을 것이다.

지금으로부터 40여 년 전, 계속되는 분쟁과 갈등에 지친 도시는 암울한 과거에서 벗어날 방법을, 평화로운 현재와 미래를 살아갈 수 있는 특별한 기억관리시스템을 만들었다. 도시 산하의 기억관리국에서 운영하는 '메모리케어'로 시민들의 기억을 긍정적으로 관리하고, 인간사에서 발생하는 모든 갈등의 싹인 가족의 생애주기를 관리하며, 가족 중 고인이 된 사람의 기억을 즉시 삭제하는 것.

이 모든 과정은 고도로 발달된 '브레인 업로딩 기술' 덕분에 가능한 일이다. 뇌에서 일어나는 모든 정신 작용이 디지털 데이터로 바뀌어 메모리케어의 메인 컴퓨터에 전송되고, 시민들의 의식과 무의식은 메모리케어의 서버에 동기화된다.

메모리케어가 없더라도 사람의 기억은 자연스레 망각되고 왜곡되며 재가공되지만, 기억관리 시스템은 기억의 정확도와 상관없이 작동된다. 그저 기억관리를 받고자 하는 개인이 해당 기억의 '기준점'을 떠올리며 그 기억의 좌표를 제공하는 것만으로도 메모리케어는 무의식에 잠재되어 있는 기억의 정확한 데이터를 샅샅이 추출해내고 제거한다.

단, 메모리케어는 사용자에게 두 가지 조건을 갖출 것을 요구한다.

메모리케어를 작동하게 할 특별한 약물과 헬멧.

일정한 수면 시간에 뇌를 이완시켜 케어를 가능케 하는 약물-아우름, 네이처팜, 도도-는 열여섯 번째 생일이 지난 사람이라면 누구나 자판기에서 구입할 수 있다. 메모리케어 용품인 약물을 복용한 사용자는 매일밤 잠들기 전에 원하는 기억을 무엇이든 골라 지울 수 있다. 아니, 조금 더 정확히 말하자면 처음부터 그 기억이 존재하지 않았던 것처럼 착각하게 된다. 방법은 간단하다. 메모리케어의 특수 헬멧을 쓴 채 지우고 싶은 기억을 또렷하게 연상해내는 것. 헬멧은 사용자의 움직임에 맞추어 부드럽게 변형되어 시민들은 수면 중에도 불편함을 느끼지 않는다. 그 과정에서 메모리케어는 시민들의 기억을 수면 중에 연동하고 일명 꼬리표로 불리는 기억의 기록을 출력한다.

사적인 감정이 배제된 사건의 전말이 객관적인 근거로만 기술된, 공정한 기억의 기록을. 지극히 솔직한 감정의 배출구인 꼬리표는 개인의 신상을 증명하는 절대적인 지표이자 개인의 무분별한 일탈을 막는 완벽한 장치가 된다.

내가 기억을 지우면 상대의 기억도 지워지는 동시에 쌍방의 꼬리표에 그 기록이 남는다. 나의 꼬리표에 기록된 타인의 부정적인 이미지는 나의 흠이 아니다. 오히려 다수가 경험한 부정적인 사건 사고는 꼬리표에서 공동체 의식을 형성하는 등 긍정적으로 작용하기도 한다. 강박적으로 완벽한 멘탈케어를 하는 썬시티에선 메모리케어 앞에서 기억을 떠올릴 때 편리한 기준점을 잡기 위한 원색의 아이템을 가지고 다닐 정도다.

그러니 언제 어디서든 언행을 조심하고 타인에게 폐를 끼쳐서는 안 된다.

어릴 때부터 어른들에게 귀가 아플 정도로 들었던 이야기를 수긍할 수밖에 없는 이유일 것이다. 자신도 모르게 타인을 거슬리게 한 모든 행적은 상대방의 꼬리표에 낱낱이 기록될 수 있기에, 시민들은 행동을 조심하게 된다. 대학교 진학부터 인사 평가, 연애와 결혼시장 등 인생의 중대사에서 꼬리표는 그 사람의 모든 정보를 대신 말해줄 테니. 요즘은 꼬리표의 차별화를 위해서 이를 역이용해 일부러 좋은 기억을 만들어 지운다. 그리고 그 기록을 꼬리표에 남긴다.

도시의 모든 기억과 연동되는, 일상 유지에 필요한 꼬리표의 기록을 얻기 위해서는 밤 12시 이전에 잠자리에 들어야 한다. 멘탈케어는 공식적으로는 시민의 의무가 아니지만 누구든 취침 시간을 어기면 처벌받는다. 과거 기억의 질서를 세운 위인들은 케어를 개인의 자유에 맡기겠다고 천명했지만 지금 그 질서에 따르지 않는 사람은 찾아보기 어려울 것이다. 기억의 질서가 세워진 건 내가 태어나기도 한참 전의 일이니까.

그러나 할아버지는 그 약을 불신했다. 보기만 해도 기분이 나빠지는 요상한 약물. 일평생 멘탈케어를 거부했던 할아버지는 메모리케어 용품을 늘 그렇게 불렀다. 도시에서 케어를 거부하는 어른들의 목록을 작성해본다면 우리 할아버지의 이름만 남을 것이 분명했다. 모든 걸 직접 확인해야만 직성이 풀리는 할아버지의 까다로운 성미는 옛날부터 유명했으니까. 할아버지가 열여섯 번째 생일이 다가오는 내게, 케어를 받지 말라며 말리지 않았던 사실이 신기했을 정도로.

하루아침에 모든 것이 뒤바뀌었다는 사실이 실감이 나지 않는다. 만 16년의 짧은 생을 살아오면서 기억을 지우고 싶었던 적은 별로 없었는데. 종종 도시에 크고 작은 재난이 닥쳐도 그저 감내해야 하는 일상이라고 여겨왔을 뿐. 누구나 태어나는 순간 안락하고 완벽한 보호막 대신 차갑고 딱딱한 맨바닥과 마주하는 것이 당연하니까. 세상에 태어난 이상 불행은 내게도 언젠가는 한 번쯤 닥칠 테니. 그러니 너 혼자서만 맨 정신으로 살아갈 순 없다는 주변의 말에 휘둘리지 않고 진정으로 원할 때, 정말 필요하다는 계시가 있을 때, 그때 케어를 받고 싶었는데. 분명 그렇게 굳게 결심했었는데.
지금 그 원칙은 너무도 쉽게 깨어지려 한다. 어른들의 염려와 같은 반 아이들의 비아냥에도 꿋꿋이 지켜왔던 신념은 하룻밤 사이에 무너져내렸다. 나는 다가올 미래에 무지한 채 대충 흘려보냈던 어제에 대한 벌을 받고 있는지도 모른다. 평범한 일상이 벌써 사무치게 그리워진다.
결국, 어쩌면 불량일지도 모르는 그 약물을, 집어든다.

1

질서

전날 아침

어제 아침 대문 앞에서 올려다본 하늘은 끄무레했다. 인생에서 단 하루뿐인 기념적인 날이라는 찬사와는 전혀 어울리지 않는, 그냥 우중충한 날. 언제든 굵은 빗방울을 쏟아낼 것만 같은 검은 구름. 그 아래서 팔을 앞으로 쭉 뻗은 채 피부에 비의 감촉이 닿기를 기다리던 나는 비 대신 할아버지의 카랑카랑한 목소리에 사정없이 얻어맞는다.

"보면 뭐가 바뀌기라도 한다냐? 그냥 우산 챙겨 가. 비 떨어진다! 응? 뭐 하냐, 얼른 받지 않고."

"아야, 할아버지! 귀 아파요. 작게 말해도 잘 들린다니까."

할아버지는 칠이 벗겨진 검은 장우산을 내 품에 떠민다. 빗물에 부식된 녹슨 쇠 냄새가 훅 끼쳐오지만 나는 싫은 내색 않고 우산을 펼쳐 올린다. 그대로 인사를 하고 계단을 내려가려다 말고 잠시 멈춘다. 할아버지는 오늘이 무슨 날인지 기억하고 있을까? 아니, 그냥 내가 먼저 말할까?

"할아버지. 나한테 뭐, 할 말 없어요?"

내가 씩 웃으며 운을 뗀다.

"무슨 말?"

할아버지가 고개를 갸웃거리며 나를 빤히 본다. 아무래도 일부러 모르는 척하는 건 아닌 것 같다. 정말로 아무것도 모르는 눈빛이잖아. 할아버지가 내 생일을 기억하지 못한 건 이번이 처음이다. 온몸의 피가 발끝으로 한꺼번에 쏟아지는 것 같은 끔찍한 기분을 웃음으로 포장하며 고개를 젓는다. 욕심을 버려야 해. 지금은 건강하시잖아. 처음으로 알츠하이머 진단을 받았던 때보다 조금 더 야위긴 했지만, 곧 팔십이 되는 노인이라고는 믿기지 않을 만큼 할아버지의 얼굴에는 생기가 넘친다. 목소리는 또 얼마나 쩌렁쩌렁한지. 할아버지의 상태를 살피며 나는 안도한다. 도시에서 측정한 할아버지의 건강수명이 얼마나 남았는지는 알 수 없지만 적어도 오늘은 더 버틸 수 있겠다고. 그런 생각이 들 때마다 어쩌면 이별은 바로 눈앞에 와 있는지도 모른다.

온 힘을 다해 비의 무게를 간신히 버텨내고 있는 저 구름 떼처럼 할아버지도 언제든 무너져내릴 연약한 육체에 불과하니까. 하지만 할아버지의 기억은 언제까지 머물러줄까. 오랜시간 차곡차곡 쌓여왔던 것과 달리 기억이 무너지는 건 한

순간일 것이다.

"아녜요. 얼른 들어가봐요. 할아버지, 감기 걸리면 어떡해."

나는 할아버지가 자주 하던 것처럼 손을 앞으로 휘휘 내젓는다.

"누가 할 소리냐. 너야말로 길 미끄러우니까 조심하고. 응? 차 조심하고! 우산 어디다 놔두고 오지 말고 정신 똑바로 차려. 알았어?"

"알았어요, 어유…… 잔소리 좀 그만해."

이것 봐. 아직 멀쩡하시다니까. 괜히 기분이 울적해져서 나는 이만 안으로 들어가라며 할아버지를 떠민다. 아무리 그래도 올해는 특별한데. 그거 하나 기억하고 챙겨주기가 그렇게 어려운가? 아니지, 그래도 할아버진 정상이 아니잖아. 마음속에서 두 가지 생각이 번갈아가며 나를 괴롭힌다. 나는 할아버지가 챙겨준 우산을 옆구리에 끼고 서둘러 계단을 내려간다. 그러다 또 다른 우리 집 식구한테 붙들리고 만다. 온몸이 뽀얀 털로 뒤덮인 강아지 낑깡이. 위에서 내려다보면 꿈틀대는 하얗고 자그마한 애벌레 같지만, 고개를 치켜들면 동그란 갈색 무늬가 왼쪽 눈가에 선명한 영락없는 점박이 강아지이다. 나를 기다리고 있던 낑깡이는 불안한 눈으로 내 주위를 맴돌며 왔다 갔다 한다.

몇 개월 전 주인 잃은 빈집 앞에 버려져 있던 걸 주워다 키우겠다고 우길 때만 해도 손바닥만 했던 아이가, 이제는 내

등굣길을 가로막을 정도로는 컸다. 그래도 목소리는 여전해서 껑깡이 딴에는 있는 힘껏 짖어보려고 애를 써도 이름처럼 껑껑대는 소리만 나올 뿐이다.

"야, 너 어떻게 나온 거야? 마당에서 놀고 있으래두."

나는 껑깡이를 번쩍 들어 마당 안으로 넣어준다. 껑껑대는 껑깡이 소리를 애써 무시하면서 아래를 향해 달린다. 자칫 중심을 잃으면 꼬꾸라질 경사이지만, 이 동네에서 걸음마를 시작했고 매일같이 같은 계단을 오르내리는 나에게는 그저 익숙한 일상일 뿐이다. 특별함과는 거리가 먼 평범한 하루다. 특별한 날인데. 설렘 한 자락도 없을 줄이야.

나는 동네 어른들처럼 고개를 쭉 빼고 계단 끝을 내려다보며 모노레일 차량이 올라오기를 기다린다. 계단의 경사를 따라 사선으로 이어진 철제 레일 옆으로 낡은 주택들이 빼곡하게 보인다. 산의 경사지를 깎아 만든 산복도로 위에 세워진 우리 마을에서 아래로 내려갈 수 있는 교통수단은 모노레일뿐이다. 탑승 기회를 놓친 사람들은 다음 차량이 도로 위로 도달할 때까지 꼬박 30분을 기다려야 한다. 유치원 시절부터 지금까지 언제나 등하교를 함께했던 유나가 당번이라며 일찍 가는 바람에 혼자 정류장에 선 채 얼마간을 기다렸을까. 어디선가 불길함을 감지한 사람들에게서 퍼져나오는 웅성거림 사이로, 그 남자가 나타났다.

멘탈케어를 포기한 패배자들이 사는 우리 동네에서조차 한 달 사이에 두 번이나 RD(Request for Deletion) 리스트에 오른 남자. 그는 특색 없는 검은색 점퍼를 입고 정류장에서 조금 떨어진 곳에 가만히 서서 무표정한 얼굴로 주민들을 지켜보고 있다. 초점 없는 눈으로 동네를 배회한다는 소문과 달리 넋이 나간 것처럼 보이지는 않는다. 그의 외모는 지금 당장 썬시티의 출근길에 동참하더라도 위화감이 없을 정도로 멀끔하니까. 얼핏 보면 썬시티 주민들 특유의 냉랭한 분위기마저 느껴진다. 그러나 그것도 이제는 다 쓸모없는 일이다. RD 리스트에 한 번만 더 오르면, 남자는 기억관리국 공무원들에게 연행되어 이 마을에서 추방될 신세니까.

RD 대상으로 세 번 신고당해 추방된 자들이 어떻게 되는지 아는 사람은 아무도 없다. 그저 같은 신세의 인생 패배자들끼리 모여 비참하게 살아갈 거라는 추측만 무성할 뿐.

"하, 재수가 없으려니까 아침부터 저 인간을 또 보네. 여러분, 저 인간 어떻게 삭제요청 다시 올리면 안 되겠습니까? 벌써 몇 번쨉니까. 불안해서 살겠어요?"

제일 앞줄에서 모노레일을 기다리던 동네 수족관 주인 아저씨가 남자가 들으라는 듯이 큰소리를 낸다. 아무도 대답이 없다. 그저 이 사태가 더 커지기를 바랄 뿐.

삭제요청은 기억관리가 의미 없는 우리 동네에서, 메모리 케어 시스템과 꼬리표에 영향력을 행사할 수 있는 유일한 기회다. 리스트에 오르기를 바라는 사람은 없지만, 그게 자신만 아니라면 이야기가 달라진다.

"어떻습니까? 가만히 보고만 있지 마시고, 뜻이 있으신 분들은 손 한번 들어보시죠. 오늘밤에 저랑 같이 저 인간 내보내버립시다. 혹시라도 요청이 반려될 수도 있으니까 인원은 많을수록 좋겠죠."

마침내 아저씨의 외침에 반응한 사람은, 내 바로 앞에 서 있던 이름 모를 여대생이다. 단정하게 질끈 묶은 머리가 갑자기 뒤로 휙 돌면서 내 쪽을 향하는 바람에 나는 반사적으로 뒤로 물러난다. 이제 막 고등학교를 졸업한 것 같은 앳된 얼굴에서 작지만 분명한 경멸과 짜증이 흘러나온다.

"아, 진짜. 그걸 누가 모르나? 행위 증거가 있어야 올리지. 저 아저씨가 지금 여기서 난동을 피운 것도 아니잖아요. 막말로 그냥 저기 서서 우리를 쳐다보기만 한 건데 그게 행위 증거로 인정되겠어요? 네? 진짜 몰라서 그러는 거 아니죠?"

"학생, 방금 뭐라고 했어?"

"어떻게 그냥 올려요. 그랬다가는 허위 신고로 우리까지 피해를 보잖아요. 가뜩이나 우리 동네 평판도 안 좋은데. 그리고, 말이 나와서 말인데요. 저 아저씨 불쌍하지도 않아요? 이번 리스트에 이름이 올라가면 시체나 다름없는 인생을 살게 될 텐데."

거침없는 여대생의 발언에 나는 입을 떡 벌린다. 이럴 땐 모든 사람이 24시간 내내 스마트 기기에 연결되어 있었다는 과거와 달리 휴대전화에 전화 기능과 메시지 수신 기능만 남은 지금이 다행이라는 생각이 든다. 사진과 영상은 얼마든지 조작할 수 있지만 사람들의 뇌리에 각인된 기억은 속일 수 없으니까. 오로지 기억만이 진실이 된다. 꼬리표에 기록된 채 절대 사라지지 않는 사건들은 우리 동네 사람들을 참을성 없고 감정적인 사람들로 만들어버렸다.

"뭐가 어쩌고 어째? 새파랗게 어린 게 뭘 안다고 소리를 질러? 너 썬시티에 알바하러 가서도 그렇게 어른한테 바락바락 대드니? 아니겠지! 너 같은 애들이 밖에서는 온갖 고상한 척은 다 하고 다닌다더라."

여대생의 눈이 성난 반달이 된다. 그녀는 반달눈을 전혀 깜빡이지 않고 끝까지 자기 할 말을 이어간다.

"아저씨, 아저씨는 그러니까 평생 이 동네 안에서 야생 동물들 잡아다가 파는 일에서 못 벗어나는 거예요. 아저씨 가게, 말이 수족관이지 물고기는 몇 마리 없잖아요? 무작정 명단에 저런 사람들 이름만 올려댄다고 다가 아니라구요. 근본적인 해결책을 찾아봐야죠. 근본적인 걸."

불과 며칠 전에도 동물들의 사료값을 감당하지 못해 마을 밖에서 동물사체 이송 트럭을 불러야 했던 수족관 아저씨의 얼굴이 붉으락푸르락 달아오른다. 아저씨와 여대생의 서슬 퍼런 말싸움이 이어지는 동안 문제의 남자는 슬그머니 탑승

대기줄 끝에 자리잡는다. 대놓고 자신에게서 최대한 멀찍이 떨어지려는 주민들은 아랑곳하지 않는다는 듯, 습관성 미소를 띠고서. 아래로 휘어진 그의 눈은 친근하다기보다는 기괴한 인상을 준다.

남자는 제멋대로 모노레일의 운행 속도를 조정하려다 탈선 사고를 일으킬 뻔한 죄로 기억관리국이 주시하는 요주의 인물로 올라 있다. 사실 그는 잦은 고장으로 제 기능을 잃어가고 있는 낡은 모노레일을 향한 지독한 분노를 표출한 것뿐이었는데.

대략 1년 전일까.

남자는 지독한 자기 관리 끝에 썬시티의 이미지 렌탈숍에 납품될 기억의 이미지를 생산하는 대기업에 합격했다. 메모리케어 용품 대부분이 불량이라고 알려진 산복도로에서, 썬시티 태생이라도 된 것처럼 자신의 감정을 능숙하게 감추고 포장하며 타인의 꼬리표에 이름이 오르지 않은 유일한 산복도로 주민이 되었다는 사실은 면접관들에게 깊은 인상을 남겼다. 단 한 번도 누군가의 비위를 거스르지 않는 극단적인 방식으로, 남자는 정형화된 썬시티 대기업의 인재상을 완벽하게 흉내냈다. 사진이 불법이 아니던 시절, 유명한 사진작가였다는 그의 할머니와 그 업을 이어받은 아버지와는 완전히 다른 길이었다. 과거 그의 할머니는 유명인들의 모습을 자유롭게 렌즈 안에 담았지만 살아 움직이는 인간의 형상을 포착하고 간직하는 모든 행위가 금지되면서 카메라를 내려놓아야 했다. 사진사들은 용도에 맞게 특수 제작된 카메라로 기억관리국이 허가하는 유일한 인간의 초상인 영정만을 촬영할 수 있다. 금기시되는 죽음의 기억을 연상시키는 사진은 꺼림칙하다. 팔순이 넘어서도 누군가의 죽음을 기록하는 일을 멈추지 않는 할머니와 아버지를 따라 사진사가 되는 건, 죽을 때까지 이 마을에서 썩어가겠다는 뜻이다. 그래서 남자는 그 길을 거부했다.

기억의 불모지 같은 동네에서 마침내 자수성가할 길이 열렸다는 기쁨에 잠긴 것도 잠시. 그는 첫 출근길에 갑자기 멈춰버린 모노레일 차체 위에서 필사적으로 지각을 면하기 위해 방방 뛰어야만 했다. 산복도로의 모노레일이 없으면 출근 시간에 맞추어 아래로 걸어내려갈 방법은 없다. 썬시티의 외곽에서 산복도로 위에 있는 우리 마을까지는 자가용을 타도 두 시간이 훌쩍 넘게 걸리니까. 그러니 방방 뛸 수밖에. 자가용을 가진 집이 거의 없는 이 동네에서 남자가 할 수 있는 건, 단지 그 방법뿐이었다.

문제는 모노레일의 제동 장치에 있었다. 산복도로 윗마을과 아랫마을을 잇는 유일한 교통수단을 함부로 대할 만큼 어리석은 사람은 없었기에 지금껏 누구도 이 사실을 몰랐겠지만, 고지대에서 평지를 아득히 내려다보는 급경사의 모노레일은 안전사고 방지를 위해 이상 움직임을 감지하면 제동 장치가 작동되도록 설계되어 있었다.

남자는 자신의 마지막 몸부림이 오히려 비상 제동 장치를 더 견고히 만드는 꼴이 될 줄은 몰랐고, 동네 사람들의 심기를 건드릴 줄은 더더욱 몰랐다. 그날 밤 남자의 이름은 처음으로 RD 요청대상에 올랐고, 모노레일도 운행 중지 판정을 받았다. 좋은 기억을 꼬리표에 남기기도 전에 외려 남의 기억에 스크래치를 남기게 된 남자는, 좋은 사람이라는 가면 뒤에 꾸역꾸역 쌓아뒀던 자신의 분노를 터트렸다.

"씨발! 다들 고상한 척 좀 그만하라고! 그 꼬리표 쪼가리에 있는 기억이 진짜인 척 연기하지 말라고요, 예? 그거 다 가짜 기억이잖아! 막말로 내가 이미지를 만들어서 렌탈숍에 집어넣는 거랑 무슨 차이야? 거기 적혀 있는 사건들 진짜로 다 잊어버린 거 확실해요? 다 기억하고 있으면서…… 왜 우리끼리 거짓말을 해야 해요? 이럴 바에, 그냥 맨 정신으로 살면 안 되는 거예요?"

남자는 모노레일 사건을 조사하러 나온 공무원들 앞에서 돌돌 말린 기억의 꼬리표를 거칠게 흔들어대며 보란 듯 악을 썼다. 마을 주민 남자들이 그의 입을 막고 달래보려 해도 소용없었다.

"그래봤자, 썬시티 높으신 분들은 우리한테 관심 없으니까. 아직도 모르겠어요? 이 마을 출신이라는 것부터가 인생

패배자라는 뜻이에요. 이왕 그렇게 태어난 거 솔직하게 좀 살자! 어? 이 동네는 약물이 죄다 불량이라고 왜 말을 못해?"

도시의 이미지 렌탈숍 업계에서 회사의 이미지 관리는 필수이기에 사원의 악평 또한 치명적이다. 연속으로 RD 리스트에 오른 남자는 목격자들의 꼬리표에 낱낱이 기록된 평판 문제로 직장에서 해고 통보를 받았고 마침내 미쳐버렸다. 그러곤 그 일이 동네 사람들의 기억에서 잊힐 때쯤 썬시티 사람 특유의 가식적인 얼굴로 출근길에 나타나 모두를 놀라게 하고 있었다.

이 모든 일이 어찌 되었든 남자는 할아버지의 심기를 거스르는 존재다.

"총각은 대체 어느 동네 사람이야? 이 동네 사람이면 그만 거짓부렁이 같은 얼굴은 집어치워! 썬시티 사람 흉내를 내면 자기가 썬시티 사람이라도 되는 줄 착각하나본데. 아주 소름이 끼친다!"

며칠 전 남자의 가짜 웃음을 보면서 허공에 지팡이를 휘둘러대며 고함을 치던 할아버지의 목소리가 여전히 귓가에 생생했다. 혹여나 할아버지와 다시 마주쳐서 서로 언성을 높이기라도 한다면…… 할아버지는 남자와 같이 마을의 골칫덩이가 되고 말 것이다. 내가 알기로 우리 할아버지는 이 마을에서 멘탈케어를 받지 않는 유일한 사람이다.

도시에서 케어를 받지 않는 사람이 RD에 오른 전례가 있었나? 어쩌면 우리 할아버지가 그 최초의 사례가 될지도 모른다. 그러면 할아버지는 어떻게 될까? 혹시라도 얼마 남지 않은 할아버지의 건강수명이 더 빨리 종료되면 어떡하지? 그건 있어서는 안 될 일이다.

남자는 할아버지의 평온한 노후에 치명적인 시한폭탄이다. 그 폭탄을 손수 제거하기 위해 나는 대열에서 빠져나온다. 모두의 관심이 다른 곳으로 향해 있을 때 남자를 향해 가까이 다가간다. 남자는 자신과 비슷한 부류의 미소를 지어 보이는 나를 보며 눈을 끔뻑거린다. 내게서 미소가 사라지지 않는지 유심히 지켜본다.

"이 모노레일 말이에요. 너무 느려요, 그렇지 않아요?"

나는 남자가 원하는 천사 같은 웃음을 띤 얼굴을 끝까지 유지하면서 악마처럼 작게 속삭인다.

"어른들이 그러던데…… 차체 바닥을 세게 두 번만 내려치면 브레이크가 풀린대요. 어쩌면 아저씨가 다시 출근할 수 있을지도 몰라요."

나는 남자의 눈동자에 현실과 망상이 혼재된, 헛된 희망의 빛이 어리는 것을 본다. 몇 분 뒤 다른 탑승객들과 함께 모노레일에 오른 남자는 벽면에 달려 있던 비상탈출용 해머로 차체의 바닥을 세게 내리치고, 다시 한번 팔을 높이 치켜드는 순간 어른들에게 붙잡힌다. 딱 한 번만 더 하면 되는데 대체 뭐가 문제냐며 소리를 질러대면서. 수족관 아저씨는 이거 보라는 듯 의기양양하게 목소리를 내고 주민들은 차가운 눈길을 주고받으며 암묵적인 합의를 마친다. 남자를 다시 한 번 RD 리스트에 올려서 이번에는 정말로 마을에서 쫓아내 버리자고.

나는 죄책감이 없다. 남자는 자기 행동에 후회가 없었고 오히려 후련해했으니까. 어쩌면, 이 순간만을 기다려왔을지도 모르는 일이다.

어제 나는 할아버지를 성가시게 하는 모든 걸 치워버리겠다는 생각뿐이었다. 할아버지의 죽음은 도시의 그 누구도 기억하지 못하겠지만 적어도 살아 있는 동안엔 할아버지가 마음 편히 행복하게 살아야 한다는 비뚤어진 애정. 그걸 위해서라면 거리낄 일이 없다고 나는 굳게 믿었다. 오늘 학교 앞에서 청천벽력 같은 유나의 전화를 받기 전까지는.

"나, 이제 케어 시작하기로 했어."

평온한 일상에 균열이 가기 시작했다는 이 신호를, 어제는 미처 알지 못했다.

지키지 못할 약속

"뭘 시작한다고?"

"멘탈케어 시작할 거라고. 어젯밤 늦게 고모가 찾아왔었어. 썬시티로 가서 같이 살자고 하더라. 빠르면 오늘 안으로 바로 이사할 것 같아. 따로 챙길 건 없고 몸만 오라고 하더라."

열여섯 번째 생일이 지났으면서도 케어를 받지 않고 맨정신을 유지하는 특이한 학생으로, 나와 같은 별종 취급을 당하던 유나. 유나는 학교에서 있었던 시덥잖은 일들을 말하듯 거침없이 이야기를 이어갔다. 어느 날 갑자기 케어를 받을 마음의 준비가 된 것처럼. 나는 진짜 재미없는 농담이라며 핀잔을 주려고 타이밍을 보고 있다가 이 상황이 현실이라는 사실을 깨닫는다. 왜 하필 오늘일까? 핸드폰을 귀에 가져다댄 자세 그대로 바짝 굳어버린 내가 대답이 없자, 유나는 한숨을 쉬고서 말을 잇는다.

"내 말이 농담 같지? 나도 그랬으면 좋겠는데 진짜야. 봄이 네 얼굴을 보면서 말할 자신이 없어서…… 오늘 당번이라고 거짓말했어. 미안."

유나에게는 오래전 썬시티에 안정적으로 정착하면서 연락이 끊어진 고모가 하나 있다. 이름뿐인 고모. 작년에 유나의 부모님이 돌아가시고 유나가 기억관리국 미화팀에서 보낸 기억삭제 안내카드와 함께 덩그러니 남겨졌을 때도 소식이 없던 사람이다. 그때는 코빼기도 안 보이던 고모가 갑자기 유나를 입양하겠다고 찾아온 것이다. 유나는 고모가 자신을 갑자기 찾아온 이유를 내게 솔직하게 털어놓는다.

유나네 고모는 썬시티에서 꽤 유명한 동물애호가이자 동물 장례업체 대표다. 고인과 살아생전 함께 지내던 반려동물들을 데려가 깨끗하게 씻기고, 새로운 집에 입양을 보내며, 그 동물이 생을 다했을 때 간단한 장례를 치러주고 화장해주는 동물의 희로애락을 함께하는, 동물들의 진정한 친구.

그런 고모가 최근 썬시티에 함께 거주하는 가족이 없다는 이유로 고객들의 꼬리표 평가에서 감점을 당했단다. 그래서 고모는 유나한테 솔직하게 말했다고 한다. 너도 이제 다 컸으니까 돌려서 말할 필요는 없을 것 같다고. 급하게 꼬리표 점수를 만회해야 할 일이 생겼다고. 입양을 해야만 고객들의 신뢰를 회복할 수 있는 상황이라고 말이다.

유나는 다들 그렇게 산다며, 이유야 어찌 되었든 나를 보살펴주는 어른이 생긴다는 건 좋은 일이라고. 썬시티의 고모는 앞으로 자신에게 필요한 보호자의 책임을 다할 것이고 자신은 그렇게 그 집에 필요한 가족의 일원이 되어주면 되는 거라고. 하나뿐인 친구가 갑작스레 고하는 이별에 나는 울음이 터진다. 시한부 판정을 받은 할아버지보다 유나가 먼저 내 곁을 떠난다니. 그것도 하필 오늘.

"야, 울지 마. 죽으러 가는 것도 아니고. 그냥 축하해줘. 자주 놀러 올게."

수화기 너머로 당황한 목소리가 들려오지만, 나는 유나가 그 말을 지킬 수 없다는 사실을 알고 있다. 썬시티의 질서에 한번 편입된 사람은 떠나왔던 고향으로 다시는 발을 들이지 않았으니까. 유나도, 자신의 고모가 그랬듯이 이곳에 돌아오지 않을 것이다. 어쩌면 영원히.

"그래, 가서 행복하게 잘살면 됐지…… 그래도 가끔 통화는 할 거지?"

눈물을 참으며 어른스럽게 친구를 보내주려는 내게 유나는 또 다른 거짓말로 나를 달랜다.

"야, 가끔이 뭐야. 매일 할게. 그러니까 울지 마. 오늘은 너한테 특별한 날이니까 웃어야지."

학교에서 집으로 돌아오는 길에 올려다본 하늘은 할아버지의 염려와 달리 개어 있다. 먹구름은 없지만 군데군데 흰 구름이 보이는, 완전히 갠 날씨는 아닌 것 같은 어정쩡한 하늘. 평소와 다름없는 고요함에 숨이 턱 막힌다. 아침의 소동 때문인지 산복도로의 윗마을로 향하는 모노레일 탑승구 앞에 점검 표지판이 세워져 있다. 나는 끝이 보이지 않는 계단을 한 발 한 발 천천히 오른다. 걸음을 딛을 때마다 유나에 대한 생각을 떨쳐내려 애를 쓴다. 그렇게 한 시간은 올랐을까. 나는 이를 악문 채 고개를 든다. 그래도, 나에게는 아직 할아버지가 있다. 최소한 한 달의 시간을 함께 보낼 수 있는, 내게 가장 소중한 사람이 남아 있다. 그 시간이 조금이라도 더 오래 남기를 바랄 뿐이다. 나는 몇 년 전, 자판기에 가끔 찾아온다는 진짜 약물의 행운이 온 마을을 돌고 돌다가 마침내 우리 가족에게로 도착했던 날을 떠올린다. 어딘가 심상치 않은, 평소와는 느낌이 다른 기억의 꼬리표를 받아든 아빠의 눈이 왕방울만 해졌던 순간도. 아빠는 원하는 대로 기억을 지우고 그 기록을 확인하는 일상이 익숙한 썬시티 주민들처럼 덤덤하게 내 손을 잡고 집으로 돌아왔고, 뒤늦게 기쁨의 눈물을 쏟아냈다. 정말로, 꼬리표에 적힌 내용 그대로, 기억이 안 난다면서. 산복도로 주민답지 않게 감정 표출이 적고 과묵했던 아빠가 그날만큼은 활기가 넘쳤다. 이제는 산복도로에도 100% 정상품이 들어오는 게 아닐까 하는 헛된 기대감이 아빠뿐 아니라 온 집 안을 물들였다. 엄마는 멘탈케어와는 거리가 먼 할아버지 눈치를 보면서 내심 자신에게도 같은 행운이 찾아오기를 기대했다. 나는 할아버지가 그 모습에 버럭 화를 낼까 눈치를 보면서도 화를 내줬으면 싶었다. 그러나 할아버지는 아무 말 없이 자리를 떴다. 그 모습이 쓸쓸해 보여, 할아버지를 뒤따라 진료실로 들어갔다. 할아버지는 더 이상 손볼 곳도 없는 약재를 바닥에 일렬로 늘어놓고 한참을 매만졌다. 눈앞에 끝없이 펼쳐진 하늘이 땅에 가려져 보이지 않을 때까지 헉헉대며 쉬지 않고 단번에 계단을 뛰어오른다. 계단의 꼭대기 옆 골목 틈, 누렇게 빛이 바랜 담벼락 너머로 '치료사의 집' 간판이 붙은 하늘색 철문이 보인다. 나는 땀으로 축축해진 윗옷의 앞자락을 잡고 세게 흔들어 몸에서 뿜어져나오는 열기를 바깥으로 내보낸다. 입에 바람을 넣었다가 빼기를 반복하면서 경직된 얼굴을 억지로 반듯하게 편 다음, 할아버지를 위한 표정을 만든다. 온몸으로 철문을 밀면서 쾌활한 목소리로 나의 귀가를 알린다.

"할아버지, 다녀왔습니다!"

평소와 달리 반응이 없자 나는 계단을 오르다 어색한 마당의 광경에 그 자리에 얼어붙는다. 마당에 있던 커다란 장독이 산산조각 나 있다. 누군가가 단단한 연장으로 있는 힘껏 내리친 모양새로. 사방으로 흩어진 장독의 파편이 할아버지가 직접 키운 귀한 약재료와 뒤엉켜 바닥을 흥건하게 적시고 있다. 약재의 지독한 쓴 내가 코를 찌른다. 마당에 있어야 할 낑깡이도 보이지 않는다. 엄습하는 불안감에 나는 할아버

지의 장우산을 바닥에 내팽개치면서 현관문을 박차고 들어
간다. 현관에서 정면으로 보이는 부엌에 세 사람이 얼굴을
붉히고 서 있다. 초점 잃은 눈으로 허공을 바라보면서 팔을
높이 들어올린 채 누군가를 내리칠 기세인 할아버지, 그런
할아버지의 팔을 단단히 붙잡고 있는 아빠, 빨갛게 부어오른
뺨을 감싸고 있는 엄마가.

엄마는 나를 보자마자 얼른 얼굴에서 손을 떼고 애써 아
무렇지 않은 척한다. 할아버지가 휙 뒤돌아 방으로 들어가
버리자, 아빠가 바닥에 주저앉으며 머리를 감싸쥔다. 그 모
습에 엄마는 참았던 감정을 조금씩 흘려보내듯 작게 소리 내
어 울기 시작한다.

"아빠. 이게 다 뭐야…… 할아버지 왜 저래?"

나는 내게 닥쳐올, 아니 이미 닥쳐온 불행의 정체를 알면
서도, 애써 모르는 척 시간을 끈다. 아직은, 케어를 받고 싶지
않다. 메모리케어를 쓰고 싶지 않다. 머릿속에서 기억을 강
제로 도려내야만 하는 거대한 이별을 겪을 준비가 되어 있지
않다. 아직은 아니다. 나에게는 조금 더 시간이 필요하다.

"봄아. 방금 기억관리국에서 연락이 왔는데. 아버지가, 너
희 할아버지가…… 건강수명이 끝났다고……."

가슴이 철렁한다. 눈앞이 흐릿해지고, 심장 박동이 엄청나
게 빨라지는 듯하다가 돌연 멎을 듯이 먹먹해진다. 몇 년 전
가족들에게 할아버지의 건강주의 메시지를 보냈던 도시의

인공지능 컴퓨터가, 이번에는 할아버지의 건강수명이 완전히 끝났다고 판단한 것이다. 계산이 잘못된 건 아닐까.

도무지 믿을 수 없다. 나는 할아버지를 쫓아 방으로 들어간다. 문을 열자마자 익숙한 냄새가 코에 닿는다. 퀴퀴한 할아버지의 체취와 뒤섞인 진료실 특유의 한약재 냄새. 그러나 책상 앞에 꼿꼿하게 앉아 있는 할아버지의 뒷모습은 어딘가 낯설다. 치료사의 집에서 취급되는 약재가 정리된 전문서적들이 언제나 그랬던 것처럼 양면 책장에 가지런히 꽂혀 있고, 벽에 걸린 마름모꼴 옷걸이에 걸린 할아버지의 중절모와 옷가지들은 여전히 그 자리에 머물러 있는데도. 할아버지 한 사람만 사라지면 이 모든 건 다시는 보지 못할 풍경이 된다.

전문가의 진단 아래 이의 신청을 해보겠다는 마지막 희망을 걸면서, 아빠는 산복도로 윗마을의 유일한 의사인 마리사 할머니를 데려온다.

"이…… 빌어먹을…… 영감탱이……."

아빠를 따라 한걸음에 집으로 달려온 마리사 할머니가 턱까지 오른 숨을 고르며 중얼거린다. 치료사의 집과 의사 진료소를 지척에서 운영하던 할머니와 할아버지는 앙숙이라고 해도 과언이 아닐 정도로 사이가 별로 좋지 않았다.

"끝까지 사람 귀찮게 하네. 정말."

말은 그렇게 하면서도 마리사 할머니는 할아버지 머리맡에 왕진 가방을 내려놓기 바쁘게 진찰할 준비를 서두른다.

와중에도 앙숙이랍시고 뿌리치려는 할아버지를 힘으로 제압하면서 진료 도구로 이리저리 살펴보던 할머니의 얼굴이 심각해진다. 할머니는 잠시 밖에서 보자며 엄마 아빠와 나를 향해 손짓한다. 밖으로 우리를 불러낸 할머니는 단호하게 고개를 가로젓는다.

"어쩌다 이렇게까지 상태가 악화된 건지 모르겠지만 더 볼 것도 없구만. 이 정도면 당장 '그' 병원으로 가야 해. 자네가 받은 메시지에 오류가 있는 건 아닌 것 같아……."

그 병원이라는 말에 엄마 아빠의 얼굴에서 핏기가 사라진다. 잠시 솟구쳤던 희망은 한순간에 물거품이 되어 사라진다. 이제 도시의 규칙에 따라 할아버지를 떠나보내야 한다. 나는 있는 힘껏 주먹을 말아쥔다. 어디선가 낑낑거리는 소리가 나더니 낑깡이가 나타나 내게 안긴다.

"그래, 낑깡아. 할아버지 괜찮을 거야……."

그러나, 하나 남은 희망마저 사라져버렸다는 건 모두가 알고 있다.

"그럼…… 지금 바로 기억관리국에 전화해야 하나요? 어떻게 해야 합니까?"

아빠의 목소리에도 울음이 섞여 있다.

"말도 안 되는 소리 마. 이 할망구야. 거길 누가 간대. 거기를 갈 바에 내 집에서 죽을 거다."

어느새 방에서 빠져나온 할아버지가 인상을 쓰며 웅얼거

린다. 그 모습이 아침에 봤던 할아버지의 모습과 다를 바 없이 기운차 보여서 나는 말아쥔 주먹에 더욱 힘을 준다. 손톱 끝이 손바닥에 깊숙이 파고든다.

"그래. 영감쟁이 기운이 팔팔한 거 보니까 당장은 안 가도 되겠네."

마리사 할머니가 애증이 가득한 눈으로 할아버지를 빤히 바라보다가 한숨을 쉰다. 나는 고개를 돌리는 할머니의 눈망울에 눈물이 괴는 모습을 본다. 그러다 할아버지가 불쑥 할머니의 손목을 낚아채듯 붙드는 바람에 화들짝 놀란다.

"알고 있지? 만약에, 내가 없더라도 너희 집은 잘 지켜. 할망구야."

할아버지가 단호한 목소리로 말한다.

"그게 무슨 생뚱맞은 소리야."

갑자기 손목을 붙들린 마리사 할머니가 놀라서 눈을 크게 뜨며 대꾸하지만 할아버지는 그런 건 아랑곳하지 않는다는 듯 할 말을 이어간다.

"알겠어, 모르겠어? 대답해."

"……."

"돌아올 사람이 있을지도 모르잖아. 안 그래?"

나로서는 도통 무슨 말인지 알아들을 수 없는, 뜻 모를 과거의 대화를 이어가는 할아버지의 부리부리한 두 눈이 어느 때보다 총기로 반짝인다. 나는 더는 지켜볼 수 없을 것 같아서 옆으로 고개를 돌린다. 팔을 붙잡힌 채 그 자리에 가만히 서 있던 마리사 할머니가 마침내 입을 연다. 나와 같이 북받치는 감정을 지독하게 억누른 잔뜩 쉰 목소리로.

"그래, 자네 말이 맞아."

기어코 원하는 대답을 들은 할아버지가 만족한다는 듯 환하게 웃는다. 할머니는 그런 할아버지의 손을 따뜻하게 맞잡으며 마지막 인사를 건넨다.

속내를 알 수 없는 할아버지의 매서운 눈빛이 그의 며느리와 아들을 지나, 손녀인 나에게 와닿는다. 무언가 할 말이 있는 것처럼 그 시선은 올곧게 내 눈동자에 고정된다. 왈칵 눈물이 쏟아질 것 같아서 나는 고개를 떨군다. 언제나 이 순간을 떠올리며 마음의 준비를 해놨다고 생각했는데도. 4년 전 할아버지의 시한부 선고와도 같은 기억관리국의 메시지를 처음으로 받았을 때 나는 정말 후회 없이 할아버지를 보내고 싶었다. 할아버지는 일평생 약물을 거부했던, 내 곁의 유일한 어른이었다. 할아버지처럼 메모리케어를 쓰고 싶지 않다던 나를 이해해준 유일한 내 편. 나는 그런 할아버지를 보내는 날이, 정말로 올 거라고는 생각하지 못했나보다. 불 같은 할아버지의 신경을 거슬리게 하는 모든 것을 눈에 띄지 않도록 치워냈던 순간들이 뇌리를 스쳐지나간다. 건강수명 종료 메시지를 발송한 기억관리국 공무원들이 마을에 도착하기 전 잠시 자리를 비켜달라는 할아버지의 부탁에, 엄마 아빠는 얼마 안 되는 짧은 이별의 시간을 선뜻 내준다.

아침과 다를 바 없이 정정한 모습의 할아버지. 이제 곧 고인이 될 한 노인의 시선이 오롯이 나를 향한다.

"나중에."

밑바닥까지 완전히 가라앉은 할아버지의 목소리를, 나는 한 음절 한 음절 귀 기울여 듣는다.

"할애비가 세상을 뜨면은 네 방 나무 옷장 뒤를 확인해봐라. 거기에 네 선물을 숨겨뒀으니까."

할아버지는 세월의 흐름에 나무뿌리처럼 핏줄이 불거진 손으로 내 머리를 가볍게 쓰다듬는다.

"할아버지…… 기억하고 있었어요?"

나는 떨리는 목소리로 되물어보지만 할아버지는 그 이상 말을 하지 않는다. 그저 방을 꼭 확인해야 한다는 말만 반복할 뿐. 할아버지는 알겠냐, 모르겠냐, 대답을 꼭 들어야겠다는 말들과 함께 내 손등을 빠르게 툭툭 내리친다.

"약속할게……. 나무 옷장 뒤를 확인해볼게요."

나는 마리사 할머니가 그랬던 것처럼 할아버지의 두 손을 꼭 잡으며 울먹인다. 뭐가 되었든 이제는 지키지 못할 약속이라는 걸 할아버지도 알고 있을 것이다. 할아버지의 얼굴에 희미한 미소가 떠오르려는 순간, 멀리서 초인종 소리가 들린다.

"봄아, 열여섯 번째 생일 축하한다."

나는 일그러지려는 얼굴 근육에 힘을 준다. 할아버지가

눈을 감기 전 마지막으로 떠올릴 내 얼굴이, 울상일 리는 없어서 다행이다. 자꾸만 품속에서 칭얼대는 낑깡이를 안은 채 따뜻하게 할아버지를 바라본다. 방에서 천천히 걸어나온다. 그리고 엄마 아빠와 마지막 인사를 끝낸 할아버지가 기억관리국 사람들과 함께 자신의 방으로 돌아가 문을 걸어 잠그는 모습을 가만히 지켜본다.

고인의 기억

엄마 아빠는 할아버지를 온전한 정신일 때 보내줄 수 있었다는 사실에 큰 위안을 얻는다. 고통스러운 임종의 순간을 지켜봐야 하는 자연사보단 이 편이 서로에게 더 낫다면서.

건강수명 종료 메시지가 없던 시절, 알츠하이머는 병의 덫에 걸려든 희생자들의 뇌를 서서히 갉아먹었고 뇌의 기능을 무력화하며 기억을 서서히 지워버렸다. 또렷했던 자아를 상실한 빈 껍데기와 함께 노인들은 인간으로서 마땅히 누려야만 하는 존엄성을 잃었다. 그들이 사랑하는 모든 것이 기억에서 사라졌다. 가족의 이름과 얼굴을 잊었고, 돌아가야 하는 집을 찾지 못했고, 폭력을 휘둘렀다. 본능적으로 튀어나오는 말들로 남겨질 이들에게 큰 상처를 주었다. 이따금 제정신이 돌아오는가 싶은 모습으로 가족들에게 작은 희망을 선물했다가도, 언제 그랬냐는 듯이 막 태어난 짐승의 새 끼처럼 먹고 자기를 반복하며 울부짖었다.

'도시는 시민들의 기억을 긍정적으로 관리하고, 인간사에 서 발생하는 모든 갈등의 싹인 가족의 생애주기를 관리하 며, 가족 중 고인이 된 사람의 기억을 즉시 삭제한다.'

알츠하이머로 기억을 잃게 된 이들은, 자신과 가족뿐 아 니라 엄중한 도시의 질서마저 잊게 된다. 그러니 이 병이 중 증으로 악화되어 기억의 질서에 균열을 내고 시민들의 몸과 마음을 망가뜨리기 전에, 이들의 건강수명을 종료해야 한다.

이제 됐으니 더는 듣고 싶지 않다며 귀를 틀어막는 내게 엄마는 건강수명이 남아 있었는데도 어느 날 갑자기 심장에 쇼크가 와서 고통스럽게 죽어간 한 노인의 이야기를 들려준 다. 불행하게도 노인은 곧바로 죽지 않았단다. 죽음은 그의 숨통을 서서히 조여갔고, 최후의 순간까지 그의 생명을 야금 야금 갉아먹었다고.

인간의 생명은 생각보다 더 질기고 강인해서 육체가 가진 생명의 기운이 다 소진될 때까지 어떻게든 그 자리에 머물러 있으려 한다. 고인이 자신에게 남은 시간이 그런 식으로 흘러 갈 거라는 걸 알았다면 분명 사전에 안락사를 신청했을 거라 며 엄마는 위로 아닌 위로를 전한다. 아빠는 아무 말이 없다.

미화팀 공무원의 캐리어에 실려가면서도 낑깡이는 나를 찾아 왕왕거린다. 나는 유족 이송 차량에 올라타면서 그 소리를 애써 외면한다. 고인의 반려동물은 도시 곳곳의 동물케어센터로 보내진다. 다시는 만날 수 없겠지만 적어도 낑깡이는 무사히 새 견생을 살아갈 것이다.

할아버지의 마지막은 조촐하다. 직계 유족만 모인 화장터에서 간소한 장례 의식이 거행되고, 희고 고운 가루가 된 할아버지의 유골은 기억관리국 공무원들의 삼엄한 경계 속에 유골함에 담긴다. 전부 교과서에서 배웠던 그대로다.

"이제 수목장을 하실 장소로 이동하겠습니다."

검은색 정장 차림의 장례팀 직원이 차분한 목소리로 가족을 안내한다. 나는 할아버지의 유골함을 든 아빠를 따라 수목장 공원이 있는 자그마한 동산을 오른다. 여름의 뜨거운 열기가 한풀 꺾여가는 8월 말의 동산은 온통 초록색으로 뒤덮여 있다. 할아버지는 산허리의 이름 없는 느티나무 아래에 묻힌다. 아무도 기억 못할 테지만. 식별 가능한 명패를 두는 것은 허용되지 않는다.

"고인에게 하실 이야기가 있다면 지금 하시면 됩니다."

이미 이 세상 사람이 아닌 할아버지한테 무슨 이야기를 해야 할까. 단 한마디도 떠오르지 않는다. 나는 할아버지와 하나가 될, 그 나무를 오도카니 그저 바라만 본다. 어차피 기억하지 못할 텐데도 할아버지와 시선을 마주하듯 동산의 풍경을 가만히 마음에 담는다. 장례를 치른 다음엔 할아버지의 기억과 함께 모두 잊힐 기억이라고 다시 한번 강조하는 장례팀 직원의 설명에도, 나는 차창 너머로 멀어지는 동산이 시야에서 완전히 사라져 작은 점이 될 때까지 끝까지 뒤돌아본다.

도시의 공동 추모 장소인 추모의 탑 아래서 할아버지의 얼굴을 마지막으로 마주한다. 이 세상을 떠난 후에야 피사체가 되어 영정 사진 속에 담긴 할아버지의 얼굴이 어색하게 느껴진다. 생기 없는 피부는 푸른빛이 돌아 딱딱한 동상 같은 질감이다. 기억의 질서가 세워지기 전에는 개인의 사진이 불법이 아니었다는데.

젊은 시절의 할아버지는 어땠을까. 할아버지가 늙지 않고 쭉 건강했으면 이별할 일도 없었을 텐데. 알츠하이머가 할아버지의 뇌를 잠식해가지 않았다면. 그러면, 어제까지 그래왔던 것처럼 함께, 행복하게, 영원히 살 수도 있지 않을까? 말도 안 되는 망상을 억지로 멈춰보려 손으로 가슴께를 꾹 억눌러보지만 반사적으로 눈시울이 뜨거워지는 건 어쩔 수 없다.

"마지막으로 경식 님을 기리도록 하겠습니다."

흰 장갑을 낀 직원이 사진에 불을 붙인다. 사진 속 창백한 할아버지의 얼굴은 한순간 타올라 재가 되고 공중에서 흩어져 떨어진다. 나는 어른들을 따라 마지막으로 할아버지를 향해 고개를 숙인다. 아침에 할아버지가 우산을 챙겨 가라고 나를 타박했던 게 무색할 정도로 맑은 하늘이 노을로 붉게 물들고 있다. 그렇게 공식적인 장례 절차가 모두 마무리된다.

이후 잠이 들 때까지의 기억은 없다. 이것은 지극히 자연스러운 일로, 장례식 직후 유가족 치유센터에서 고인에 대한 기억을 삭제하기 직전에 미리 고지받았던 일이다.

진짜 문제는 내가 이 모든 걸 '기억'하고 있다는 사실이다. 나는 이 세상에서 사라져 재가 되어 날아간 할아버지의 존재를 또렷하게 기억하고 있다. 할아버지 특유의 투박한 말투, 톤이 높은 카랑카랑한 목소리와 말간 웃음까지도. 오늘 새벽 찬바람이 얼굴에 닿는 느낌에 잠에서 깨어나는 순간부터 그 사실을 알아차렸다. 정갈하게 정돈된 내 방은 창문이 열려 있었고, 서둘러 몸을 일으키려던 나는 이불 위에 있던 네 귀퉁이가 빳빳하게 살아 있는 코발트블루빛의 카드와 눈이 마주쳤다. 고인의 기억을 깔끔하게 모두 지웠으니 안심하라는 기억관리국 미화팀의 확실한 증명과는 달리 나는 곧바로 할아버지를 떠올렸다. 갑자기 가슴이 꿰뚫리는 듯한 날카로운 통증이 엄습한다. 단잠에 빠져 있을 엄마 아빠의 방을 지나 할아버지의 방으로 달려갔다. 그 방은 처음부터 그랬던 것처럼 텅 비어 있다. 하지만 나는 그 방에 할아버지가, 할아버지의 물건들이 존재했었음을 안다. 그 말은…… 내가 간밤에 유가족센터에서 먹은 약물이 불량이라는 뜻이다. 내 기억은 지워지지 않았다. 심장이 쿵 내려앉는다.

"할애비가 세상을 뜨면은…… 네 방 나무 옷장 뒤를 확인해봐라."

어디선가, 할아버지의 목소리가 들린다.

"약속할게. 나무 옷장 뒤를 확인해볼게요."

반드시 그러겠노라고 울먹이며 약속했던 내 목소리도. 그러나 이미 고인이 된 할아버지를 따를 수는 없다. 나는 기억에서 도망치듯 집을 뛰쳐나왔다. 할아버지의 자랑이었던 '치료사의 집' 간판이 사라진 하늘색 철문을 지나쳐 가장 가까이에 있는 자판기 앞에 섰다. 모두가 헬멧을 쓴 채 깊은 단잠에 빠져 있을 시간.

내 존재를 인식한 자판기가 메모리케어 업계 1위에 빛나는 아우름의 신약 광고를 재생하기 시작한다. 고개를 숙여 투입구에서 약이 든 패키지를 꺼낸다. 나의 행복을 지켜주겠다는 아우름의 호언장담에 몸과 마음을 맡겨보기로 결심하면서. 기억을 지우면, 처음부터 없던 일이 될 것이다. 떨리는 손으로 패키지를 바지주머니에 대충 찔러넣고 바닥을 보며 걷다가 마침내 집으로 향하는 계단 앞에 도착한 내 앞을 누군가의 두 발이 가로막는다.

"그거, 정말로 후회 안 할 자신 있나요?"

짙은 베이지색의 미화원 유니폼을 입은 중년의 여자가 나를 내려다보며 말한다. 초라한 행색이지만 눈빛이 살아 있는, 엄마뻘인 어른의 모습에 나는 몸을 움찔거린다. 그러다 얼른 고개를 푹 숙인다. 어제부터 계속해서 벌어지는 이상한 일들이 도무지 현실감이 없다. 그저 그녀가 어서 길을 비켜 주기를 바랄 뿐이다. 남루한 유니폼의 상의 주머니를 뒤적이 던 그녀가 불쑥 명함을 내밀 때까지도 아무런 생각이 없다.

도도제약회사 사회공헌팀. 나타샤.

선명하게 빛나는 명함의 도도제약 로고를 본 나는 갑자기 정신이 번쩍 든다. 도도는 메모리케어 업계 3위의 제약회사 다. 소리를 꽥 지르려다 겨우 입을 틀어막는다.

"쉿, 조용히 해요."

나타샤가 손가락을 갖다대며 속삭인다.

"시간이 없으니 용건만 간단하게 말할게요. 잘 들어요. 나 는 봄이 씨가 할아버지이신 故 경식 씨를 기억하고 있는 걸 알고 왔어요. 소중한 분이죠? 앞으로도 그 소중한 기억 쭉 지 킬 수 있도록 도와줄게요."

기억의 자유

당황한 내가 어떠한 동요의 움직임을 보일 틈도 없이 나타샤는 뭔가를 꺼낸다. 그러곤 그것을 내 얼굴 앞에 들이민다. 겉면이 코팅된 낡은 종이 한 장. 그 생경함에 나는 시선을 빼앗긴다. 누런빛이 돌지만 당장이라도 살아 움직일 것처럼 생동감 있는 두 피사체의 모습이 담겨 있다. 본능적으로 알 수 있다. 사람의 생기가 고스란히 담긴 '사진'이다. 오래된 사진 한 장. 그 사진에는 내가 기억하는 할아버지와 닮은, 그러나 훨씬 더 앳되고 장난기 넘치는 얼굴에 친근한 모습의 할아버지가 서 있다. 할아버지와 어깨동무를 하고 있는, 눈썹이 진하고 체격이 좋은 한 남자의 모습도 보인다. 나는 본능적으로 사진을 향해 손을 뻗지만 곧바로 나타샤에게 팔을 붙잡혀 저지당한다. 나타샤는 누구보다도 친근하게, 그러나 언제든 흔적도 없이 사라질 것 같은 희미한 미소를 지으며 천천히 입을 연다.

"이 동네 메모리케어 용품 불량률이 얼마나 될 것 같아요? 오늘 밤 그걸 먹고 메모리케어를 쓰면 후회할 텐데? 고인의 기억은 꽤 철저히 관리되는 거 알고 있죠? 유가족 센터에서 불량이 나왔다는 걸 인정할까요? 난 아니라고 보는데."

머릿속이 새하얘지는 것 같다. 당최 무슨 반응을 보여야 할지 갈피를 못 잡겠다. 이 여자는 누구인지. 어떻게 나에 대해 알고 있는지. 쏟아지는 질문들에 잠식돼 정상적인 생각의 회로가 막혀버린다. 나타샤는 허둥대는 나를 보며 있는 힘껏 친절을 가득 담아 활짝 웃는다.

"해줬으면 하는 일이 있어요. 대기업에서 요새 많이들 하는 거 있죠? 도도제약의 장학생으로 썬시티에 가줘요. 도도의 신제품을 나눠주는 현장 마케터로 몰래 활동해줄래요? 어렵거나 위험한 일도 아니에요. 딱 세 번만 도와주면 돼요. 그럼 저도 봄이 씨가 할아버지를 지킬 수 있도록 도와줄게요."

갑자기 온몸이 얼어붙는 느낌에 나는 나타샤의 손을 거칠게 떼어낸다. 서서히 뒷걸음친다. 그렇게 아래 계단을 향해 달아나려는 내 뒤통수에 나타샤의 침착한 목소리가 빠르게 내리꽂는다.

"이름, 나희. 나이, 45세. 20대 초반에 정수 씨를 만나 3년의 열애 후 결혼을 한다. 남편과 딸 하나 그리고 시아버지와 살다가, 바로 어제 시아버지의 장례를 치렀다. 유전적으로 심장이 약하다. 관련 약을 복용하고 있으며, 약간의 불면증 증세를 호소."

엄마 이야기에 번뜩 정신이 든다. 나는 걸음을 멈추고 순순히 나타샤 앞으로 되돌아간다. 그 와중에도 나타샤는 쉬지 않고 이야기를 이어간다.

"모르긴 몰라도, 아끼는 딸이 사회와 영 동떨어진 학생이라는 사실을 알면 많이 속상해하실 것 같네요. 봄이 씨는 사실 고인의 기억을 간직하고 싶으니까요. 이 사실을 부모님이 아신다면…… 봄이 씨 부모님이 어떻게 하실까요? 고인의 기억은 불법이니까 기억을 바로 지우려고 하실까요, 아니면 딸의 미래를 위해 이 사실을 꼬리표에 남기는 대신 평생 마음의 짐을 안고 사는 쪽을 택하실까요. 음. 그게 어느 쪽이든 상당히 괴로우시겠네요."

조금 전과 달리 나타샤는 웃음기 하나 없는 냉랭한 얼굴로, 조목조목 내가 처한 상황을 일깨워준다. 심장이 꿰뚫리는 것만 같다.

기억관리 법률 제56조(고인의 기억 신고의무)
도시안전보장과 질서유지 또는 공공복리를 위하여 고인을

기억하는 자는 기억삭제요청(RD) 대상으로 지정된다. 고
인의 기억은 인지된 즉시 당국에 신고되어야 한다. 타인이
고인의 기억을 소지하고 있음을 인지한 자에게는 이를 기
억관리국에 고발할 의무가 있다.

죽은 자를 잊지 않고 몰래 기억을 간직하는 건, 지금으로
부터 40여 년 전에 도시의 어른들이 합의했던 기억의 질서
를 완전히 무시하는 일이다. 도시의 파멸을 막기 위해 모든
이들이 목숨을 걸고 맹세했다던, 그 엄중한 질서를. 기억관
리국의 메모리케어가 사회에 자리잡기 전 전통 운운하면서
몰래 빼돌린 유골로 무덤을 만들다 붙잡혔다는 사람들의 이
야기가 떠오르는 건 어째서일까. 나 또한 그런 사람이 될지
도 모른다는 생각에 번뜩 정신이 든다. 나는 할아버지를 기
억해서는 안 된다. 아니, 애초에 기억할 수조차 없으니까 쓸
데없는 기대는 내려놓아야 한다. 그래야 하는데. 나타샤의
손에 들린 사진에 자꾸만 눈이 가는 건 왜일까.
　"엄마 아빠가…… 난처해질 일은 없을 거예요."
　나는 바싹 말라버린 입술이 제멋대로 움직여 항변을 쏟아
내는 것을 가만히 듣고만 있다.
　"뭐가 어떻게 된 건지, 저를 어떻게 알고 오신 건지는 모르
겠지만, 저는 오늘 밤 기억을 지울 거예요. 보시다시피 방금
아우름도 사왔어요. 이건 혈족이 아닌 가까운 지인들의 죽음

의 기억을 지울 때도 쓴다고 하잖아요. 그럼 문제될 게 없는 것 아닌가요……?"

내가 말끝을 흐리면서 우물쭈물 아우름의 패키지를 꺼내 보이자, 차갑게 굳어 있던 나타샤의 얼굴이 처음으로 돌아가 다시금 상냥해진다. 내가 아직 할아버지를 떠나보낼 준비가 안 되어 있다는 것을 꿰뚫어본 것처럼. 사실이다. 나는 할아버지가 이 세상에 존재했었다는 사실을 잊고 싶지 않다. 메모리케어에 할아버지를 빼앗기고 싶지 않다. 할아버지의 기억을 불태우는 대가로 단잠에 빠지고 싶지 않다. 메모리케어를 쓰면, 그는 영영 내 안에서 사라질 테니. 나타샤의 가냘픈 몸매와 퀭한 얼굴이 선한 미소와 기묘한 조화를 이룬다. 매 순간 어떤 표정을 짓든, 그것은 그때마다 그녀의 진심으로 포장되는 것 같다.

"맘에도 없는 말할 필요 없어요. 여기서 판매되는 제품은 전부 불량인 거 본인이 제일 잘 알 텐데요, 그렇죠? 아, 조금 전에 했던 말은 잊어줘요. 제가 봄이 씨보다 기억의 우위를 점하고 있다는 걸 보여주기 위해서 유치한 방법이지만 조사를 좀 해왔거든요. 치사하게 생각 말아요. 난 봄이 학생의 기억을 지켜줄 수 있는 어른의 역할을 다하고 싶거든요. 전 봄이 씨가 필요해요. 생일이 지난 학생들만 썬시티의 학교에 다니면서도 도도제약의 제품 마케터로 활동할 수 있으니까. 자세히 말해줄 수는 없지만, 난 아직 꼬리표를 발급받지 않은 순수한 열여섯 살의 '맨 정신'이 필요하거든요."

나타샤는 태연하게 미소를 짓더니 할아버지의 사진을 다시 내게 내밀면서 이미 모든 일이 정해져 있는 것처럼 군다. 기회만 노리고 있던 나는 나타샤의 손에서 사진을 재빨리 낚아챈다. 나타샤를 경계심 가득한 눈으로 노려보다가 사진을 가만히 들여다보기를 반복한다. 눈으로 직접 보고 있으면서도 실감이 나지 않아 한참을 만지작댄다. 두려움과 불안함 속에서 생각지도 못했던 희망이 싹튼다. 이대로 할아버지를 잊지 않고 기억할 수 있다고? 어떻게? 그게 정말 가능한 일이라고?

"봄이 씨. 부모님을 두고 협박한 건 미안해요. 진심으로 사과할게요. 그래도 다시 한번 생각해줘요. 봄이 씨가 손해 볼 제안은 절대 아니에요. 뭣보다 할아버지를 생각해봐요. 할아버지가 그렇게 갑작스레 떠나신 걸 받아들일 수 있나요? 꿈에서라도 할아버지를 다시 만나고 싶지 않아요?"

나타샤가 불편할 정도로 꿀이 뚝뚝 떨어지는 목소리로 내 손을 덥석 붙잡는다. 흔들리는 마음을 애써 억누르면서 사진을 이리저리 꼼꼼히 살펴보던 나는 사진 하단에 작은 글씨로 새겨진 두 남자의 이름을 발견한다. Yoon Kyungsik과 Kang Dohyung이라는, 낯선 동시에 어딘지 낯이 익은 이름들을. 나와 눈이 마주친 나타샤는 뭐든 물어봐도 좋다는 얼굴이다.

"할아버지 옆에 있는 이 남자는 누구예요? 이미 돌아가신 분인가요? 사진은…… 대체 어디서 구한 거예요? 왜 이름이 다른 거죠? 이름 앞에 '윤'이랑 '강'이 붙잖아요. 이 글자는 무슨 의미예요?"

나타샤는 대답 대신 내 얼굴을 물끄러미 쳐다본다.

"도시에 기억관리를 '하지 않아도 되는' 사람들이 존재한다면 믿을 수 있겠어요?"

나는 나타샤의 눈에서 시선을 떼지 못한다.

"봄이 씨는 이 세계에 대해 얼마나 알고 있죠? 아니, 애초에 나는 어떻게 봄이 씨를 찾아왔을까요? 알고 싶다면 내 말을 들어요. 나머지 이야기는 우리 계약이 성립되고 봄이 씨가 나를 세 번 도와준 후에, 그때 하죠."

기억관리를 '하지 않아도 되는' 사람들. 그 충격적인 사실을 덤덤하게 이야기하면서 나를 설득하는 나타샤. 어안이 벙벙해진 내가 넋이 나간 사이를 틈타 나타샤는 내 손에서 사진을 무심하게 거둬들인다. 그러고는 수첩에 사진을 끼워넣고 다시 유니폼 안주머니에 깊숙이 찔러넣는다. 그렇게 그녀는 다시 평범한 중년 여성으로 돌아간다.

"자, 많은 증거를 두 눈과 두 귀로 확인했으니, 내 말이 거짓말이 아니라는 건 믿겠죠? 시간이 없어요. 봄이 씨, 조금 있으면 동네 사람들이 하나둘 나타날 테니까. 대답은?"

"이렇게까지 하시려는 이유가 있나요? 도도제약은 도시

에서 이미 3위권에 들어가는 제약회사잖아요. 그런데 왜 이런 모험을 하려고 하시죠? 일이 잘못되면 어떻게 하시려고요."

여전히 불신이 깃든 내 말에 나타샤가 호탕하게 웃는다. 그 웃음이 유나와 조금 비슷하게 들려서 나는 흠칫한다. 별안간 나타샤가 웃음을 뚝 그친다. 한 손으로 자신의 유니폼 상의를 휙 걷어올리더니, 겉으로 드러난 배를 가리켜 보인다. 예리한 수술 기구가 훑고 지나간 봉합 흔적이 선명하다.

"나는, 반드시, 무조건, 이 업계에서 최고가 되어야 하는 사람이에요. 그게 내 꿈이고, 마지막 인생의 목표니까. 죽기 전에 꼭대기에 올라보고 싶은 거죠. 권력욕, 그것 하나예요. 자, 내 카드는 보여줬는데, 봄이 씨는 어때요? 할아버지의 비밀을 처음부터 끝까지 다 알고 싶지 않아요? 합법적으로 모든 걸 기억하면서도 평범하게 살아갈 방법도 알려줄 수 있어요. 봄이 학생이 내게 잘 협조해준다면 이건 윈윈이 확실한 게임이라는 뜻이죠. 내 말에 아무런 흔들림이 없다면 오늘 밤에 하려던 대로 할아버지의 기억을 전부 지워버릴래요? 어떡할래요?"

이미 답은 정해진 것 같다는 생각이 든다. 나타샤를 따라가야 한다. 할아버지의 기억을 지키기 위해. 그리고 모든 진실을 알아내기 위해. 할아버지는, 이 땅에 분명하게 머물렀다 떠난 사람으로 기록되어야 한다.

할아버지는, 고인이 되어야 한다.

나타샤는 다정하지만 언제든 돌변할 것만 같은 특유의 간드러지는 목소리로, 다시 한번 쐐기를 박는다.

"봄이 씨. 다시 설명할게요. 복잡하게 생각할 필요 없어요. 결론만 말하면 봄이 씨에게 '기억의 자유'를 주겠다는 말이에요. 도시의 상류층에서도 극소수만 가질 수 있는 궁극의 자유. 기억의 자유를요."

나는 마침내 고개를 치켜든다. 그리고 나타샤를 향해 가볍게 끄덕인다.

"근데 전 썬시티 사람처럼 행동하진 못해요. 살아본 적이 없어서."

"뭘 그런 걱정을. 자, 이거 받아요."

나타샤가 바닥에 눕혀져 있던 남색 캐리어를 들어올린다. 캐리어 전면의 금색 스티커에 각인된 도도제약의 로고가 반짝인다.

"여기에 봄이 씨한테 필요한 모든 게 들어 있어요. 문제가 될 만한 상황에서 벗어날 방법이 적힌 지침서나 메모리케어 헬멧에 끼워넣을 생체정보 입력 교란 칩도 있으니까 며칠 동안 잘 숙지해봐요. 내가 아는 봄이 씨는 그런 데에 꽤 재능이 있지 않나요? 그럼 잘 부탁해요, 봄이씨."

나타샤는 옅게 미소 지으며 내게 손을 내밀어 악수를 청한다. 나는 반사적으로 손을 내밀다 말고 잠시 멈칫한다. 나보다도 나를 더 잘 아는 사람, 그리고 내가 알지 못하는 미지의 세계를 향해 서서히 손을 뻗는다.

우리는, 악수를 나눈다.

2

거래

경계

"기억은 동영상 같은 건 아니야. 봄이 네가 아는 거야 죄다 누가 편집해놓은 광고 영상 같은 거고, 일방적으로 시청하는 거니까. 이걸 뭐라고 설명하면 좋을꼬. 그래, 기억은 봄이 네가 중요하다고 생각하는 장면들이 줄줄이 연결되어서 출력되는 거지. 그걸 예전에는 영화라고도 했었는데, 말하자면 네가 감독이 되어서 너만 볼 수 있는 영화를 만드는 거라고나 할까…… 아, 이렇게 말하면 네가 하나도 못 알아들을 것 같구만. 거, 잠시만 있어봐라. 할배가 직접 보여주꾸마."

인생에서 단 한 번뿐이라는 열여섯 번째 생일과 그 특별한 해를 기념하는 '기억의 밤' 행사의 의미를 묻는 어린 나에게, 할아버지는 그렇게 말했었다. 할아버지는 나를 키가 큰 안방 의자에 앉히고는 치료실에 들어가서 누런빛의 갱지를 품에 한아름 안고 나타났다. 그러곤 빨간색 네임펜으로 사람 모양의 그림을 한 장씩 그리기 시작한다. 나는 얌전하게 그 모습을 지켜보다가 이내 흥미를 잃는다. 저게 무슨 의미가 있지? 그냥 그림 아닌가? 나는 한참을 집중하는 할아버지의 반질거리는 이마를 멍하니 내려다보다가 허공에 발을 구르며 새로운 흥밋거리를 찾아 고개를 돌린다.

벽면 한쪽을 전부 차지하고 있는 커다란 옷장의 화려한 무늬가 불현듯 눈에 들어온다. 나무 옷장 위에 덧입혀진 검은 배경과, 그 위로 정교하게 양각된 옥빛의 입체적 문양이. 문손잡이를 중심으로 이등분 된 산의 능선과 바다와 해는 서로를 마주 보고 있다. 몸집이 작은 학들이 문을 중심으로 갈라진 산의 곡선을 따라 배경 밖으로 달아나듯 날아가고, 소나무 아래에선 사슴, 거북이와 물고기 따위가 유유자적 노닐고 있다. 그 맞은편에 놓인 전신 거울이 연이어 내 시선을 잡아끈다. 우뚝 솟아 있는 옷장보다 더 높이, 천장 끄트머리에 닿기라도 할 것처럼 의자에 앉아 허공에 두 발을 띄운 채 동동거리면서 얼마나 할아버지를 기다렸을까.

할아버지는 집게손가락으로 차곡차곡 포갠 갱지의 끝을 단단히 쥐고 휘리릭 넘기더니 코앞에서 동화책에서나 봤던 마법을 부린다. 누런빛의 종이에 선명하게 새겨진 그림들이, 이목구비가 없는 붉은 사람의 형상이, 종이장 끝에서 달리기를 하기 시작하더니 결승점까지 단숨에 도착한다. 여기서,

저기로 슉.

"어떻게 한 거예요? 다시 보여줄 수 있어요?"

눈을 빛내며 갱지를 만지작거리는 내게 할아버지는 웃으며 고개를 젓는다.

"못해. 이미 지나갔잖아. 그래도 다시 떠올릴 수는 있지. 봄이 네 머리통 안에 들어 있으니까."

거짓말. 얼마든지 다시 종이를 쥐고 넘길 수 있었을 텐데.

나는 오랜 과거의 잔상에서 벗어나기 위해 의식적으로 눈을 깜빡인다. 내 방이기 이전에 할아버지의 안방이었던 곳. 꿋꿋이 이 장소를 지키고 있는 거울에 비친 내 모습이 낯설다. 할아버지의 말대로 기억은 정말 순식간에, 눈을 감았다 뜨는 찰나의 순간에 문득 떠올랐다가 사라진다. 다시 넘길 수 있었을 갱지와 달리 흘러가는 현실은 이미지만 내 곁에 또렷이 남는다. 꿈에서라도 할아버지를 다시 만날 수 있을 거라고 생각했지만, 간밤엔 아무런 꿈도 꾸지 못했다. 눈물이 날 것 같아 입술을 잘근 깨문다.

"딸, 뭘 그렇게 멍하니 서 있어? 똑바로 서 봐. 마지막으로 한 번 더 확인해야지."

나와 달리 간밤의 모든 일을 잊어버린 엄마는 하루 사이에 부쩍 수척해 보인다. 엄마는 내가 도도제약이 지원하는 사회공헌사업의 장학생으로 뽑혔다고 철석같이 믿고 있다.

나는 거울 앞에서 옷매무새를 가다듬은 다음 머리를 다시 주섬주섬 묶는다. 썬시티의 학생임을 증명하는 검은색 넥타이에 꽂힌 금장 넥타이핀과 짙은 남색의 플리츠 스커트가 남의 옷처럼 어색하게 느껴진다. 나는 엄마 바로 뒤편에 보이는 옷장을 힐끔거리지 않으려고 의식적이고 어색하게 눈동자를 굴린다. 할아버지한테 아무것도 듣지 못한 것처럼 내 의식을 단속한다. 엄마가 뭐라도 잘못 건드려 어디선가 할아버지의 목소리가 튀어나오진 않을까 전전긍긍하면서. 저 뒤에 무엇이 있든 그것은 영영 봉인될 것이다. 기억의 자유를 얻기 전까지는 할아버지를 떠올려선 안 된다. 할아버지가 내 곁에 있었다는 사실을 잊고 싶지 않다면, 머릿속의 할아버지를 지키고 싶다면 독해져야 한다. 한숨 자고 나면 모든 게 편해질 거라는 단잠의 유혹에서 벗어나, 지금 내가 할 일을 해야만 한다. 애도는 그다음이다.

지난 며칠간 나는 나타샤의 지침서를 뼛속 깊이 새겼다. 모든 돌발상황에 유연하게 대처할 수 있을 것이다. 나는 메모리케어의 기본원칙을 떠올린다. 기억이 선명하게 추출되려면 이미지의 중심이 되는 표식이 필요하다. 주로 본능적으로 시선을 잡아끄는 원색의 물건이 그 역할을 하는데, 내 캐리어 안에는 파란색 종이 들어 있었다. 지금은 내 교복 치마 주머니 속에 있는 그 종을 만지작거린다.

이런 내 생각을 꿈에도 모르는 엄마는 배 속에서부터 지금까지 품에 끼고 살았던 딸이 썬시티의 기숙학교로 간다는 사실이 믿기지 않는다며, 계속 말을 건다. 장학생으로 뽑혔다는 명목으로 나타샤를 따라 도도제약의 불법 마케팅을 몰래 도와야만 한다는 사실이 내 양심을 사방에서 찔러대지만 애써 무시한다.

하늘이 더 어두워지기 전, 엄마는 망설임 없이 떠나가려고 서둘러 집을 등지는 나를 부러 한 번 더 붙잡는 시늉을 한다. 엄마의 퀭한 두 눈이 걱정스레 나를 향한다.

"썬시티에 사는 사람들은 정말로 흠잡을 데 없는 멘탈케어를 한다던데…… 엄마는 봄이 네가 감당할 수 있을지 걱정이다. 지금이라도 안 늦었어. 감당하기 어려울 것 같으면 안 하겠다고 해도 돼."

엄마의 기억은 썬시티 통행권이 발급되던 시절에 머물러 있는 것 같다. 지금은 썬시티 권역 밖에 사는 사람이라도 누구든 썬시티에 다녀올 수 있는데. 단지, 그게 좀 꺼려지는 일이라는 게 문제지.

"엄마, 엄마는 엄마 딸을 너무 몰라. 난 할 수 있어. 그거, 오버하지 말고 가볍게 미소만 잘 유지하면 되잖아. 내가 그런 거 얼마나 잘하는데."

엄마의 염려 섞인 잔소리에 나는 과장되게 추임새를 넣어가면서 눈을 깜빡인다. 건강하게 잘 다녀오겠다며 계단 아래에서 팔을 크게 휘두른다. 행동은 그렇게 하면서도 긴장감에 정신이 아득해진다.

　문득 정신을 차려보니 나는 어느새 칠흑 같은 어둠 속에서 빛의 다리를 건너가고 있다. 아니, 정확히는 버스에 실린 채 강과 바다의 경계를 가로지르는 하구둑 다리 위를 빠르게 지나는 중이다.

　40년 전 기억관리의 시작과 함께 도시의 중심으로 우뚝 선 썬시티는 강의 정중앙인 하중도 위에 세워진 첨단 도시다. 강 너머로 이어지는 나머지 세 개의 다리들이 실처럼 얼기설기 얽혀 멀찍이 보인다. 차창 밖으로 영롱한 불빛을 발하는 하구둑이 수량 조절을 위해 물을 연신 토해내는 순간, 버스가 기다랗고 좁은 폭의 하구둑 다리를 애처롭고 아슬하게 지나쳐간다.

　온 도시가 잠이 드는 자정이 되기 직전까지 썬시티의 세계를 돌아가게 할 야간 근무자들 사이에서 교복을 입은 학생은 나뿐이다. 집을 나서기 전에 엄마의 성화에 못 이겨 억지로 씹어 넘겼던 삶은 달걀 하나가 속을 헤집는다. 아, 여기서 토하면 절대 안 되는데. 손등으로 시큰해진 눈가를 문지르며 차창 너머로 펼쳐지는 바깥을 멍하니 바라만 본다. 순간 저 멀리, 하중도 뒤로 흐릿한 섬의 형상이 아른거린다. 마치 꿈처럼. 집에서 멀어져갈수록 눈에는 보이지 않는 할아버지의 존재가 가깝게 느껴지는 건 내 기분 탓일까.

"괜찮아요?"

옆자리에서 들리는 누군가의 목소리에 소름이 돋는다. 동시에 정신이 번쩍 든다. 나는 재빨리 눈가를 비비면서 고개를 든다. 아빠뻘로 보이는 아저씨가 나를 빤히 바라보고 있다. 지금 내게서 필요한 것을 찾아내서 반드시 도와주고야 말겠다는 듯. 아저씨의 남루한 작업복과 대비되는 야망을 품은 눈빛이 그 기세에 힘을 더한다. 나타샤의 행동 지침서 첫 페이지 하단에서 본 적 있는 상황이다. 썬시티에 속한 사람에게 선행을 베풀고 그 사실을 꼬리표에 기록하려는 사람. 나는 두려움에 목소리가 갈라지지 않도록 특별히 유의하면서 입을 뗀다.

"계속 바깥을 쳐다봤더니 눈이 시려서요."

정말로 눈이 건조한 것처럼, 눈을 몇 차례 깜빡여 보인다. 이 눈물이 감정과는 무관한 생리적인 현상임을 오늘 밤 도시의 메모리케어가 똑똑히 알아봐주기를 기도하면서. 제아무리 꼬리표에 넣을 만한 미담이 간절한 사람이라 하더라도 한번 뇌리에 기록된 이미지를 멋대로 조작할 수는 없는 노릇이다. 기억관리국의 AI 컴퓨터인 메모리케어는 조작을 시도하는 그 순간의 기억마저 잡아낼 테니. 행위 증거로 책잡힐 만한 순간만 피하면 된다.

"뭐, 그럴 수 있지요. 아직 도착하지도 않았는데 벌써 가족이 그리운 거예요?"

아저씨가 사람 좋은 웃음을 지으며 내가 입고 있는 교복을 턱짓한다. 나는 그 시선을 따라 베릴 학교의 금장 넥타이핀이 검은색 넥타이 위에서 반짝이는 것을 본다. 짙은 남색의 플리츠 스커트가 다시금 남의 옷처럼 어색하게 느껴진다.

"네, 그러네요."

나는 표정을 약간 굳힌 채 입가에 가벼운 미소를 띤다. 그런 나를 보던 아저씨가 씁쓸하게 웃는다.

"학생, 꼬리표 걱정은 말아요. 나도 자식이 있는 사람이에요. 대기업 장학생으로 가는 거 맞죠? 우리 딸도 가고 싶어 했는데 이번엔 떨어졌거든요. 좋은 기회 놓치지 말아요."

내 상황에 지나치게 빠져 호의를 제멋대로 착각했다는 생각에 얼굴이 확 달아오른다. 울음을 필사적으로 참으며 아저씨의 목소리에 말없이 고개를 끄덕이는 순간, 버스가 다리의 끄트머리에 다다른다. 시야를 가로막던 장애물들이 일시에 모습을 감춘다. 썬시티에 진입했다는 안내 방송이 귓전을 울리는 동시에 그토록 기다렸던 풍경이 펼쳐진다. 썬시티의 초호화 백화점과 건물 전체가 통유리창으로 된 고급 아파트 단지의 숲이.

버스가 터미널에 승객들을 내려놓자마자 나는 나타샤의 지침서를 따라 다리 주변의 이미지 렌탈숍이 밀집된 거리로 향한다. 교과서에서나 보던 역사적인 장소에 직접 방문하는 건 처음이라 긴장이 된다. 이미지 렌탈숍은 40년 전 기억의 질서가 세워지며 꼬리표 이외의 모든 기록과 온라인 매개체가 정리되는 과정에서, 일제히 자취를 감춘 최첨단 기술의 마지막 흔적과도 같은 곳이다. 허가를 받지 않은 일반 시민들은 렌탈숍을 구현하는 네트워크 접근이 엄격하게 제한된다. 나는 혹여 도움이 필요한 외부인처럼 보이지 않도록 보폭과 표정을 신경쓰며 한 발 한 발 조심스레 걷는다.

이곳은 썬시티다. 산복도로와는 비교도 안 될 정도로 날선 케어가 이루어지는 곳. 매일 밤 잠들기 전, 저마다 선호하는 메모리케어 전용 약물을 삼키며 모든 무의식을 해제한 채 헬멧을 쓰고, 메모리케어에 자신의 가치를 증명하려는 사람들이 사방에서 눈동자를 굴려대는 곳. 썬시티로 오자마자 계약을 위반해서 다시 돌아갈 수는 없다. 할아버지를 잃을 수 없다. 그건, 절대 있을 수 없는 일이다.

썬시티의 거리는 상상 이상으로 휘황찬란하다. 단 한 번도 본 적이 없으니 어색한 건 당연하겠지만 그래도 이토록 다양하고 다채로울 줄이야. 생전 처음 보는 알록달록 예쁜 가게들도 셀 수 없을 정도다. 잠시 썬시티에 오길 잘했다는 생각을 하다 얼른 고개를 저으며 마음을 고쳐먹는다.

좌우로 나뉜 인도를 빼곡히 채우고 있는 가게들 중, '이미지 렌탈'이라고 적힌 간판을 몇 개 발견한다. 요즘 유행하는 콘셉트를 내세운 신상 가게 앞은 사람들로 발 딛을 틈이 없다. 썬시티의 공장 노동자들도 몇 보인다. 나는 휴대폰의 옆면을 눌러 시간을 확인하고 마음이 초조해진다. 최대한 사람이 없어 보이는 가게로 들어간다. 칸막이로 구분된 부스는 고작 네 칸뿐이다. 한 사람만 겨우 들어갈 수 있을 만한 좁은 문 뒤로 소비자가 원하는 기억을 제공하는 넓은 공간이 펼쳐질 거라는 걸, 나타샤의 지침서를 통해 미리 보았는데도 기분이 이상해진다. 홍보 문구들이 천장의 네온 사인을 타고 아래위로 시각을 자극한다.

아련한 첫사랑과 진솔한 우정의 기억을 '메모리얼 포인트'에서 간편하게 만들어보세요 (필수 인원 2인 / 서로의 기억이 꼬리표에 남습니다. 메모리케어 인증 완료)

나는 마음을 진정시킬 만한 콘셉트를 몇 개 골라본다. 그 사이 1번 부스에서 이제 막 서른 정도 되어 보이는 두 남녀가 어색한 모습으로 걸어나온다. 열린 문 뒤로 로맨틱한 카페의 모습이, 첫사랑의 풋풋한 분위기를 연출해주고 있다.

1번 부스가 닫히고 2번 부스가 열린다. 학교 교실을 재현한 공간이 들여다보이는 입구에서 교복을 입은 두 여자아이가 씩씩대며 튀어나온다.

"이번에도 통과 안 되면, 그냥 포기하자."

누가 봐도 인위적이긴 하지만 보통 렌탈숍에서 만들어진 기억은 메모리케어에서 꼬리표에 남길 수 있도록 인정한다.

우정을 콘셉트로 기억 거래를 진행한 것 같은 두 사람은 각자 할 말만 끝내고는 밖으로 나가버린다. 기억은 지우지 않아도 서서히 흐려질 거고, 진학 때 참고되는 생활기록부 꼬리표에는 문제가 없으면 그만이란 건가? 그렇게 생각하면서 나는 1인용 기억거래 상품을 선택한다. 내 교복을 인식한 부스의 센서가 '공부를 열심히 하다가 코피가 터지는 기억. 자연스럽게 연출해드립니다'라고 속삭였지만, 나는 무시한다. 셀프 선택지를 아래위로 몇 차례 오르내리다가 '오션뷰 전망이 멋진 개인 카페에서 여유 있는 한 시간을 보내세요. 시간의 흐름과 석양 완벽 연출. 힐링의 시간'을 선택한다. 어두컴컴한 방 입구에 서서 무언가 나타나기를 기다린다.

보이지 않는 기억의 스위치를 켠 듯 한적한 바닷가 카페의 풍경이 펼쳐진다. 작은 카페 아래서 철썩이는 고요한 파도 소리에 긴장이 풀린다. 카페 구석에 비치된 전신 거울에 비친 내 얼굴이 낯설다. 나는 가방에 넣어뒀던 휴대전화를 꺼낸다. 액정 화면을 덮고 있는 폴더를 열어 머릿속에 있던 번호들을 하나씩 힘주어 누른다. 나를 지금 이곳에 있게 한 지니의 요정을 불러낸다.

"……도착했어요."

"생각보다 훨씬 힘들죠? 봄이 씨. 썬시티에 가본 적 없으니 더 낯설게 느껴질 거예요."

수화기 뒤로 나타샤의 나긋하면서도 단단한 목소리가 들

린다.

"이런 거, 아무것도 아니에요. 우리 할아버지만 지킬 수 있다면."

내 말과는 반대로 참았던 눈물이 다시 왈칵 터져나온다. 산복도로의 봄이었다면 신경쓰지 않아도 될 사소한 일상의 순간들이 여기서는 꼬리표에 기록될 수 있는 하나의 사건으로 부풀려진다. 카페에 머무는 일상의 안온한 순간조차 오로지 꼬리표에 남기 위해 잠시 기억되었다 사라질 수 있다는 썬시티의 문화가 새삼 실감이 난다.

"봄이 씨의 행적이 썬시티에서 단 한 번이라도 누군가의 꼬리표에 기록되면 그때부터 계약은 물거품이 돼요. 이건 나도 어쩔 수 없어요. 일을 벌이기도 전에 우리 정체가 탄로 나면 안 되는 건 당연한 거니까. 기숙사에 잘 도착하기만 하면 크게 신경쓸 일은 없을 거예요."

나타샤는 지금 이 순간 내게 진심으로 필요했던 그 따뜻한 목소리로 나를 한참 어르고 달랜다. 설령 나타샤의 속내가 거짓이라도 상관없다. 눈물이 빠르게 말라가는 게 느껴진다. 전화를 끊고 다시 현실로 돌아온 나는 거울에 비친 의젓한 학생의 얼굴을 똑바로 바라본다. 썬시티의 거리를 오가는 사람들과 다를 바 없을, 감정이 드러나지 않는 무표정. 거울을 보며 의도한 만큼의 얼굴 근육을 움직여 자연스럽게 웃어본다. 치열을 드러내며 활짝 웃다가 너무 과했나 싶어서 입을 다문 채로 입꼬리만 올린다. 집을 떠나기 전에 수없이 연습했던 대로 적당히 미소를 띠고 있는 모범적인 얼굴이 만들어진다. 단지 그 얼굴이 조금 부어 있다는 게 문제다.

나는 나타샤의 캐리어에서 급속 냉찜질 기능이 있는 쿨링 패치를 꺼낸다. 온몸을 얼려버릴 듯한 냉감이 양쪽 눈을 무자비하게 찔러대는가 싶더니 부어 있던 눈가가 거짓말처럼 가라앉는다. 마지막으로 외모를 점검한 나는 태연하게 렌탈 숍 밖으로 나온다.

정류장에서 나타샤가 알려준 시내버스를 타고 며칠 동안 안내책자에서 그림으로만 보았던 베릴 고등학교로 향한다. 내내 긴장해 떨었던 게 무색할 만큼 태연하고 덤덤한 태도로 그곳에 발을 들인다. 조명이 모두 꺼진 학교 건물에서 기숙사로 향하는 길은 잘 가꿔진 부잣집 정원 같다. 적당한 간격으로 배치된 가로등 불빛이 푸른 잔디와 정교하게 관리된 작은 나무들을 은은하게 비춘다. 중앙에는 옥빛의 동상과 분수가 세워져 있다. 야외에 나와 있는 학생은 단 한 명도 없다. 나는 전화기 몸체의 옆 버튼을 눌러 시간을 확인한다. 밤 12시가 되려면 아직 두 시간의 여유가 있다. 문 앞에서 마지막으로 나타사의 지침서를 떠올린다. 썬시티의 아이들의 주된 관심사는 나와 별반 다르지 않다. 약물 자판기에서 새로운 광고 영상이 출시되기를 손꼽아 기다리고 보드 게임에 목숨을 건다. 나는 입에 있는 침을 전부 끌어모아 삼킨 뒤 얼굴을 석고상처럼 단단하게 굳힌다. 내가 배정받은 212호실 문을 당당히 열어젖힌다. 방문이 열리자 나를 향해 반사적으로 고개를 돌리는 두 사람의 모습이 보인다. 머리가 곱슬곱슬한 여자아이와 단정한 숏컷의 여자아이. 나의 룸메이트들은 각자의 침대에 걸터앉은 채로 나를 빤히 쳐다보고 있다.

"안녕, 만나서 반가워."

나는 양쪽 입꼬리를 올리며 먼저 인사한다. 그리고 끝까지 모범적인 표정을 유지한다. 무표정의 두 사람은 나를 아래위로 훑어보면서 몇 초 정도 말이 없다. 그러다가 갑자기 한꺼번에 많은 물을 머금어 눅눅해진 휴지처럼, 바싹 말라 있던 얼굴들 위로 환한 웃음이 터진다. 영문은 모르겠지만 일단 살고 봐야겠다. 나는 그 웃음에 공명하듯 눈꼬리를 있는 힘껏 구부린다. 내면의 두려움이 드러나지 않도록 작게 소리 내어 웃는다. 그 순간 숏컷의 얼굴에서 웃음기가 싹 사라진다. 숏컷이 섬뜩하게 입을 연다.

"너 반겨달라고 그렇게 인사하는 거야? 그게 맞아?"

상황 파악이 안 되어 어색하기 짝이 없는 웃음을 짓고 있는 나를, 썬시티의 아이들이 포위하듯 둘러싼다.

웃는 아이들

이건 예상에 없던 일이다. 나타샤의 지침서에서도 본 적 없는 상황이다. 나타샤는 분명 베릴 학교의 기숙사에 무사히 도착하기만 하면 다음 일은 알아서 진행될 거라고, 크게 걱정할 필요 없을 거라고 했는데. 나는 숨이 멎을 것 같아서 숨을 쉬지 않는 편을 택한다. 그저 이 상황이 알아서 흘러가도록 본능적으로 익혀둔 표정 목록에서 가장 짓기 쉬운 무표정 1번을 꺼낸다.

"왜 말이 없어? 뭐라도 뱉어내봐."

숏컷이 재차 냉랭한 목소리로 묻는다. 그러나 나는 나를 둘러싼 채 내려다보는 두 그림자를 무력하게 마주할 뿐이다. 이제 어떻게 되는 거지? 숨 막히는 긴장감 속에서 뜻밖의 목소리가 들려온다.

"아, 답답해 죽겠네. 진짜!"

곱슬머리가 원래도 헝클어져 있던 자신의 머리를 더욱 헝클어트리며 소리친다.

"나타샤! 왜 얘한테는 제대로 이야기를 안 해준 거야?"

익숙한 사람의 이름에 눈을 끔뻑거리던 나는 곱슬머리가 뱉은 말의 의미를 깨닫자마자 반사적으로 한 발 뒤로 물러난다.

"아니, 왜 이야기를 안 했지? 너 설마 그 제안을 받은 게 너뿐이라고 생각한 건 아니지?"

"야, 우리도 너랑 똑같아. 도도제약 장학생…… 도도 신제품인 '도도J' 비밀 마케터 말야. 너보다 두 달 먼저 들어와서 대기 중이라고."

나는 그제야 맥이 풀려서 바닥에 주저앉는다. 뭐야? 얘네들도 다 같은 처지란 말이야?

"헐, 얘 진짜 몰랐나보네. 그거 맞아? 괜찮아? 일어나봐."

숏컷이 킥킥거리며 내 손을 붙들어 일으킨다. 같은 편 앞에서 괜한 연기를 했다는 생각에 나는 바보가 된 기분이 든다. 손으로 부채질을 하며 대수롭지 않은 척 표정을 다시 한 번 딱딱하게 굳힌다.

"그래서…… 다 해서 몇 명이나 돼? 우리 같은 애들 말이야."

숏컷이 간신히 웃음을 참는 목소리로 친절하게 설명해준다.

"3학년까지 다 해서 딱 열 명. 그중에서 1학년이 제일 많아. 5명 정도 되는데 우리까지 해서 3팀으로 나누어져 있어. 나타샤가 우리는 마지막 3팀이라고 그랬고."

"아, 그렇구나……."

나는 투덜거리며 침대로 간다. 그러곤 푹신한 매트 위로 풀썩 앉아 마른세수를 한다. 생각할수록 창피해 죽을 것 같다. 왜 나한텐 설명을 제대로 안 해준 거야?

"너, 생일은 지났지? 헬멧은 쓸 줄 알아?"

곱슬머리가 가까이 다가오며 묻는다.

"며칠 전에 지나긴 했는데. 대략 사용법은 알고 있어…… 왜?"

나는 침대에 대자로 드러누우며 대답한다. 메모리케어의 작동원리는 당연히 알고 있지만 실제로 '그 행위'를 본 적은 없다. 잘 기억도 나지 않는 어린 시절부터 엄마 아빠는 매일 밤 11시가 되면 나와 할아버지를 남겨두고 방으로 들어가 문을 걸어잠근 채 헬멧을 세팅하는 게 일상이었으니까.

"썬시티에선 메모리케어를 안 쓰는 사람이 없잖아. 당연히 이 학교 학생들도 그렇고. 아직 생일이 안 지난 애들도 예행연습처럼 써야 하거든. 사회화 교육의 일종이라면서 학교에서도 신경쓰고 있나봐. 우리는 일단 쓰는 척 연기는 해야 하니까. 그거, 뒤쪽에 있어. 움푹 들어간 버튼 보이지? 한번 눌러봐."

곱슬머리가 선심 쓴다는 듯 나를 측은하게 내려다보며 말한다. 나는 힘겹게 몸을 뒤틀어 머리맡의 버튼에 손을 뻗어본다. 침대 뒤에 숨겨져 있던 메모리케어의 헬멧이 거꾸로 뒤집힌 채 모습을 드러낸다. 곱슬머리가 별것 아니라는 얼굴로 어깨를 으쓱한다.

"기숙사 관리 시스템에 안 걸리려면 헬멧을 쓰는 척해야 하거든. 아, 누군가 엿들을지 모른다는 걱정은 안 해도 돼. 기숙사 방음이 엄청 잘 돼서 큰 소리로 노래 불러도 아무도 못 들을 테니까. 너도 알다시피 여기 애들이 워낙 깐깐하시잖아? 심기라도 거슬렸다가, 혹시라도 자기 꼬리표에 우리 이름을 올리면 곤란하니까. 음, 이것도 나타샤가 알려줬는데. 넌 죄다 처음 듣는 이야기일 테니 답답하겠다."

"그래그래, 나타샤가 말해줬겠지. 나한테만 빼고 말이야. 그럼 우린 구체적으로 여기서 뭘 해야 하는지 어디 한번 설명 좀 해줄래? 그 비밀 마케팅이라는 게 뭐야, 대체?"

"다른 건 없어. 도도제약이 벌이는 사건이 일어나는 현장에서 도도의 신제품을 나눠주면 되는 거야. 그렇게 해야 불량률 테스트가 가능하다나? 딱히 어려운 일은 없을 거야. 그냥 썬시티 인간들처럼 감정을 드러내지만 않으면 돼. 아까 보니까 너 표정 연기만 해도 절반은 가겠던데? 깜짝 놀랐어."

내가 곱슬머리를 흘겨보는 순간 기숙사 메인 스피커에서 취침을 준비하라는 안내방송이 흘러나온다. 나는 허둥지둥하면서도 이곳에 먼저 적응한 룸메이트들의 지시에 따라 신속하게 몸을 움직인다. 헬멧을 쓰기 전 생체입력 신호를 교란하는 칩을 끼우고 메모리케어가 우리 머릿속의 감정적인 기억을 읽어내지 못하도록 세팅한다. 산복도로에서 늘 그래왔던 것처럼 자정이 되기 전에 재빨리 눈을 감는다. 그 뒤로는 누구도 말이 없다. 썬시티에서의 첫 번째 밤이 무사히 지나간다.

"어젯밤에 했던 것처럼만 해. 별일 없을 거야."

아침이 되자 숏컷과 곱슬머리가 나보다 먼저 212호실을 빠져나간다. 열린 문틈 사이로 두 사람이 시야에서 완전히 사라지는 걸 확인한 다음 나는 복도로 나온다. 무표정 1번을 장착한 채로. 배정받은 1학년 3반 교실로 향하는 길에 나와 같은 검은 넥타이의 학생들을 수도 없이 마주친다. 하나하나 나와 똑같은 표정들이다. 그 모습을 연달아 마주하려니 사방에 늘어선 전신 거울을 지나치는 기분이 들어서 나는 인상을 쓰지 않으려 이를 악문다. 교실 앞은 조용하다 못해 적막이 흐른다. 안으로 들어서니 완벽하게 고정된 목각인형들이 줄지어 앉아 있다. 인형들 틈에 숏컷이 각 잡힌 자세로 반듯하게 앉아 있는 게 보인다. 간밤에 처음 보았던 그 싸늘한 무표정을 짓고 있어서 나는 퍽 감탄한다.

"상대방이 말을 걸기 전에는 먼저 나서지 마. 네 패를 굳이 보여줄 필요가 없지."

방을 나서기 전에 마지막으로 내게 조언했던 숏컷의 목소리가 들리는 것 같다. 선생님은 들어오자마자 간단히 인사를 한 다음—역시나 학생들과 똑같은 무표정한 얼굴로— 곧바로 수업을 진행하기 시작한다. 전학생을 소개하는 시간은 따로 없다. 비-썬시티권에서 대기업의 장학생으로 썬시티에 전학을 오는 경우가 많다 보니, 전학생이라는 신분은 내 염려와 달리 별다른 이목을 끌지 못한다. 어떻게 보면 나타샤의 말이 완전히 틀린 말은 아니다. 간밤에 난리를 떨었던 게 부끄러워 어디든 좋으니 숨고 싶어진다.

내용이 하나도 머리에 들어오지 않는 숨 막히는 오후 수업이 끝나갈 무렵, 얼굴에 무표정 1번을 탑재한 누군가가 내 앞에 나타난다. 한눈에 봐도 키가 상당히 크고 훤칠한 외모의 남자아이는 도수 없는 안경을 쓰고 있다. 어딘지 태생부터 다른 느낌이 들어 나도 모르게 몸이 바짝 얼어붙는다.

"안녕, 전학생 맞지? 어디서 왔어?"

다짜고짜 내 출신을 묻는 이름 모를 남자아이의 목소리가 딱딱한 표정과는 달리 솜털처럼 부드러워서 위화감에 등골이 서늘하다. 그 와중에 발바닥이 눈치도 없이 간질대는 건 산복도로에선 또래 남자아이와 말을 섞어볼 기회가 없던 탓일 것이다.

"남항."

입술 끝만 살짝 올려 적당히 좋은 인상을 만들어낸다. 남항은 썬시티권에 속하는 부도심 지역으로, 요즘 들어 썬시티에서 유행하는 스트레스 해소와 심신 안정에 탁월한 특제 녹차인 '구름차'가 생산되는 곳이다. 물론 태어나서 한 번도 가본 적 없는 곳이지만.

"그래? 나도 거기서 왔는데."

남자아이의 차갑게 얼어 있던 얼굴이 한순간에 활짝 펴진다. 앞뒤가 생략된 보여주기식 표정의 괴리감에 소름이 쫙 끼친다. 언제 봤다고 친한 척이야? 나는 입꼬리를 내리지 않으려고 입가에 바짝 힘을 준다. 그리고 그 아이와 똑같은 표정을 지어 보인다. 적당한 웃음소리를 내면서 양 눈가에 동일한 힘을 주어 어색함 없는 모습을 연출한다. 그러자 남자아이가 불쑥 손을 내밀며 말한다.

"너도 알다시피 요즘은, 비슷한 곳에서 온 전학생들을 만나기가 어렵잖아. 반갑다. 잘 지내보자."

그 말을 신호 삼아 주변에 있던 목각인형들이 나를 향해 하나둘 가까이 다가오기 시작한다. 남자아이의 손을 맞잡는 순간 반사적으로 숏컷 쪽으로 고개를 돌려보지만, 그 애는 덤덤하게 정면만 응시하고 있다. 나는 쉴 새 없이 쏟아지는 인사 세례를 온몸으로 받아내며 어떻게든 버텨낸다. 그 와중에도 남자아이의 시선이 한참이나 나를 향해 머무르고 있는 것 같은 착각이 들어 더 필사적으로 활짝 웃는다. 두려움이 드러나지 않도록. 무언가 이상하다는 것을 알아차린 건 기숙사로 돌아왔을 때다. 학교의 누구도 내게 이름을 묻는 사람이 없었다. 심지어 212호의 아이들마저.

"이름은 최소한의 방어야. 썬시티 밖에서야 아무래도 상관없지만. 여기선 굳이 먼저 약점을 드러낼 이유가 없잖아. 안 그래? 나타샤가 그랬어. 우리끼리도 이름은 서로 비밀로 하는 걸로. 그게 이곳의 암묵적인 룰이야."

숏컷이 서랍에서 젠가를 꺼내며 대수롭지 않다는 얼굴로 설명한다. 뭐가 이렇게 숨겨야 하는 게 많아? 나는 이 세계를 알수록 진절머리가 난다.

"그럼 서로 어떻게 불러? 나, 너 숏컷이라고 불러도 돼? 얘는 곱슬머리? 그러면 간단하겠네. 너희는 나 뭐라고 부를래? 응?"

부아가 치민 내가 헛소리를 늘어놓자 침대 위에서 도미노를 뿌려놓고 뒹굴거리고 있던 곱슬머리가 숨넘어갈 듯 깔깔거리며 웃는다. 곱슬머리는 방으로 돌아오자마자 교복을 아무렇게나 벗어 던져두고 파자마 차림으로 침대에 엎드려 에너지를 충전 중이었다.

"그거 좋은데, 그렇게 하자!"

"장난치지 말고. 출석번호 있잖아. 자리에 앉으면 자동으로 체크되니까 평소엔 부를 일이 별로 없지만. 나는 52번이야. 얘는 50번."

숏컷, 아니 출석번호 52번이 곱슬머리를 가리키는 동시에 자신을 소개한다. 숫자 52를 바짝 붙이면 머리 짧은 여자 같아 보이기도 한다고 생각하면서 나는 그 아이의 이미지를 52번과 연계시켜본다. 그러다가 어처구니가 없어서 픽 웃는다. 하루의 긴장감이 모두 사라지는 후련한 기분이 든다.

"너 방금 비웃은 거지?"

숏컷이 나를 흘겨보며 큰소리를 낸다. 212호 바깥은 거대한 밀림과도 다름없는 세상이지만, 이 공간에서만큼은 안정감을 되찾을 수 있다. 나는 이 여정을 즐기기로 마음먹는다. 산복도로에서 고인의 기억을 지키려는 사람은 나뿐이었지만 썬시티의 베릴 학교에서 나는 혼자가 아니다.

"아니, 사실 내 번호가 25번이거든. 재밌어서 웃음이 났어. 52번 너랑 나는 정반대인가보다 싶어서."

그리고 이곳에서의 나는, '봄'이 아니라 '25번'이다. 여자들 셋이서 식상해진 보드 게임은 관두고 마침내 베개 싸움이 시작되려는데, 스피커에서 낭랑한 목소리가 들려온다.

"212호 전원, 우편 있습니다. 찾아가세요."

베개를 높이 치켜든 나와 방어 자세를 취하고 있던 숏컷 52번의 시선이 공중에서 맞닿는다. 곱슬머리 50번이 베개를 바닥에 내던지면서 침대 밑으로 폴짝 뛰어내린다. 비밀리에 고향을 떠나온 우리들에게 우편물을 보낼 사람은 단 한 사람뿐이다.

첫 번째 사건

"지금 몇 시야?"

50번이 입가에 묻은 갈색 소스를 대충 닦아내며 다급하게 묻는다.

"1시."

나는 학교에서의 버릇대로 목소리를 낮추어 재빨리 대답한다. 프라이빗룸 안에서는 적당한 소음은 신경쓸 필요가 없는데도. 지금 우리는 나타샤가 예약해준 메르 백화점의 고급 룸식당에서 식사를 하고 있다. 넓고 얕은 접시에 대비되게 음식은 조그맣고 예쁘게 놓여 있는데, 또 그것과도 대비되게 강렬한 맛 내음이 후각을 자극한다. 빛의 속도로 접시들을 비워낸 50번은 다섯 번째 접시에 세팅된 스테이크를 먹기 좋게 잘라 한 입 베어문다. 진심 어린 감탄사가 50번의 입에서 연신 터져나온다.

"그만 좀 먹어! 지금 꼭 그래야 해? 넌 긴장도 안 돼? 앞으로도 이런 음식 마음껏 먹을 기회가 얼마든지 있을 텐데. 쓸데없는 데 욕심부리지 마."

이미 식사를 마친 52번이 팔짱을 낀 채 50번을 타박한다. 나도 옆에서 같이 맞장구를 친다. 그러자 50번이 발끈하며 고개를 치켜든다.

"쓸데없다고? 니들이 나한테 할 말은 아닐 텐데?"

그러곤 긴 곱슬머리를 귀 뒤로 잡아 넘기면서 번갈아 가며 52번과 내 얼굴을 쏘아본다. 그 와중에도 음식은 입속으로 계속 들어가고, 우물거리는 동작은 멈추지 않는다.

"우리는, 각자 원하는 게, 다른 거지. 안 그래? 난 다른 건 모르겠고…… 먹어둘 수 있을 때 맛있는 걸 맘껏 먹고 싶단 말야. 시간만 잘 지키면 되는 거 아냐? 그러니까 방해하지 마."

정확한 지적에 뜨끔한 52번이 한숨을 쉬며 고개를 절레절레 젓지만 사실 50번의 말을 반박할 수는 없다. 한 시간 전 백화점에 도착한 순간부터 지하의 명품매장을 이리저리 돌아다니면서 우리 손에 들린 대형 쇼핑백만 벌써 5개는 되니까. 베릴 학교 아이들의 수준에 맞는 적당한 명품이 몇 가지 필요할 거라는 나타샤의 말에 힘입어 원 없이 카드를 긁다 보니 일이 커져버렸다.

"아냐, 오히려 잘 됐어. 자연스러움이 제일 중요하잖아."

나는 쇼핑백들을 곁눈질한 뒤 뻔뻔하게 주장한다.

"그래도, 나중에 인파에 휩쓸려갈 때 잊어버리지 않게 각자 나눠 들자. 그게 안전하겠어."

52번이 헛기침을 하면서 고개를 끄덕인다. 그래, 나타샤의 대본대로만 하면 아무 일 없다. 기숙사 우체국에서 받은 직후 내용을 재차 확인하고서 태워진 나타샤의 첫 번째 대본을 떠올려본다.

메르 백화점,

오후 1시 30분- 지하 1층 전시공간 누수.

오후 2시- 중앙 샹들리에 추락. 암전 후 광고 송출.

활동: 30분의 제한 시간 동안 지하 1층에서 감전 위험을 알리며 불안감 조성 후, 오후 2시 전에 반드시 지상 1층으로 돌아올 것. 이후 사고 현장의 사람들에게 샘플 나눠줄 것.

지금으로부터 30분 뒤 이 백화점의 지하 1층은 물바다가 될 것이다. 그리고 그다음 30분 안에 지하 1층에 있는 사람들을 모두 지상 1층으로 올려보내지 못한다면…….

나는 나도 모르게 최악의 결말을 떠올리고서 침을 꿀꺽 삼킨다. 시간이 촌각을 다투며 우리를 향해 경쟁하듯 달려오고 있다. 그런데 같은 일을 맞닥뜨린 입장임에도 50번과 52번은 새삼 태연해 보인다. 52번은 마지막 한 입까지 놓치지 않겠다는 듯 야무지게 우물대고 있고, 50번은 하품을 하는 걸로 봐서 얼른 밖으로 나가고 싶어하는 눈치다. 내가 너무 심각하게 생각하는 걸까. 둘은 무슨 생각인지 궁금하지만 끝내 묻지 않는다. 괜한 불안감을 조성할 필요는 없다.

"어차피 중요한 일은 도도제약 어른들이 알아서 할 거야. 너무 힘줄 필요 없어."

약속된 시간이 되고 식당을 나서기 직전 나는 나만 알아들을 수 있을 정도로 작은 소리로 자기암시를 한다. 전학 첫날에 그랬던 것처럼 오버하지 말자는 다짐이다. 우리는 곧 사건이 벌어질 지하 1층의 정중앙 에스컬레이터를 곁눈질하며 스쳐간다. 아무것도 모르는 쇼핑객들은 아름답게 진열된 상품들에 시선을 뺏긴 채 그곳에 단단히 붙들려 있다. 쇼 타임을 20분 정도 남겨두고 우리는 지하 1층 가장자리에 있는 명품 쥬얼리 매장으로 들어간다. 입구와 제일 가까운 진열대에서 난생처음 보는, 반짝이는 사파이어가 박힌 금목걸이의 영롱한 자태에 시선을 빼앗긴다. 적당히 쇼핑하는 척 연기만하면 되는데도 오묘한 푸른빛의 보석은 본능적으로 사람의 발걸음을 잡아끈다.

"예쁘죠? 이번에 새로 나온 신상이에요. 클래식한 고급미가 포인트인 어른들 취향인데, 손님들이 보는 눈이 있으시네요. 어머니 드릴 선물 찾으시는 거죠?"

직원이 완벽에 가까운 반달웃음을 지으며 이번에는 정교

하게 세공된 호박 브로치를 꺼내 보여준다.

"요즘 어머님들이 선호하시는 스타일인데, 디자인은 다양하게 있어요. 하나씩 꺼내 보여드릴게요."

우리는 다 같이 고개를 끄덕인다. 눈 깜짝할 사이에 10분이 지나간다. 잠잠하던 중에 대뜸 불쑥 솟아오르는 불안감에, 나는 귀걸이를 눈여겨보는 척하면서 그 앞에 진열된 손목시계의 시간을 확인한다. 1시 25분. 나는 잔잔한 클래식이 흘러나오는 매장을 우아하게 드나드는 손님들을 흘깃거린다. 나타샤가 약속했던 첫 번째 사건이 과연 일어날까? 52번이 귀걸이가 마음에 든다며 카드를 꺼내든다. 모든 게 거짓말처럼 느껴진다. 현실감이 없다. 꼼꼼하게 포장된 보석함을 건네받은 52번이 싱긋 미소 짓는다. 잠자코 보고만 있던 50번이 이제 다른 매장도 구경하러 가자며 작게 속삭인다. 그리고 잠시 뒤, 우리 셋의 불안한 시선이 공중에서 부딪힌다. 5, 4, 3, 2, 1……

꼭대기의 숫자 12에서 힘차게 출발했던 초침이 시계 속 작은 세상을 한 바퀴 돌아 다시 원위치로 돌아오는 순간. 안녕히 가시라는 인사를 건네면서 내게 머물던 직원의 시선이 내 어깨너머를 향해 멀어지더니 돌연 그 자리에 고정된다. 직원의 두 눈동자가 왕방울만 해진다.

"저게 무슨……"

나는 직원의 손끝이 가리키는 곳을 바라본다. 대본대로다.

아무 일도 일어나지 않을 것 같던 맞은편 벽면에서 물이 흘러 위에서부터 아래로 회색빛 바닥이 검게 물들어간다. 당장이라도 공간째로 흘러내릴 것만 같다. 이상을 눈치챈 사람들의 새된 비명이 메아리처럼 퍼져간다. 나는 제자리에 멍하니 선 채로 굳어버린다. 이런 일이 벌어질 거라고는 꿈에도 몰랐던 것처럼.

"뭐 해? 정신 차려!"

52번이 내 어깨를 세게 잡아 흔들며 소리친다. 내가 재빨리 고개를 끄덕이자 그 애는 새로 산 귀걸이가 든 쇼핑백을 어깨에 끼고서 우리가 미리 짜둔 동선을 따라 거침없이 달리기 시작한다. 50번은 이미 시야에서 사라진 지 오래다. 이렇게 빨리 진행될 거라고는 예상하지 못했는데. 나는 눈에 힘을 준다. 쇼핑백을 어깨에 바짝 붙인 채 전속력으로 달린다. 마주치는 사람들을 붙잡고 위층의 수도가 터진 것 같다고 소리친다.

"1층으로 올라가세요! 얼른요! 시간 없어요!"

나는 조금 전 식사를 하고 나온 프라이빗 룸식당에 큰 소리를 내며 들이닥친다. 바깥 사정을 전혀 모르는 사람들은 하나같이 나를 이상하게 바라본다. 나를 아래위로 훑어대는 시선에서, 소란을 일으키는 자들에 대한 뿌리 깊은 혐오가 느껴진다. 그러나 얼마 지나지 않아서 그들의 눈동자에는 원초적인 공포가 깃든다. 고급스러운 취향이 깃든 바닥의 기하학적 무늬를 따라 물이 미끄러져 들어오기 시작한다. 훤히 바닥을 드러내고 있다가 피할 길 없이 밀물을 맞이한 갯벌처럼. 눈앞에서 순식간에 수면이 차오르는 걸 꼼짝없이 지켜본 이들은 너나없이 살기 위해 1층으로 달려간다. 썬시티 주민으로서 마땅히 갖춰야 할 고상한 모습은 어디에도 없다. 서로를 밀치고 누르며 본능에 충실해지는 이 순간만은 정해진 대로 관절을 움직여야 하는 목각인형에서 자신의 자아를 되찾은 사람들로 되돌아간 것 같다. 나는 잠시 숨을 돌리며 팔을 기울여 시계를 확인한다. 방음벽을 두드려가면서 있는 힘을 다해 소리를 질렀더니 목이 찢어질 것 같다. 남은 시간은 3분. 그러나 가장 가까이에 있는 에스컬레이터는 이미 마비 상태. 나는 서둘러 에스컬레이터 옆에 있는 비상계단 출입구를 활짝 열어젖힌다.

"내려오세요! 거기론 못 가요! 빨리요!"

있는 힘껏 큰 소리를 지르고 손을 흔들면서 반응을 유도하지만 패닉에 빠진 사람들 눈에는 아무것도 보이지 않는 모양이다. 사람들은 당장 눈에 보이고 손에 잡히는 에스컬레이터 위에서 뒤엉킨 채 서로 먼저 올라가겠다며 자리를 다툰다. 아직 사람들이 다 안 왔으니까. 대피 시간은 더 확보된 게 맞겠지? 그렇겠지? 나는 입이 바싹 마른다. 설마 이대로 일을 진행하진 않겠지? 계속해서 시간을 확인하다 보니 초침이 일그러져 보인다. 마침내 초침이 오후 2시를 가리키는 순간. 나는 눈을 질끈 감으며 비상계단 출입문을 닫는 동시에 몸을 던져 안으로 뛰어들어간다.

유리가 산산이 조각나는 찢어질 듯한 굉음이 진동과 함께 온몸으로 느껴진다. 나는 바닥에 몸을 웅크린 채 귀를 틀어막는다. 한동안 먹먹하던 청각이 이내 잠잠해진다.

다시 들려오는 소리는, 내가 평생 들을 리 없을 거라고 확신했던 고통의 소리다. 누군가의 비명과 끔찍한 신음이 문 뒤에서 흘러나오고 있다. 그러다 돌연 아무것도 보이지 않는다. 앞이 캄캄하다. 모든 게 나타샤의 대본대로다. 차마 문을 열어볼 용기가 나지 않아서 나는 다시 바닥에 너부러지듯 주저앉는다. 몸이 주체할 수 없을 만큼 떨려서 나는 내 몸을 양팔로 꼭 끌어안는다. 이런 걸 바란 건 아니었다.

지금 내 꼴은 40년 전 기억관리 시스템이 도입된 원인이 되었던, 과거의 테러범들과 다를 게 없는 모습이다. 어쩌면 사람들이 죽었을지도 모른다. 그리고…… 나처럼 고인이 된 가족을 잊지 못한 자들은 새로운 메모리케어 용품을 구입해야 할 것이다. 변하는 건 없다. 그 대상이 아우름에서 도도제약의 상품이 된다는 것 외에는. 나는 내가 무슨 짓에 가담하고 있는지 똑똑히 깨닫고 만다. 그때다. 어둠 속에서 흐느끼고 있는 내 얼굴 위로 밝은 빛줄기 하나가 쏟아진다. 인상을 찌푸리며 얼굴을 가리려는 내 팔을 누군가의 손이 강하게 붙잡는다.

"너, 지금…… 여기서 뭐 하고 있는 거야?"

이 순간 가장 절실히 보고 싶었던 사람이 나를 보며 떨리
는 목소리로 묻는다.

도도와 디디

유나가 눈을 번뜩이며 속사포처럼 쏘아붙인다.

"지하 1층이 하도 시끄럽길래 무슨 일인가 싶어서 비상계단으로 내려왔는데…… 밖에는 무슨 소리야 대체. 아니, 그보다…… 봄이 넌 썬시티에는 무슨 일로 온 거야? 여기는 어떻게 왔어?"

썬시티에 가서 새 인생을 시작하기 위해 멘탈케어를 선택한, 내 친구. 유나는 어둠 속에서도 여전히 강인하고 다부진 눈빛을 반짝이고 있다. 눈빛만큼이나 반짝이는 핫핑크 셋업 정장은 언뜻 보기에도 값비싸 보인다. 유나가 미간을 구기며 재차 묻는다.

"봄아, 왜 말이 없어? 어떻게 된 거냐니까."

유나는 며칠 전이나 지금이나 내게 잔소리를 퍼부어대는

그 유나다. 유나는 손에 들린 빨간색 손수건으로 흘딱 젖어버린 내 머리카락을 닦아준다. 도통 뜻을 알 수 없는 영문 이니셜이 새겨진, 눈에 익은 촌스러운 손수건. 눈이 시릴 정도로 강렬한 그 컬러에 나는 굳어버린다.

마지막으로 유나가 우리 집에 놀러 왔을 때의 풍경이 눈앞에 생생하게 펼쳐진다. 마당에 줄지어 놓인 화분과 이름 모를 약초들 앞에 쪼그려앉아 물을 뿌려대던 할아버지의 모습도. 조금 쉬었다 하라는 내 만류에도 할아버지는 5월은 관절염에 좋은 천량초가 잘 자라는 시기라며 꿋꿋이 작업에 열중했다. 그날도 유나는 살갑게 할아버지를 챙겼다.

"뭐 이런 걸 가져오냐. 맛난 건 너네들끼리 먹지 않고."

말은 그렇게 하면서도 할아버지는 유나가 내민 얼린 식혜를 곧바로 받아들었다. 그러곤 유나 네 땀이나 닦으라며 호주머니에서 꼬질꼬질한 손수건 하나를 내밀었다. Y.K.S라고 새겨진 그 빨간 손수건을. 고맙다는 말 대신 끊임없이 우리를 향해 툴툴대던 할아버지의 목소리가 뇌리를 스쳐간다. 이제는 고인이 된, 한때 이 세상 사람이었던 목소리가.

유나의 품에 매달려 모든 진실을 털어놓으려던 나는 문득 정신을 차린다. 유나는 나와 다르다. 마음은 조금 아프겠지만, 이 빨간 손수건을 기억의 기준점 삼아 할아버지의 기억을 지울 것이다. 나에 대한 기억도 마찬가지겠지. 나는 유나의 빨간 손수건을 낚아채 품에 움켜쥐고 뒤로 빠르게 물러선다.

유나와 재회하는 순간, 타인의 안위를 걱정하고 그들의 고통에 공감하려 했던 내 모습이 얼마나 위선인지 깨닫고 말았다. 나타샤가 약속한 할아버지의 기억을 손에 넣으려면 도도제약의 마케팅에 대해 절대 비밀을 준수해야 한다. 하지만 유나가 이 순간의 기억을 지우면 모든 게 끝날 것이다.

나는 나를 붙잡으려는 유나를 뒤로하고 철문을 있는 힘껏 밀어낸다. 무작정 앞을 향해 달리기 시작한다. 첨벙거리는 소리와 함께 바지 밑단이 축축하게 젖어든다. 어둠 속에서 어지러운 불빛을 뿜어대는 전선 몇 가닥 옆으로 보이는 풍경이 낯설다.

에스컬레이터 위에는 여전히 사람들이 보인다. 처참한 몰골로 뒤엉켜 있는, 고층에서 떨어진 샹들리에 파편에 몸이 찔린 사람들, 그 아래서 다행히 목숨만은 부지한 채 넋이 나가 있는 사람들, 생지옥을 벗어나기 위해 그 사이를 억지로 비집고 아래로 내려오려다 난간 밖으로 떨어지는 사람들. 상황이 어떻게 흘러가든 나타샤의 대본대로 쇼핑백에 숨겨둔 도도J의 샘플을 행인들에게 나눠줘야 하는데 두려움에 압도당한 몸은 말을 듣지 않는다.

그 아비규환 속에서 백화점 조명이 다시 제자리를 찾아 돌아온다. 도무지 현실처럼 느껴지지 않는 풍경에 나는 발걸음을 멈춘다. 광장 중앙의 스크린 위로 분홍색 꽃잎이 하나둘 떨어진다. 나는 그 광경을 가만히 바라보고 있다. 모든 것이 광고라는 것을 알면서도. 이윽고 꽃잎이 사라진다. 화면이 전환되더니 썬시티 로고가 각인된 건물들이 도도제약의 사랑스러운 캐릭터들과 함께 나타난다. 얼굴에 스마일을 띄운 도도와 디디는 건물 앞을 걷고 있다. 최신상 선글라스와 핸드백으로 멋을 내고서. 캐릭터들이 건물 앞을 지나치려는 순간 굉음과 함께 건물이 무너진다. 잠시 뒤 도도와 디디는 얼굴과 팔다리가 찌부러진 채 다시 모습을 드러낸다. 피투성이가 된 서로의 모습을 보고 충격을 받은 캐릭터들은 비명을 지르며 괴로워하다가 온몸의 힘이 다한 듯 쓰러져 잠이 든다. 그 순간, 스크린 위로 분홍색 꽃잎이 비처럼 내리기 시작한다.

꽃잎에 뒤덮인 캐릭터들의 몸에서 빛이 나고 다시 제정신을 차린 도도와 디디는 활짝 웃는 얼굴을 되찾는다. 지하 1층을 둘러싼 사면이 도도의 핑크빛 꽃잎으로 뒤덮인다. 광고 영상에서 뿜어져나오는 핑크색 불빛이 에스컬레이터에 정면으로 와닿으면서 서서히 흩어진다. 문득, 사고 현장에 여기저기 너부러진 시신들과 부상자들의 모습이 도도와 디디의 이미지와 겹쳐 보인다. 살아만 있다면 이 모든 일이 없던 일이 된다. 그러니 더는 괴로워하지 말고, 이 기억을 오늘밤 여러분의 꼬리표에 기록하라고. 도도제약은 분명 그럴 수 있다고 말하고 있다.

때맞춰 어디선가 달달한 체리 향이 나기 시작한다. 그 향에 취해 나도 모르게 천장을 향해 손을 뻗는다. 아니, 천장이 아니다. 향의 출처를 찾아 고개를 돌려보니 명품관 구석에 거대한 분홍색 자판기가 놓여 있다. 최고가 프리미엄 라인으로 출시된 신제품 도도J의 자판기다. 향에 영향을 받은 건 나뿐만이 아닌 듯하다.

"이봐요, 제가 먼저 왔잖아요. 줄 서요."

물에 흠뻑 젖은 정장 차림의 아저씨가 자판기 앞에 우뚝 선다. 아저씨는 물방울이 맺힌 안경을 대충 손등으로 훔치면서 다른 팔을 뻗어 자신의 공간을 확보한다. 눈앞에서 벌어진 대참사는 아랑곳하지 않는 침착한 얼굴이다.

"누가 그래요? 먼저 돈 내는 사람이 임자지."

알이 거대한 진주 목걸이를 한 아줌마가 아저씨 앞에 바짝 다가가며 중얼거린다. 축축한 머리카락을 손수건으로 톡톡 닦아내면서 자판기에 신용카드를 재빨리 밀어넣는다. 자판기 아래로 도도의 메모리케어 용품 패키지가 뚝 떨어진다.

"저리 안 떨어져? 내가 먼저 왔어!"

아무도 눈길 주지 않던 자판기 앞에 사람들이 몰려든다. 오늘 밤 도도J를 써보겠다며 체면은 아랑곳하지 않고 자판기에 손을 뻗고, 남은 손으로는 다른 손들이 다가오지 못하도록 막으며 방해를 하는 모습들을 보며, 나는 소름이 돋는

다. 업계 1위인 아우름이 잠시나마 그 왕좌에서 내려오고, 만년 3위인 도도가 선택받는 순간이다. 그리고,

"봄아."

다시 한번 우리 둘의 눈이 마주하는 순간. 유나는 산복도로에서처럼 변함없는 음성으로 나를 부른다. 대체 뭐가 문제냐는 듯. 모든 게 드러나는 밝은 조명 아래서 나는 내 비밀이 죄다 까발려진 기분이 든다. 나도 모르게 고개를 떨구려던 순간.

"우리 유나 친구니?"

주인의 취향에 맞게 염색된 핑크색 푸들을 품에 안은 중년 여자가 내 팔을 붙잡는다. 유나네 고모의 시선은 물에 흠뻑 젖었어도 가치는 여전한 내 쇼핑백과 베릴 학교의 교복을 번갈아가며 한참을 머문다. 그 시선에 나는 갑자기 딸꾹질이 난다. 떨림이 멈추지 않는다.

"너 괜찮니? 이거 한번 먹어보렴. 많이 놀랐나본데."

유나네 고모는 재빨리 핸드백에서 작은 약통 하나를 꺼낸다. 약을 조금 덜어내더니 내 입가로 알약을 들이민다. 나는 마지못해 입을 벌린다. 피할 새도 없이 낯선 호의를 꿀꺽 삼키고 만다. 그러곤 무슨 일이 일어났는지 깨닫는다. 이미 돌이키기엔 늦었다는 사실도. 유나네 고모는 흡족한 얼굴로 내게서 등을 돌리고 선다. 고모가 핑크색 푸들의 머리를 아래위로 쓰다듬자 푸들이 내 쪽을 보며 작은 소리로 왈 하고 짖

는다. 갑자기 등골이 오싹해진다. 푸들을 기억의 표식으로 쓸 수 있다는 생각은 못해봤는데. 그녀는 오늘 밤 이 기억을 지우고 자신의 작은 영웅담을 꼬리표에 남길 생각에 들떠 있을 것이다. 의식이 아득해진다. 나타샤의 경고가 머릿속에 왕왕거리며 울린다. 내 존재가 드러나면 이 계약은 없던 일이 된다. 누군가 내 기억을 삭제하게 된다면……. 이럴 때 대처 방법은 하나밖에 없다. 상대방이 꼬리표에 기록될 불리한 상황을 역으로 찾아낼 것.

그때 유나가 묻는다.

"봄이 너, 괜찮아? 우리 집에서 잠시만 쉬었다 갈래?"

나는 내게 주어진 마지막 기회를 단단히 붙잡는다.

"괜찮다면 그러고 싶어."

적당히 꼬리표 점수를 올릴 기회를 잡고 사라지려던 유나네 고모는 유나의 말에 당황한 낯빛을 숨기지 못한다. 푸들의 머리통을 부드럽게 어루만지며 나를 유심히 바라본다.

기회다.

"그래도 괜찮을까요? 사실 저 몸이 너무 안 좋은데, 기숙사로 바로 돌아가면 힘들 것 같거든요."

나는 최대한 애절한 눈빛을 보낸다. 유나의 고모는 물에 흠뻑 젖어 떨고 있는 여학생을, 그것도 조카의 절친한 친구라는 아이를 이대로 보낼 리 없다. 그랬다가는 내 꼬리표에 자신의 행적이 부정적으로 기록될 수도 있으니까. 짧은 순간 유나 고모의 눈동자가 좌우로 빠르게 흔들린다. 마침내 그녀의 얼굴에서 호의를 가장한 가식적인 미소가 떠오른다.

"그래. 우리 유나 친구인데, 얼마든지."

원하는 대답을 얻어낸 나는 썬시티에 온 이후 처음으로 마음에서 우러나온 진짜 미소를 지어 보인다.

반려동물의 집

지하 주차장에서 차량을 타고 밖으로 빠져나가는 데 제법 오랜 시간이 걸린다. 앞뒤가 꽉 막힌 도로를 겨우 헤치고 나오나 싶었는데 백화점 입구에서 완전히 멈춘다. 신고를 받고 출동한 구급차에서 구급대 유니폼을 입은 대원들이 뛰어내린다. 사고 방향을 향해 전속력으로 달려가는 그들의 뒷모습을 나는 태연하게 지켜본다. 네가 선택한 일이잖아. 위선 떨지 마. 다 망치고 싶지 않으면 가만히 있어. 미간에 계속 힘이 들어가서 자꾸만 인상이 찌푸려진다. 전화기를 꺼내 52번의 단축번호를 누른다. 일이 생겼으니 먼저들 기숙사로 돌아가보라는 용건만 간략히 전달한 다음 자연스럽게 전화를 끊는다.

"봄이라고 했지? 자리가 불편하지는 않아?"

운전대를 잡은 채 신호를 기다리던 유나네 고모가 백미러를 보며 묻는다. 날씨 좋은 날 셋이서 피크닉이라도 가는 듯 쾌활한 목소리라 나도 모르게 몸을 움찔거리고 만다. 오늘 밤에 내 기억을 지울 생각에 신이 난 거겠지.

"네, 괜찮아요."

나는 속내를 숨긴 채 잠시 무표정 1번을 풀면서 대답한다. 차량은 6차선 도로를 지나 썬시티의 메인 아트홀과 전시관을 지나친다. 차창 너머로 가로수들이 빠르게 지나가다가 곧 한눈에 담기도 힘든 대단지 아파트 앞에 멈춘다. 정문의 출입구가 성곽처럼 꾸며진 빌딩 숲으로 미끄러져 들어간다. 전용 주차장 입구에 동물사체 이송차량이라고 적힌, 깔끔한 빨간색 트럭이 보인다. 고급 아파트에 어울리지 않는 모습이지만 아파트 주민들은 익숙한 듯 차량을 지나쳐 걸어간다. 지하에서 엘리베이터를 타고 로비를 통과해 곧장 15층에 도착한다.

대문이 열리고, 대문보다 더 굳게 닫혀 있는 듯한 육중한 중문을 열고 집 안으로 들어서자마자 냉동창고로 걸어들어온 것처럼 차가워진 공기에, 나는 파르르 몸을 떤다. 오는 내내 아무 말이 없던 유나가 신발장 옆에 가지런히 개어 있던 얇은 담요를 건네면서 한마디한다.

"고모가 더위를 많이 타시거든."

그제야 미처 보지 못했던 유나네 고모의 옷차림이 눈에 들어온다. 고모는 아직은 계절감이 이른 노란색 민소매 블라우스에 통이 큰 검은색 바지를 입고 있다. 그런 고모가 나를 위해 직접 따뜻한 차를 내온다. 썬시티에서만 맛볼 수 있는 그 특별한 녹차의 산뜻한 향이, 뜨거운 증기를 타고 코에 부드럽게 스며든다. 구름차를 마시면 정말 머리가 맑아지고 구름 위를 동동 떠다니는 기분이 들까. 나는 긴장의 소리가 입밖으로 새어나오지 않도록 유의하면서 조심스레 침을 삼킨다.

"일하던 사람들이 사정이 생겨서 갑자기 관뒀지 뭐니. 운전기사도 그렇고, 다시 구해야 하는데……."

"고맙습니다."

담요를 둘러쓴 내가 고개를 숙이며 감사를 표하자 고모는 퍽 만족스러운 얼굴이다. 시선의 끝까지 미소를 유지하면서 손부채질을 하는 고모의 이마에 작은 땀방울이 맺혀 있다. 그 표정을 계속해서 마주하다가는 얼굴에 경련이 일어날 것 같아서, 시선을 자연스레 거실로 돌린다. 도시에서 알아주는 동물 애호가의 집답게 한쪽 벽면이 강아지와 고양이 그림 액자들로 채워져 있다.

그때 어디선가 둔탁한 문이 열리는 소리가 나더니 개 짖는 소리가 들린다. 얌전히 고모 곁에 앉아 있던 푸들이 폴짝 뛰어내리더니 소리가 나는 방향을 향해 잽싸게 달려간다. 거실 안쪽에서 각양각색의 강아지들이 한꺼번에 쏟아져나와 고모 주위로 진을 치듯 달려든다. 낑낑대는 모습을 보니 낑깡이가 생각나서 나도 모르게 시선이 머문다. 그 때, 낯이 익은 점박이 한 마리가 무리를 이탈해 내 쪽을 향해 달려온다. 그 순진무구한 눈망울이 나를 향해 고정된다.

"낑……."

나는 입을 틀어막는다.

"왜 그러니? 강아지 무서워하니?"

고모는 낑깡이가 너무나 사랑스럽다는 듯 들어올리더니 무릎에 앉힌다. 비명을 지르는 대신 반사적으로 입속에 집어넣은 비스킷은 딱딱하고 단맛이 거의 나지 않는다. 아니, 낑깡이가 왜 여기에 있는 거야?

유나는 내게 티 내지 말라고 눈치를 준다. 나는 가까스로 미소를 유지하면서 아니라며 고개를 젓는다. 우선은 비스킷을 씹어 삼키는 데에만 집중하자. 시간을 버는 거야. 유나의 고모는 백화점에서 핑크색 푸들한테 그랬던 것처럼 낑깡이의 머리를 천천히 쓰다듬으며 말한다.

"길에 사는 동물은 무서울 수 있어. 생존을 위한 본능이 우선일 수밖에 없는 애들이니까. 야생에서 상하지 않은 음식을 눈치껏 찾아 먹고, 먹은 걸 소화시키고 배설하는 그 모든 과정이 인간의 눈으로 볼 땐 얼마나 거슬리니. 어떨 땐 무섭기도 하고 말이야. 반려동물이 된 애들은 아니란다. 조금 챙겨줬을 뿐인데 인간들에게 얼마나 큰 사랑으로 보답해주는지."

고모가 낑깡이의 얼굴에 볼을 비빈다. 낑깡이가 당황해하며 낑낑거리는 소리마저 귀엽다는 듯. 나는 경악하지 않으려 필사적으로 이를 악문다.

"그 강아지는 그럼, 길에서 주워 온 아이인가요?

말끝마다 목이 메는 모습을 비스킷 탓으로 돌릴 수 있어서 다행이다.

"아니, 얘는 처음부터 나와 같이 살았어. 여기 있는 애들도 마찬가지고."

고모가 완벽에 가까운 반달웃음을 짓는다.

"우리 유나 친구도 반려동물 키워보는 게 어때? 원한다면 내가 후원하는 동물단체에 연결해줄 수 있는데. 사람의 운명은 당장 오늘이라도 어떻게 될지 모르지만, 얘네들은 늘 한결같이 네 곁에 있어줄 거야. 보험이라고 생각하고 한번 생각해보렴."

"감사합니다. 한번 잘 생각해보고 나중에 유나 통해서 말씀드릴게요."

나는 입천장이 델 듯 뜨거운 녹차를 힘겹게 홀짝댄다. 몇 모금 들이키자마자 몸의 긴장이 순식간에 풀어지는 기분에, 무의식적으로 헛웃음이 새어나온다. 대책 없이 마셔대면 큰일 날 것 같다는 직감이 든다. 나는 입가에 찻잔을 대고 기울여 마시는 시늉을 하면서, 고모와 자연스레 대화를 이어간다. 그리고 가까스로 화제를 돌리는 데 성공한다. 찻잔과 받침이 예쁘다, 테이블보에 새겨진 꽃다발 자수는 직접 놓으신 것인지, 오늘은 봄이 네가 많이 놀랐을 텐데 메모리케어를 켜기 전에 진정제를 추가해서 먹어보는 게 어떤지, 유나에게 베릴에 다니는 친구가 있는지는 미처 몰랐다는 둥 이야깃거리가 빠르게 동이 난다.

내 기준에서 보자면 우리 세 사람은 하나같이 '웃는 얼굴 2번'을 장착하고 있다. 따뜻하다 못해 뜨거운 구름차를 앞에 두고서 둥글게 둘러앉아 있지만, 주변엔 온기가 하나도 없다. 짧은 침묵도 견디지 못할 만큼 긴장된 분위기에 나는 한계에 다다른다.

"내 방 구경할래?"

유나가 대뜸 자리에서 몸을 일으키며 의미 있는 말을 꺼낸 건, 그때다.

흔쾌히 그러겠다고 대답하려는 순간 유나네 고모가 자리에서 벌떡 일어나더니 유나의 팔을 낚아채듯 붙잡는다. 잠깐이지만 유나는 멈칫한다.

"뭐 하러 그러니, 오늘 네 방 깨끗하게 치웠어? 더럽지 않아? 다음에 보여주는 게 어때? 친구한테 보여주기 좀 그렇잖니."

특유한 고상한 태도는 여전하지만 고모는 어쩐지 안절부절못하는 것처럼 보인다. 너무도 손쉽게 찾아온 기회에 나는 속으로 흐뭇하게 웃는다. 평범한 사람이라면 그깟 방 하나 더럽다고 해서 꼬리표에 올리진 않겠지만 지금 상황은 다르다. 나는 계속되는 우연에 감사하면서 입을 뗀다.

"괜찮아요. 전 보고 싶은데요. 안 될까요? 유나야, 안 돼?"

나는 몸을 과장되게 움츠리면서 여전히 축축한 내 바짓단을 움켜쥔다.

"고모, 안 되겠어요. 봄이 감기 걸리기 전에 적당한 옷을 찾아서 갈아입히는 게 좋겠어요."

"그래? 고모는 유나 네가 창피할까봐 그런 건데 네가 괜찮다면야. 다른 사람은 몰라도, 가족끼리는 무슨 말이든 할 수 있지 않니? 응? 가족이니까 말이다. 재밌게들 놀아라."

고모는 사회적 웃음 4번과 무표정 3번이 뒤섞인 얼굴로 나와 유나의 얼굴을 번갈아가면서 바라본다. 그러곤 갑자기 씩 웃으며 우리에게서 멀어진다. 그 모습에 온몸에 소름이 돋았다가 사라진다.

천천히 있다가 가도 된다는 인사치레와 함께 고모는 쉬는 날에도 처리해야 할 회사 업무가 있다며 서재를 향해 등을 돌린다. 깡깡이는 그녀의 품에 안긴 채 내 쪽을 돌아보며 깡깡대고, 강아지들이 그런 고모의 뒤를 따라 힘차게 달려 들어간다. 유나는 그런 고모의 뒷모습을 알 수 없는 표정으로 힐긋거리다가 나를 보며 작게 속삭인다.

"방에 잠시만 들어올래? 옷도 옷이지만…… 보여줄 게 있어."

유나네 방은 산복도로의 우리 집 거실과 내 방을 합친 것보다도 더 넓다. 할아버지의 진료실과 작은방을 합친 것보다도 더. 그 공간은 텅 빈 듯하지만, 또 부산하게 많은 것이 들어서 있는 듯하다. 문득 기억관리국 사람들을 따라 그 방으로 들어가던 할아버지의 뒷모습이 떠올라, 재빨리 고개를 젓는다. 과거의 기억들이 제멋대로 형체를 갖추고 부풀어오르지 못하도록 얼른 사방에 흩어버린다. 유나 앞에서는 객관성을 잃고 만다. 유나가 나더러 '멘탈케어를 시작하지도 않은 문제학생'인 네가 어떻게 장학생으로 선발될 수 있었는지 물을까, 조마조마하다.

"와, 유나 너 진짜 재미있게 잘살고 있구나. 부러워."

나는 유나가 준 편한 옷으로 갈아입고서 부러 감탄사를 연발하며 방을 한 바퀴 둘러보는 시늉을 한다. 그러다 유나 쪽으로 시선을 돌리다가 깜짝 놀라고 만다. 유나는 나를 등진 채, 상반신에 걸치고 있던 상의를 하나하나 벗어 던진다. 얇은 긴소매 티셔츠부터 캐미솔, 브래지어까지. 더우면 에어컨을 켜면 되지 왜 갑자기 옷을 벗냐며 유나를 타박하려던 나는 조금 전보다 더 눈을 크게 뜬다. 유나의 등은 붉고 푸른 빛의 멍들로 가득하다. 무언가로 있는 힘껏 가격당한 것처럼 부풀어오르고 터진 상처도 여럿 보인다. 나는 헉 소리도 내지 못하고, 그저 상처들을 멍하니 바라본다.

"고모가 이랬어."

누가 이런 거냐는 내 무언의 눈빛에 유나가 대뜸 말한다. 나를 마주 보는 눈빛엔 흔들림이 없다. 나는 이 상황이 도무지 믿어지지가 않아서 입술만 꾹 깨문다.

"네가 여기 온 지 며칠이나 됐다고 이래? 학교엔 말해봤어? 아니, 경찰서에 신고해야 할 것 같은데……."

유나가 고개를 젓는다.

"안 된다는 거, 너도 알잖아."

유나가 다시 옷을 주섬주섬 입으며 말을 잇는다.

"가족끼리 꼬리표에 올라갈 일을 만들면 영영 돌이킬 수 없는 거."

모를 리가 없다. 다른 사람은 몰라도, 가족의 부정적인 꼬리표를 달아서는 안 된다는 도시의 암묵적인 규칙을. 유나는 괜찮다고 한다. 딱 1년 만 참겠다고, 썬시티 학교생활 이력을 만들고 자기가 원하는 것을 얻은 다음에, 파양신청을 할 거라고. 그다음에 기억을 싸그리 지워버리든 뭐든 하겠다고.

"유나야. 그냥 돌아가는 게 어때? 아직 며칠 안 됐잖아. 되돌릴 수 있어."

내가 조용히 말한다.

"이왕 온 거 계속 버텨볼 거야. 지금 돌아가면 아무것도 남는 게 없어. 중도포기자라고 낙인만 찍힐 거야. 고모, 아니 그 여자랑 같은 공간에 있는 건 죽고 싶을 만큼 싫지만 그건 더 싫어. 죽기야 하겠어? 그 여자가 애초에 스트레스 풀기용 샌

드백도 같이 구한다고 미리 말해줬으면 맷집이라도 키워왔
을 텐데."

유나는 내 앞에서조차 덤덤하다. 썬시티에서의 며칠이 천
년만년처럼 긴 시간처럼 느껴졌을 텐데도. 지금 유나의 얼굴
은 무표정 1번으로 불러야 할까 아니면 2번으로 불러야 할
까. 썬시티 사람답지 않은 애매한 표정에 화가 치민다. 아니,
지금 그게 다 무슨 소용인가.

"그러다 네가 먼저 망가지면 어떡하려고 그래! 너 이렇게
불행하게 살려고 썬시티로 온 거야? 아니잖아. 괜찮은 척 연
기하면서 살 거야?"

나는 더 이상 참지 못하고 울분을 터트린다. 백화점에서
참사에 휘말린 사람들의 처참한 모습이 다시금 떠오른다. 뺨
을 타고 흘러내리는 눈물을 옷소매로 대충 닦아내며 다친 마
음을 추스른다. 잠시 정적이 흐른다.

"봄아, 대기업 장학생은 1년 맞지?"

할 말을 고르며 뜸을 들이던 유나가 마침내 입을 연다.

"맞아."

"우리 딱 1년 만 썬시티에 있다가 같이 산복도로로 돌아가
자. 네 말이 맞아. 난 여기서 평생을 버틸 자신 없어. 그 여자
처럼 괴물이 될 것 같아. 겨우 며칠 떠나 있던 동안에도 난
봄이 네가 너무 보고 싶었어. 네가 여기 있어서 다행이야."

유나의 고모는 서재 벽면 안쪽에 놓인 업무용 책상에 앉아 있다. 그녀는 컴퓨터로 무언가를 열심히 작업 중이다. 온몸에 소름이 돋을 정도로 냉방이 풀로 돌아가는 방 안에서, 자신이 인위적으로 만들어낸 추위를 이겨내보려 따뜻한 구름차를 마셨다 내려놓았다 반복하는 모습이 수상하기 짝이 없다. 나는 몸을 움츠리지 않으려고 노력하면서 문에 노크를 하듯 책장 옆면을 똑똑 가볍게 두드린다. 유나의 고모보다 그녀의 무릎에 앉혀 있던 낑깡이가 먼저 소리에 반응하고 나를 쳐다본다.

"어머, 벌써 가보려고? 더 놀다가 가지 않고."

유나의 고모는 작업용 안경을 눈 밑으로 살짝 내리면서 나를 바라본다. 얼굴에 완벽하게 띄운 사회적 미소 4번이 가증스럽기 짝이 없다.

"아줌마. 전 다 알고 있어요. 유나에 대해서, 아줌마에 대해서도."

내가 조곤조곤한 목소리로 입을 연다. 반질반질하고 매끈하던 고모의 미간이 순식간에 일그러진다. 설마 했던 걸까. 아니면 예상에도 없던 이야기라 놀란 걸까. 어느 쪽이든 유나를 얕잡아보고 제멋대로 주무르려 했던 건 명백하다.

"그래서 말인데요. 오늘이나 모레, 언제가 되었든 제 기억을 지우신다면, 저도 이 기억을 전부 지울까 해요. 아셔야 할 것 같아서."

나는 파란색 종을 꺼내 가볍게 흔들어 보인다. 양쪽 입꼬리를 바짝 당기는 동시에 치열이 드러나게 활짝 웃는다. 얼마나 괴기스러울지는 직접 보지 않아도 알 수 있다. 전학 온 첫날, 처음으로 내게 인사를 건넸던 베릴 학교의 남항 출신 남자애가 나를 보며 딱 이렇게 웃었으니까.

"앞으로도 유나를 학대하시면 그때는 경찰서로 가실지도 모르겠네요. 유나는 몰라도 저는 제3자라서 관계없거든요. 유나한테 지금 일은 입도 벙긋하지 마시고, 티도 내지 마세요. 아시겠죠?"

물론 멘탈케어를 받고 있지 않은지라 죄다 거짓말이지만, 나는 내가 뱉은 말들의 위력을 똑똑히 목도한다. 유나의 고모는 말없이 자리에서 천천히 일어나더니 신속하게 바닥에 무릎을 꿇는다. 반동에 미끌린 볼펜 한 자루가 책상 아래로 굴러떨어져 내 발에 닿는다. 나는 유나의 고모, 아니, 그 여자를 차갑게 내려다본다. 이렇게 무릎을 꿇는 행동이 썬시티에선 중요한 약속을 받아낼 때 보여주는 확실한 증거라고 나타샤의 지침서에 나와 있었다. 앞으로 유나는 무시는 당할지언정 말도 안 되는 폭력에 시달리지는 않아도 될 것이다.

나는 어느새 서재 앞에서 얌전히 나를 기다리고 있던 낑깡이를 안아들고 현관을 나선다. 유나네 아파트를 한참 동안 올려다보다가 겨우 시선을 거둔다. 그리고 아파트 단지 앞을 지나쳐가던 택시 한 대를 재빨리 잡아탄다. 더는 망설이지 않는다. 나는 곧바로 나타샤에게 전화를 건다.

"지금 잠깐 뵐 수 있을까요?"

평생 못 볼 거라 생각했던 낑깡이를 안은 품이 어느 때보다 포근하다. 약속을 잡기도 전에 택시는 이미 목적지를 향해가고 있다.

기억관리국

212호 우편함 정면에 파란색 자석이 붙어 있다. 수령인이 서명을 하고 가져가야 하는 특별 우편이 있다는 뜻이다. 나는 마른침을 삼키며 자석을 떼어낸다. 손에 가볍게 쥐고서 수령장소인 안내데스크로 천천히 다가간다. 나를 위해 눈꼬리 근육을 혹사하고 있는 친절한 직원을 향해 사회적 미소 3번으로 대꾸한다. 내 이름 앞으로 온 우편물이지만 사전에 정한 규칙대로, 뜯지 않고 방으로 돌아와 모두의 앞에서 개봉한다.

시청 기억관리국
현장에 도착하면 민원실 휴게소의 안내방송 스피커와 마이크가 조작되어 있을 것.

활동: 방문객 행렬을 따라 참석. 흩어지는 방문객들에게 도
　　도제약 신제품 샘플 나눠주기.

주의: 첫 번째 사건에서 샘플 배부 활동이 제대로 이뤄지지
　　않았음. 대본을 정확하게 숙지한 후 활동에 임해주기
　　를 바람.

　우리는 모두 숨을 죽인다. 시청의 기억관리국이라니. 메모
리케어의 모든 데이터가 통제된다는 그곳에서 도도제약이
비밀리에 불법 마케팅을 벌였다는 사실이 드러나면 어떻게
될까? 도시의 질서를 위해 기꺼이 그들의 기억을 메모리케
어에 내맡긴 시민들은, 나타샤의 대본대로 사건 사고가 일어
나고 있다는 사실을 알게 되면 어떤 반응을 보일까. 그리고
이 불법 마케팅에 가담한 고등학생들. 우리는 도도제약과 손
을 잡고 기억의 질서를 어지럽힌 죄로 기억관리국에 붙잡혀
갈 것이다. 추방 정도로 끝나지는 않겠지. 얌전히 있던 심장
이 갑자기 터질 듯 두근거리기 시작한다. 도도제약이 대체
도시의 어디까지 파고들 생각인지 두려워진다. 또다시 불법
에 가담한다는 게 실감이 난다. 그러나 이 모든 걸 감수할 만
큼, 나는 지키고 싶은 것들이 있다. 모든 게 대본대로 흘러갈
테니, 이번에는 제대로 해내야 한다.

　"다들 제대로 확인했지?"

　50번과 내가 고개를 끄덕이자, 52번이 지침대로 나타샤의

쪽지에 라이터를 갖다댄 다음 밀폐된 용기 안에 집어넣는다. 용기 밖으로 조금 스며나온 독한 연기에 후각이 예민한 50번이 캑캑거리며 손사래를 친다.

"야, 52번아. 더 조심히 할 수 없어? 잘못하면 화재 경고 센서에 불 들어오잖아."

52번은 특유의 무표정한 얼굴로 50번 앞에서 획획 손을 내젓는다. 깐죽거림이 선을 넘는가 싶더니 둘은 언제나처럼 투닥거리기 시작한다. 용기 속에서 까만 재가 되어 사방으로 흩어지는 종이 조각들을 나는 멍하니 바라본다.

일주일 전 무턱대고 나타샤가 있는 도도제약 본사에 찾아 갔던 때가 떠오른다. 키가 크고 수령이 오래되어 보이는 은 행나무들 사이 우뚝 선 건물과, 그곳에서 나타샤와 나눴던 대화도.

"사정은 딱하지만 예외는 없어요. 저희가 컨택하지 않은 외부인을 이 마케팅에 동참시킬 순 없는 일이죠."

나타샤는 커피를 홀짝이며 내 부탁을 단칼에 거절한다. 어느 정도 협상의 여지가 있을 거라 생각했는데. 나는 나타샤를 찾아온 목적을 잊고 만다.

"그럼 이대로 제 친구를 그런 여자랑 같이 지내게 내버려 둬야 한단 말이에요?"

겉으로 드러내지 못하고 꾹꾹 눌러온 그 여자를 향한 분노를 엉뚱한 사람에게 던진다. 당장이라도 가면 없이 본 모습을 드러낼 수 있는 존재가 절실히 필요했지만 내 룸메이트들은 너무 먼 곳에 있다. 나타샤가 나를 보며 싱긋 웃는다.

"딱 1년 만 참으면 되는 거 아닌가요? 봄이 씨랑 꼬리표를 걸고 약속을 했다면서요. 예전엔 어땠는지 몰라도, 앞으로는 봄이 씨 친구가 물리적인 피해를 입을 것 같진 않은데."

할 말이 없어진다. 모든 걸 간파당한 느낌이다.

"그럼 그다음은요? 제 친구를 직접 지명하시면 간단하잖아요. 저한테 그랬던 것처럼."

"그 친구는 생일이 지났고 멘탈케어도 시작했지 않나요? 미안하지만 그렇게는 안 돼요. 그 대신,"
돌아서려는 순간 나타샤의 나긋한 목소리가 나를 휘어잡는다.

"방법만 바꾸면, 기회가 아주 없는 건 아니에요. 새로운 길을 찾아가면 되죠. 어디서든 예외는 있는 법이니까. 다른 사람은 몰라도 봄이 씨는 돼요."

"그 다른 방법이라는 게…… 뭐죠?"

나타샤의 입술이 부드러운 호선을 그린다. 앞으로 벌어질 일들을 미리 알고 있는, 확실한 승자의 미소다.

나타샤의 대답을 떠올리면서 나는 눈을 질끈 감았다 뜬다. 내 손에 들려 있던 밀폐용기가 바닥으로 툭 떨어진다. 시간이 다시 흐르기 시작한다. 나타샤가 자신의 대본대로 만들어낼

두 번째 사건을 향해. 그리고 마지막 세 번째 사건을 향해.

"아, 진짜…… 25번!"

쩌렁쩌렁한 50번의 목소리에 나는 겨우 회상에서 빠져나온다. 정신을 차려보니 낑깡이가 헥헥거리며 내 옆얼굴을 핥아대고 있다.

"잘 좀 들어보라니까. 너 아까부터 정신을 어디다 놓고 있어? 요즘 왜 그래? 너, 밖에서도 아슬아슬해."

50번이 내게 윽박지르며 허리를 숙인다. 뚜껑이 잘 덮여 있어서 재가 새어나올 일은 없는데도 그 애는 연신 털어내는 시늉을 하며 용기를 집어든다.

"미안."

나는 건성으로 사과한다. 갑자기 또 손이 떨려서 옆에 있던 침대 기둥을 재빨리 붙잡는다. 52번이 팔짱을 낀 채 나를 향해 눈을 가늘게 뜬다. 할 말이 많은 표정이다.

"이미지 관리 좀 하지? 밖에서도 그렇게 멍한 얼굴로 있을 거 아니면 말야. 너 첫 번째 사건 이후로 이상한 거 알고는 있는데, 무슨 일이 있었는지는 관심없어. 어디서 갑자기 강아지를 주워 와도 괜찮고. 얘 꽤 귀엽고 얌전하니까. 이거 하나만 부탁할게. 장학생 생활 잘 마무리할 수 있도록 도와주라. 난 나중에 돈 많이 벌고 싶거든."

나는 풀려 있던 눈에 힘을 준다. 누구보다도 이 일에 진심이고 간절한 건, 나다. 단지 그게 너무 지나칠 뿐이라 문제지.

일주일 전 나타샤가 내게 들려준 이야기는 이성을 잃고 종일 그 생각에만 빠져 있을 만큼 매혹적인 제안이었으니까. 벅차 오르는 감정에 다시 손이 떨려오기 시작한다.

나는 시청 건물을 올려다본다. 회색 벽체 안에 창문이 빼 곡하게 밀집해 있다. 그 창문에는 도시의 모든 모습이 한눈 에 비추어진다. 건물 하나가 도시를 삼킨 듯이.

기억관리국에는 나를 포함해 모두 열 명의 학생들이 방문 했다. 그중 절반은 나타샤의 마케터들이 아니라 순수한 썬시 티 출신 아이들이다. 이미지 관리에 각별히 주의를 기울이라 는 나타샤의 경고대로 나와 212호 아이들은 사회적 미소 1번을 얼굴에 단단히 붙이고 시청 앞에서 담당자를 기다린 다. 사전에 안내받은 대로 땅딸막한 도도제약 직원이 나타나 안내를 시작한다.

"여러분들, 지금은 대기 시간이지만 아시다시피 이곳은 썬시티의 중심인 시 본청입니다. 도시의 모든 기억을 총괄하 는 기관인 기억관리국도 여기에 있죠. 학교를 대표해서 왔다 고 생각하고 매순간 행동에 유의해주세요."

직원은 학생들을 눈대중으로 짝지어 줄 짓는다. 나는 내 곁에 누가 서는지 신경쓰지 않으려 바닥을 괜히 발로 긁는 다. 곧 지령대로 사건이 일어날 테니 지금부터 에너지를 낭 비할 필요 없다고 마음을 다잡는다. 누가 먼저 말을 걸어온다면 적당히 반응해줄 것이다. 유심히 살펴보면 기억관리국 사무실을 찾을 수 있기라도 한 것처럼 건물 외벽의 통창들에서 좀처럼 시선을 떼지 못하는 나에게 익숙한 목소리가 불쑥 말을 건넨다.

"긴장돼?"

나는 고개를 돌리기 직전 재빨리 표정을 단속한다. 키가 훤칠하고 도수 없는 안경을 쓴 남자아이가 내 얼굴을 빤히 바라보고 있다. 베릴 학교에 전학 온 첫날 남항 출신이라며 내게 먼저 다가왔던 아이다. 나는 싱긋 웃으며 받은 만큼의 호의를 돌려준다.

"아니, 좋은 경험이 될 것 같은데."

남자아이는 잠시 나를 가만히 바라보다가 불쑥 내 쪽으로 고개를 깊이 숙인다. 어떻게 반응할 새도 없이 얼굴이 붉게 달아오르려는 찰나. 그 아이는 내 귓가에 대고 생각지도 못한 질문을 건넨다.

"혹시 강아지 키워?"

뭐? 나는 허를 찔린 것 같아 어안이 벙벙하다. 겨우 정신을 붙잡고 표정관리를 한다. 지금쯤 212호에 홀로 남아 나를 기다리고 있을 껑깡이가 뇌리를 스쳐간다.

"강아지? 어…… 키우고 있어. 근데 왜?"

내 표정에 남자아이가 푸핫 하고 웃음을 터트린다. 212호에서 보던 웃음과 똑같은 소리를 내는 모습에 경계가 단번에

풀어진다. 난 아까 뭘 상상한 거지? 이제는 부끄러워해도 된다는 허락을 받기라도 한 것처럼, 순식간에 몸에 열이 오르는 느낌이 든다.

"너한테 강아지 냄새 같은 게 나서. 아, 놀리는 게 아니라 좋은 의미로 이야기하는 거야. 나도 반려동물이 있거든. 설명하긴 힘든데 특유의 냄새가 있어."

"아, 그랬구나. 너도 강아지 키우는 거야?"

나는 썬시티에 온 이후 처음으로 누군가의 시선을 회피하면서 쭈뼛거린다.

"아니, 고양이들. 정확히는 우리집 마당에서 돌봐주고 있다는 표현이 맞겠어. 집에서 키우진 않거든."

"길고양이한테 먹이를 준다는 거지? 집에서 못 키워서 밖에서 돌봐준다는 거고."

남자아이가 피식 웃는다.

"당연히 집에서 키우고는 싶은데 그 애들 의견도 물어봐야지. 나를 따라가고 싶지 않을 수도 있잖아."

주인을 잃고 울고 있었던 낑깡이의 새끼 시절을 떠올리며 나는 고개를 끄덕인다.

"언제부터 밥을 준 거야? 계기가 있었을 것 같은데."

내 말에 남자아이가 뭐라고 입을 떼려는 순간.

"어이구, 부국장님. 여기까지 직접 마중을 다 나와주시고."

도도제약 직원이 건물 입구를 향해 한달음에 달려가 고개를 숙인다.

"여러분들을 기다리고 있었습니다. 그럼, 좋은 시간 되시
길 바랍니다."

머리가 벗겨진 중년 남자가 직원에게 가볍게 목례를 한
다음 베릴 학교 학생들을 향해 깍듯하게 인사한다. 흩어져
있던 학생들이 재빨리 줄을 맞춰 선다. 반짝거리는 이마와는
달리 탄력 있어 보이는 남자의 피부가 묘한 위화감을 자아낸
다. 남자의 목에 걸린 공무원증을 보며 나는 기계적으로 입
꼬리를 올린다.

기억관리국 부국장. 그를 따라 나온 직원들은 하나같이
얼굴에 희미한 미소가 묻어 있다. 그날 할아버지를 안락사하
기 위해 몸소 산복도로의 집에 방문했던 미화팀 공무원들처
럼. 자꾸만 주먹에 힘이 들어간다. 나는 치아가 제멋대로 삐
져나와 입술을 짓이기지 않도록 입술을 꾹 앙다문다.

입구에서 받은 방문객 명찰을 목에 매고 로비에 있던 다
른 공무원들을 따라 엘리베이터를 탄다. '방문객 전용'이라
는 글씨가 선명하게 각인된 투명한 엘리베이터 옆으로, 불투
명한 엘리베이터 여러 대가 스쳐지나간다. 본능적으로 그 움
직임을 따라가던 우리의 시선을 청록색 제복을 입은 덩치가
가로막는다.

"실례합니다. 이 엘리베이터를 제외한 엘리베이터는 모두
업무용이라서요."

시장실은 몇 층에 있을까? 나는 시청의 구조엔 관심 없는 척 팔짱을 끼며 바닥을 응시한다. 나타샤는 도시에 기억관리를 하지 않아도 되는 사람들이 있다고 했다. 누굴까. 어떤 사람일까. 어디에 있을까. 내가 갖게 될 권리를 이미 누리고 있는 그 사람이 내려다보는 이 세계는 어떤 모습일까? 모르긴 몰라도 당장의 내 미래 정도는 한눈에 관망할 수 있고 그 흐름도 바꿀 수 있겠지.

"이동 방향은 이쪽입니다. 다른 곳은 보지 마시고 잘 따라오세요."

보안팀 직원은 나타샤의 대본에 적힌 이동 경로 그대로 방문객들을 안내한다.

첫 번째 사건과 달리 두 번째 사건은 싱거울 정도로 빨리 끝이 날 거라는 걸 나는 알고 있다. 베릴 학교 학생들은 진로 체험을 위해 청사에 방문한 방문객들로, 도도제약에서 파견된 직원들을 따라 기억관리국 공무원들이 있는 곳으로 천천히 걸어가기만 하면 되니까. 정확히는 기억관리의 민낯이 까발려지는 민원실 직원들의 일탈 장소를 향해.

기억관리국의 말단 직원으로서 꼬리표 정정요청을 처리하는 민원실 직원들은 의뢰인이 요청한 기억을 메모리케어를 통해 되돌려보고 사법기관의 승인을 얻어 꼬리표를 삭제하거나 정정하는 업무를 담당하고 있다. 대다수의 민원은 실수로, 혹은 욱하는 마음을 세련되게 억누르지 못해 꼬리표에 흠이 생긴 경우다. 암묵적으로 금기시되는 가족에 대한 꼬리표는 더 심각하다. 요즘엔 육아스트레스를 해소할 길이 없는 부모들이 기억의 꼬리표를 만들 수 없는 어린아이를 학대하거나 다 큰 자식이 건강수명 경고 메시지를 받은 자신의 부모를 학대하는 사례도 심심찮게 벌어지고 있다고 나타샤가 알려주었다. 매일같이 타인의 더러운 기억을 뒤치다꺼리하는 민원실 직원들은 공무와 관련된 기억은 삭제해서는 안 된다는 법 때문에 늘 스트레스에 시달린다. 나는 곧 그들이 맞닥뜨릴 상황을 상상하면서 안쓰러운 마음이 든다.

천장에 줄지어 설치된 매립형 형광등들이 바닥에 반사되는 복도의 코너를 도는 순간, 전면이 강화 유리와 거울로 꾸며진 흡연 부스 안에서 등을 돌린 채 담배를 태우는 두 남자가 눈에 들어온다. 그들은 부스 내부에 비밀리에 마이크가 설치되었고, 천장에 달린 안내방송용 스피커가 부스 바깥으로 돌려져 있다는 사실은 꿈에도 모르고 있다. 오늘의 청사 공개 방문객들이 이 코스를 따라 이동한다는 소식도 미처 듣지 못했다.

"하, 그 아줌마 진짜…… 끈질겼지?"

한 남자의 목소리가 스피커를 타고 쩌렁쩌렁 울려퍼진다. 목소리에 피곤함이 묻어난다.

"말도 마라. 너 다른 팀으로 가고 나서도 계속 찾아왔어. 자기는 결코 엄마를 학대한 적이 없댄다. 얼굴에 멍이 없는

데 어떻게 폭행이라고 할 수 있느냐고 뻔뻔하게 소리 지르더라고. 그거야 지가 눈에 안 보이는 데만 골라 때렸으니까 그랬겠지."

또 다른 남자가 입에 담배연기를 훅 머금었다가 울분을 토하듯 뿜어내고 꽁초를 재떨이에 짓이긴다. 두 사람은 악랄한 민원들을 이야깃거리 삼아 씹어대면서 하루하루 버텨내고 있는 것이다.

"그 아줌마 때문에 그 할머니 건강수명이 못해도 5년은 깎여나갔을 거다. 내일 당장 메시지를 받을지도 모르겠어. 안 그러냐? 근데 너 왜 말이 없……."

두 남자는 그들을 향하는 수십 개의 눈동자를 목격하고 빳빳하게 굳어버린다. 흡연 부스의 전면 거울에 비친 경악에 찬 시선이 서로를 향해 반복해서 맞닿는다. 사연이 어찌 되었든 메모리케어 시스템의 중추인 기억관리국의 직원들이 민원인들을 헐뜯은 사실이 시민의 꼬리표에 남는다면 어떻게 될까.

착각

"비상, 비상…… 상황 넘버 3 발생!"

우리를 안내하던 보안팀 직원이 무전을 켜고 소리친다.

산복도로 사람들과 다를 바 없는 솔직한 기억관리국 직원들의 모습을 처음으로 목격한 방문객들은 웅성대며 크게 동요한다. 결국 보안팀 직원이 손을 높이 들어 투어를 중단시킨다. 민원실 소속의 두 남자는 현장에서 연행되어 어디론가 끌려간다.

"방문객 여러분, 대단히 죄송하지만 신속하게 이동해주시기를 부탁드립니다! 조금 전에 타고 오신 투명한 엘리베이터를 이용하시면 됩니다."

그러나 충격적인 현장에 넋이 나가버린 방문객들—베릴 학교 아이들—은 지시를 따르지 않는다. 시야에서 사라져가는 남자들을 조금이나마 더 눈에 담으려고 까치발을 들고 복도 끝까지 고개를 내민다. 특별한 기억에 목말라 있던 썬시티 아이들에게 이보다 더 좋은 기억은 없을 테지. 그렇게 생각하면서 나는 슬금슬금 무리 뒤로 빠진다. 흩어져서 시제품을 나눠주라는 나타샤의 지시대로 52번과 50번과는 반대 방향으로 걷는다. 발길 닿는 대로 방문객용 엘리베이터를 여러 번 갈아탄다. 나를 스쳐지나가려는 방문객들에게 도도의 신제품을 건네준다. 그러다 문득 낯이 익은 한 남자의 외모에 시선이 꽂힌다. 훤칠한 키에 준수한 외모, 썬시티에 어울리지 않는 남루한 옷차림…….

내 생일날 RD 리스트에 세 번 오르는 바람에 산복도로에서 쫓겨났던 그 남자다. 남자는 목에 직원 출입증을 걸고 당당하게 시청을 활보하고 있다.

그 남자가 어떻게 여기에 있지? 나는 조금 전 시민들을 뒷담화하던 공무원을 실제로 보았을 때보다 더 놀란다. 계속해서 남자를 쳐다보는 행위가 달갑지 않은 이목을 끌 수 있다는 사실을 알면서도, 그의 모습에서 도무지 눈을 뗄 수 없다.

여긴 썬시티잖아. 그것도 기억관리국.

생각하는 순간에도 남자가 멀어지고 있어서 나는 본능적으로 남자를 뒤쫓아 청사 건물 안쪽까지 들어간다. 방문객 명찰을 매고 있는 나에게 연신 눈인사와 목례를 하는 공무원들을 피해 통창 뒤로 보이는 초록빛의 공중 정원 입구까지 흘러 들어간다. 하지만 남자는 간발의 차로 눈앞에서 사라져 버린다. 나는 통로의 끄트머리인 '통제구역' 문 앞에서 가로막힌다. 다시 돌아가야 하나?

"여기는 어떻게 오셨나요?"

갑자기 문이 벌컥 열리고 낯선 누군가가 모습을 드러낸다. 눈가의 점, 야무진 눈매에 오똑한 이목구비. 그 형상들이 모여 순식간에 익숙한 사람의 모습을 만들어낸다. 온종일 긴장으로 짓눌려 있던 입이 절로 벌어지고 있지만 나는 나를 통제할 수 없다.

그 얼굴을 오도카니 바라본다. 지금 내 앞에 선 사람의 얼굴을, 알아볼 수 있다는 사실이 믿기지 않아서.

멘탈케어를 받지 않아도 사람의 기억은 자연스레 흐려지고 지워지거나 재가공된다. 그러나 강렬한 기억은 때로는 시간이 흘러서도 사라지지 않고 더 선명해진다. 파도가 넘실대는 바다, 그리고 그곳에 있던 어린 소년의 모습이 망막에 잠시 맺혔다 사라진다.

붙잡아볼 새도 없이 통제구역 문 앞에서 마주친 그 아이는 대수롭지 않은 얼굴로 내게서 시선을 거두고 가볍게 목례를 한다. 그리고 그 옛날 그랬던 것처럼, 홀연히 사라져버린다. 다시 베릴 학교 기숙사 212호로 돌아올 때까지 그 모습은 끊임없이 내 뇌리에서 되풀이된다. 할아버지의 손끝에서 누런빛의 갱지를 따라 빠르게 움직였던 붉은색의 사람 형상처럼. 이미 지나간 과거의 일이지만 내 머릿속에서 언제든 떠올릴 수 있는 현재로 그 아이를 데려오고 만다.

"너희는 어릴 때의 기억이 몇 퍼센트나 남아 있는 것 같아?"

사실상 방관에 가까웠던 두 번째 마케팅을 성공적으로 마치고 돌아와 212호 아이들이 모두 한곳에 모인 자리, 나는 속내를 처음으로 드러낸다.

"음, 한 60퍼센트? 정확하진 않아."

50번이 초콜릿을 덩어리째 베어 먹으며 대답한다. 온종일 표정을 관리하느라 에너지를 너무 많이 써서 당이 떨어졌다며 멈추지 않고 손을 입으로 가져간다.

"난 80퍼센트. 이래 봬도 기억력이 꽤 좋은 편이라서. 그러는 25번 너는 어떤데?"

52번이 심드렁하게 되묻는다.

"난 사실 어릴 적 기억이 별로 없어."

내가 바싹 말라버린 입술에 침을 바르며 천천히 운을 뗀다. 212호 아이들과는 이름도 살던 곳도 공유할 수 없지만, 이 도시의 누구와도 공유할 수 없는 가장 큰 공통분모가 있다는 사실을 계속해서 상기해보면서. 그래도 긴장이 되는 건 역시 어쩔 수 없다.

"근데 이것 하나만은 선명하게 기억이 나."

나는 같은 기억을 가진 사람들끼리의 연대감과 이해를 기대하면서 어렵사리 내 이야기를 꺼낸다.

"여섯 살 때 내 눈앞에서 죽은 친구가 있었다는 것 말야. 어떻게 그런 일이 있었는지 설명하자면 긴데. 그러니까……."

내 말이 공기를 타고 소리로 변하자마자 212호실에 감돌던 수다스러운 분위기가 뚝 끊어진다. 이게 아닌가? 뭔가 잘못되었다는 걸 직감으로 알 수 있다. 냉방 시스템으로 차가워진 공기가 갑자기 폐부를 파고드는 끔찍한 기분이 밀려든다.

"미쳤어? 갑자기 왜 그런 이야기를 꺼내? 우린 마케팅 끝날 때까진 정식으로 기억관리도 못하는데, 뭐 하자는 거야?"

52번이 경멸 어린 눈으로 나를 바라본다. 나는 그 시선을 어떻게든 끝까지 마주하려고, 두 눈에 힘을 준다.

"난 너희라면 당연히 이해해줄 거라고 생각했는데. 아냐?"

나는 52번에게서 시선을 거두고 재빨리 50번을 추궁하듯 쳐다본다.

"설마 너희가 가진 고인의 기억만 중요하단 건 아니겠지? 그건 너무 이기적이잖아. 우리는 그래서 도도제약 장학생으로 온 거잖아."

잠자코 이야기를 듣고 있던 50번의 입에서 검고 걸쭉한 초콜릿이 흘러나온다. 50번이 입가를 닦아내면서 중얼거리듯 말한다.

"누가 그래. 그런 기억은 없어. 적어도 우리한테는 말야."

나를 꿰뚫을 듯 단단히 고정된 두 아이의 시선이 뻣뻣하게 굳는다.

망각

나는 그날의 하늘을 기억한다. 흐리지 않은 하늘. 먹구름은 없지만 군데군데 흰 구름이 보이는, 완전히 갠 날씨는 아닌 것 같은 어정쩡한 하늘을.

동물 캐릭터가 그려진 유아용 튜브에 엉덩이를 끼워넣고 목을 길게 뺀 채 올려다본 하늘. 얕은 물에서 파도가 밀려드는 대로 백사장과 바다의 경계를 오가며, 팔을 뻗어 부드러운 모래를 만지작대며 느꼈던 따스한 감촉. 한여름의 열기가 꺾였음을 알리듯 머리카락을 이리저리 간지럽히던 시원한 바람. 오랜만의 물놀이에 흥분을 주체하지 못하고 자지러지는 친구들의 웃음소리. 우리도 저기 가서 같이 어울리자며, 내 팔을 억지로 끌어대던 '그 아이'의 목소리.

움직이기 싫다는 말로 거절한 나는 바다에 몸을 맡긴 채 구름의 이동을 지켜본다. 친구들이 이웃 어른들과 바다에서 튜브를 타고 노는 동안 부모님들은 모래사장에 펼쳐진 파라솔 아래서 집에서 챙겨온 간식거리를 펼쳐놓고 먹고 있다. 나는 어느덧 하늘에서 시선을 거두고 그 풍경을 멍하니 바라보다가 바로 뒤에서 터지는 유나의 외마디 비명에 몸을 움찔댄다.

수심이 깊은 묵직한 바닷물을 헤치고 걸어나오는 어떤 아저씨의 품에 누군가가 안겨 있다. 파라솔 밑에서 '그 아이'의 부모가 한달음에 달려나와 아이를 넘겨받는다. 주인 없이 바다에 떠다니는 튜브처럼, 저항 없이 흔드는 대로 흐느적대는 아이의 몸을 연신 만지던 부모는 아이의 이름을 목놓아 부른다. 멍하니 그 광경을 지켜보고만 있던 나는 재빨리 튜브에서 일어나 아이를 향해 뛰어간다. 숨을 한번 들이마신 뒤, 큰 소리로 아이의 이름을 부르려고 입술을 달싹인다.

"죽었어."

아이를 건져내 뭍으로 데려온 아저씨가 침통한 얼굴로 고개를 저으며 나를 가로막는다. 파라솔 아래 깔려 있던 돗자리로 덮인 아이의 시신은 기억관리국의 옛 유니폼을 입은 누군가에게 인계된다.

눈을 감으면 아직도 그날의 광경이 바로 어제 일처럼 망막에 겹쳐 보인다. 우리도 저기 가서 놀자. 이미 지나간 과거일 뿐인 '그 아이'의 앳된 목소리가, 현재의 풍경을 뿌옇게 가린다. 나는 지금, 과거의 그 해변에 서 있다.

"여기는 갑자기 왜 오자고 한 거야?"

유나가 도통 영문을 모르겠다는 얼굴로, 내게 묻는다. 고모의 아파트 앞에서 막무가내로 차에 타라는 나를 따라 썬시티에서 멀찍이 떨어진 이곳, 산복도로 아래의 작은 해변에 와 있다는 사실이 믿기지 않는 모양이다. 마케터 활동을 위해 나타샤가 붙여준 기사 아저씨는, 언제든 차량 이용에 불편함이 없게 하라는 별도의 지시가 있었는지 순순히 내 뜻대로 우리를 이곳까지 데려다주었다.

"그냥. 너랑 둘이서만 여기 와보고 싶었거든."

나는 모래사장 입구에 놓인 수영금지 표지판을 힐긋거린다. 반복되는 해풍에 칠이 벗겨진 표지판 기둥이 바닥의 모래와 뒤엉켜 그대로 굳어 있다. 뒤편에 보이는 새하얗게 반질거리는 모래사장은 사람의 발길이 한 번도 닿지 않은 모양새다. 산복도로 마을과 가까워 접근성이 좋고 흠잡을 데 없이 깨끗한데도 이상할 정도로 인적이 없다. 나와 유나는 차례차례 백사장에 발자국을 찍어가면서 바닷물이 닿지 않은 모래만 골라 걷는다. 갈매기 몇 마리가 끼룩 소리를 내면서 머리 위를 맴돌기 시작하자 유나의 표정이 눈에 띄게 불안해진다.

"왔으니까 됐지? 기사 아저씨 위에서 기다리시니까 해 떨어지기 전에 얼른 돌아가자."

썬시티에 속해 있을 동안은 절대 그 반경을 벗어나서는 안 된다는 법이 있기라도 한 것처럼 유나는 사방을 경계한다. 정말 아무것도 모르는 걸까. 아니면 알고도 모르는 척하는 걸까? 나는 계단을 오르는 유나의 뒤통수를 보며 툭 내뱉는다.

"우리 어릴 때는 자주 왔었잖아."

유나가 갑자기 걸음을 멈춘다. 그 순간 계단의 왼편 해안가에서 거대한 파도가 철썩 소리를 내며 바위를 집어삼킨다. 흰 포말이 수면 위로 거칠게 흩어진다. 나는 태연하게 말을 이어간다.

"여기 옛날에는 꽤 유명한 해수욕장이었던 거 알아? 수심이 얕아서 썰물 때는 저 멀리까지 갯벌이 드러났거든. 조수 간만의 차가 엄청 큰 곳이라서 물때를 모르고 들어갔다가 놀다가 죽은 사람이 많았다고 들었어. 아, 계단 끄트머리에 잘 보면 내가 새겼던 낙서가 있을 거야. 하트랑 별표 모양 합쳐서 그린 그림이 어디 있을 텐데……."

"너…… 무섭게 왜 그래?"

유나가 몸을 획 뒤돌며 나를 똑바로 바라본다. 내 시선은 유나의 얼굴 대신 아래로 향한다. 오른쪽 엄지로 나머지 손가락들을 꾹 누르며 주먹을 말아쥐는 움직임을 향해.

"난 처음 와보는 곳이야. 네가 말한 기억 같은 건 나한테 없어. 난 그런 기억 없으니까 헛소리하지 말고 얼른 돌아가자."

서둘러 계단을 오르는 유나의 뒤통수를 보며 나는 피식 웃는다. 어릴 때부터 거짓말을 할 때마다 유나는 엄지를 가만히 두질 못했지. 어떻게든 제 감정을 숨겨보려 하지만 그럴수록 엄지만 더 도드라지곤 하니까.

이제야 확실해졌다.

도시에서 고인의 기억을 가진 이는 나뿐만이 아니다. 본심을 드러내지 못할 뿐, 그들은 도시 곳곳에 숨어 있을 것이다. 어쩌면, 212호에도.

말도 없이 사라졌다가 해질 무렵에야 방으로 돌아온 나를 212호 아이들은 평소와 다름없이 대한다. 평소처럼 웃고, 소리 지르거나 떠들고, 온종일 가면 안에 눌려 있던 진짜 본 모습들을 토해내며 쌓인 스트레스를 쏟아낸다. 짜증을 내기도 한다.

"아까 한 이야기 말인데. 그거 내가 다 지어낸 거야. 반응이 궁금해서 장난 좀 쳐봤어. 황당했지? 그냥 잊어줘. 그럴 일은 없겠지만 메모리케어에 넣지는 말자구."

타이밍을 재고 있던 나는 냉장고에서 아이스크림 세 개를 꺼내는 동시에 슬쩍 말한다. 살아 움직이는 인간 CCTV들이 즐비한 바깥세상보다 안락하다고만 생각했던 212호에서 태연한 척 행동하는 게 훨씬 어려울 수도 있다는 사실을 몸소 체감하면서.

"25번 너는 첫날부터 이상했잖아. 이젠 그냥 그러려니 해. 피차 같은 처지에 뭐…… 신경쓰지 마."

52번이 아이스크림을 한 입 베어물면서 나를 빤히 본다. 나를 똑바로 바라보는 그 아이의 눈동자에 많은 것이 담겨 있다.

"그래, 여기에서나 상상력을 발휘해야지. 밖에 나가면 쓸 데도 없잖아."

초저녁부터 파자마 차림인 50번은 침대에 엎드린 채 아이스크림을 받아 입에 문다. 그 모습들을 보고 있자니 나타샤를 찾아가 따져보려던 마음이 눈 녹듯 사라져버린다. 나는 웃음을 터트린다. 가서 무슨 말을 들을지는 불을 보듯 뻔하다. 나타샤는 언제나처럼 태연하고 여유가 넘치는 얼굴로 나를 맞이할 테지. 그러곤 커피를 홀짝이면서 "내가 언제 그랬던가요? 멋대로 생각한 건 봄이 씨예요. 모두 제각각의 이유로 선택된 거니 크게 의미 부여할 필요 없어요"라고 하거나, "내가 의심스럽죠? 곧 알게 될 거예요. 세 번째 사건만 끝나면 말이죠. 알고 싶다면 끝까지 잘 따라와요"라고 하지 않을까. 나는 고개를 젓는다. 모든 의문이 풀릴 날이 목전에 와 있다. 쏟아지는 의구심들은 잠시 뒤로 하고 눈앞의 행운을 누리고 즐길 때라는 것을 안다.

"야, 밖에 좀 봐!"

52번이 아이스크림 막대를 입에 문 채 창가로 뛰어간다. 어둠이 짙게 깔린 밤하늘 위로 노란빛의 조명이 하나둘 불을 켜기 시작한다. 둥근 보름달을 줄줄이 이어놓은 것 같은 그 광경을 우리는 잠시 넋을 잃고 바라본다.

"이제 시작하려나보다."

보름달 조명 위로 여러 가지 색이 뒤섞인 빛줄기가 하나로 포개지더니 투명한 글씨가 떠오른다. 제40회 '기억의 밤' 전야제.

어느새 나타샤의 마지막 대본이 펼쳐질 '기억의 밤' 행사가 성큼 다가와 있다.

전조

벽면 한쪽을 전부 차지하고 있는 커다란 옷장의 화려한 무늬가 불현듯 눈에 들어온다. 나무 옷장 위에 덧입혀진 검은 배경과, 그 위로 정교하게 양각된 옥빛의 입체적 문양도. 그리고 단단히 닫혀 있던 그 문이 활짝 열리려는 순간, 나는 침대 밑으로 굴러떨어진다. 화들짝 놀라 주위를 두리번거리다 뒤늦게 꿈이었다는 사실을 깨닫는다. 52번과 50번이 잠에서 깨지 않도록, 바닥에 내동댕이쳐진 헬멧을 조심스레 주워 든다. 할아버지 대신 옷장이 꿈에 나오다니. 기분이 싱숭생숭해진다.

1년 중 취침 시간에 맞추어 잠들지 않아도 되는 단 하루. 메모리케어 서비스가 하루 동안 중단되어 도시민의 기억이 온전히 하나로 묶이는 날.

오래전 도시의 궤멸을 막기 위해 만장일치로 통과된 기억 관리 시스템을 찬양하고 기념한다는 구실로, 시민들은 도시가 공인한 이 기념일을 해마다 돌아오는 특별한 축제처럼 즐긴다.

메모리케어가 시작됐던 그날처럼, 다시 한번 도시의 운명을 시민들의 손에 맡긴다 하더라도 모두가 과거와 같은 선택을 할 거라는 암묵적 동의를 구하는, 도시의 기만.

메모리케어와 꼬리표를 거부하는 이들의 미래에 어떠한 불이익이 없더라도, 과연 모두가, 여전히 이 질서에 동의해 줄까.

도시는 이 역사적 행사에 대한 기대감에 잔뜩 부풀어 있다. 특히나 '기억의 밤'을 앞둔 열여섯 살이 한데 모인 1학년 교실은 온종일 웃음이 끊이질 않는다. 기억관리의 밑바닥 동네인 산복도로에선 '기억의 밤'은 행사의 주인공인 열여섯 살 외에는 쉬는 날 그 이상의 의미가 없는 공휴일이지만. 어찌 되었든 나도 열여섯 번째 생일이 지났고, 이 축제에 동참할 권리가 있다.

수업은 특별 교류 활동으로 대체되었고 나는 반 아이들과 함께 선물 바구니를 들고 복도를 오가며 "해피 메모리얼 데이!"를 외친다. 마주치는 학생들과 선물을 주고받는다. 선물이라고 해봐야 기억의 밤 굿즈들로 메모리케어 용품 패키지와 똑같이 생긴 사탕과 젤리가 대부분이다. 교복 위에 기억의 질서를 만든 위인들의 코스튬을 걸친 아이들도 종종 보인다. 이런 점은 산복도로나 썬시티나 다를 게 없다.

울적한 마음을 뒤로하고 고상하게 교류 활동을 마치고 교실로 돌아온 나는 내 몫의 수확물을 책상 위에 쏟아낸다. 그 양이 얼마 되지 않아서, 앞서 쌓여 있던 사탕과 초콜릿 더미의 높이가 더 높아지지는 않는다. 차례대로 사탕을 집어가는 아이들 틈에서, 제일 흔한 다크 초콜릿을 몇 개 집어든다. 기억의 위인들의 그림자가 투박하게 아로새겨진 오리지널 디자인이다.

메모리케어 용품을 본뜬 캡슐형 사탕이나, 노란색 스마일 젤리, 세 사람의 위인 실루엣을 아름답게 본뜬 화이트 초콜릿에는 선뜻 손이 가지 않는다. 맛이 없지만 적당히 구색 갖추기로 좋은 흔해 빠진 초콜릿의 포장지를 잠시 만지작댄다. 그러곤 그것을 물끄러미 내려다본다. 뭔가 마음에 턱 걸린다 했더니 산복도로에 살 때 할아버지가 제일 좋아하던 간식을 붙들고 있었다. 난 왜 이걸 잊고 있었을까. 작년에도 먹었는데 말이지.

"이 초콜릿이 없으면 기억의 밤이라고 할 수 없지!"

카랑카랑한 목소리로 이렇게 말하며 허허 웃는 할아버지의 얼굴이 눈에 선하다. 가만히 있다간 또 감상에 젖어들 것 같아서, 나는 교실을 무대 삼아 돌아다니는 아이들에게 눈을 돌린다. 기억의 밤 기념으로 검은색 망토 코스튬을 교복 위에 걸쳐 입은 완벽한 목각인형들도 오늘만큼은 긴장을 내려놓고 제 친구와 재잘대고 있다. 다수가 원하는 분위기에 맞춰 약간의 자유로움이 이곳에 허용된다. 슬쩍 52번 쪽을 보니, 출석번호 30번대 줄에 앉은 여자아이와 시덥지 않은 농담을 주고받고 있다. 둘 사이에서 과연 자기 속내를 온전히 털어놓는 대화가 오가고 있을지 궁금해진다.

"뭐 하고 있어? 우리 곧 기념하러 갈 건데, 너도 같이 갈래?"

내 생각을 읽기라도 한 듯이 남항 출신 남자애가 바짝 다가와 묻는다. 도수가 없는 안경 너머의 두 눈동자가 나를 향한다. 그 애는 나처럼 오리지널 디자인이 그려진 다크 초콜릿을 만지작거리며 옆에 다른 아이들을 끼고서 바깥을 향해 손짓한다. 이 세계에서 유일하게 나를 신경써주는 것 같은 그 자연스러운 태도에 나는 불쑥 경계를 내려놓고 진심을 드러내고 싶어진다. 어쩌면 나를 이해해주지 않을까?

"음, 글쎄. 실컷 기념했다가 지워버리기는 아까울 것 같은데?"

그러곤 곧바로 후회한다. 지우지 않는 것이 불문율인 기억의 밤에 대해 이렇게 드러내놓고 농담을 하다니, 남항 출신 남자애 곁에 있던 아이들의 달갑지 않은 시선이 내게 쏟아진다. 감상에 빠져 말도 안 되는 실수를 하고 말았다. 나는 주변을 좀 더 철저하게 의식했어야 한다. 두 볼이 갑자기 붉게 달아오르지 않도록 입을 앙다무는 나를 보며 남항 출신 남자애가 큰 소리를 내며 웃는다.

"그래, 네 말이 맞지. 근래 들은 농담 중에 제일 웃겼어. 나는 좋은 날이니까, 이 순간을 기념하자는 거지. 기념한 뒤에 바로 지울 필요는 없잖아? 충분히 만끽한 다음에 지우자고."

그러고는 따라오라는 신호와 함께 눈을 찡긋한다. 할 수 없이 나는 그 애를 따라 교실 밖으로 나간다. 기억이 머릿속에 선명하게 남을 수 있도록 특별히 고안된 기념 포인트가 정원 곳곳에 보인다. 나무 사이사이에 장식된 동그랗고 밝은 노란 전등, 당장이라도 피를 뚝뚝 흘릴 것처럼 채도를 최고로 높인 새빨간 우체통, 번쩍이는 금테가 둘러진 전신거울들이 눈 닿는 곳마다 깔려 있다.

옛날에는 이런 날에 '사진'을 찍어 기념했다. 렌즈에 살아 있는 피사체의 한 순간을 담아내 보관했다는 사실이 피부에 영 와닿지 않는다. 순간의 기억을 제각각 뇌리에 새겨넣는 편이 더 효율적일 텐데. 거울 앞에 사이좋게 앉아 어깨동무를 하고 있는 아이들을 보는 순간 나타샤가 가지고 있던 미스터리한 할아버지의 사진의 형상이 머릿속을 어지럽게 휘젓고 다닌다.

"자, 하나 둘 셋 하면, 제40회 기억의 밤을 기다리며!"

암막 커튼으로 가려진 기념 포인트 안쪽에서 나를 불러낸 남자애가 리더처럼 선창을 하자 옆에 선 아이들이 양손으로 브이 자를 하며 따라 외친다.

"기다리며!"

그러고는 몇 초 정도 정원에 전시된 장식들을 둘러보며 머릿속에 기억으로 아로새길 선명한 이미지를 담는다. 다른 아이들이 기억의 밤 준비를 위해 서둘러 자리를 뜬 뒤에도 나는 홀로 벤치에 앉아 순전히 기억만을 위해 고안된 소품들을 물끄러미 바라본다. 그러다 누군가의 손이 머리 위에 얹어지는 느낌에 고개를 든다.

"그렇게 걱정할 필요 없어."

눈 깜짝할 사이에 커튼 안으로 들어온 남항 출신 남자애가 내 머리를 쓰다듬으면서 느릿하게 말한다. 마치 반려동물을 대하는 것 같은 부드러운 제스처에 몸이 바싹 굳는다. 덤덤하고도 차분한 목소리에 당황할 타이밍도 놓치고 만다.

"곧 모든 게 끝날 테니까."

그는 모든 걸 알고 있기라도 하는 것처럼 나를 꿰뚫어보는 눈빛으로 의미심장한 소리를 늘어놓는다.

"그게 무슨 말이야? 무슨 소리 하는 건지 하나도 못 알아듣겠는데."

지금까지 해온 일이 물거품이 될지도 모른다. 이게 무슨 뜻이든 나는 어떻게든 잡아뗄 생각이다. 기억의 밤이 시작되기도 전에 모든 걸 망칠 순 없다. 내 불안을 간파하기라도 한 것처럼 남항 출신 남자애는 사회적 미소 1번을 지어 보인다.

어느덧 내 곁에 다가온 얼굴이 점점 가까워진다. 기억관리국 때와 달리 이번엔 진짜라는 걸 본능적으로 알 수 있다. 긴장 감으로 바싹 말라버린 입술이 저절로 달싹이고 있다. 그때 커튼 밖에서 똑똑 소리가 난다.

"2번, 얼른 나와봐. 네 약혼녀가 교실에서 기다리고 있어."

숨결이 닿을 정도로 가까운 거리에서 그 애의 두 눈동자 가 크게 흔들린다. 남항 출신 남자애는 한숨을 쉬며 내게서 멀어진다. 나는 미간에 인상을 쓰면서 자리를 뜨는 그 애의 실루엣을 멍하니 바라본다.

"또 보자."

남항 출신 남자애는 커튼을 나가기 직전 나를 돌아보며 싱긋 웃는다. 아무 일도 없었던 것처럼. 나는 어안이 벙벙하 다. 대체 무슨 상황인 거지? 싱숭생숭한 마음을 간신히 붙잡 고 학교 건물을 벗어나 기숙사로 돌아오는 내내, 그 마지막 모습이 눈앞에 어른거린다. 분명 무언가 알고 있으면서도 끊 임없이 호의를 보였던 수상한 남자아이. 간절히 소망했던 할 아버지의 기억 위에 새로운 세계에서 만들어진 기억들이 이 질감 없이 녹아내린다. 얼굴이 화끈거린다. 그러나 생소하고 도 묘한 그 감정은 오래가지 않는다.

여자 기숙사 입구 앞에 있어서는 안 될 사람이 서 있다. 썬 시티에 어울리지 않는 정돈되지 못한 부스스한 옷차림. 안절부절못하는 짧은 단발머리의 뒷모습이 낯선 듯 낯이 익다. 그게 누군지 알아채자마자 나는 긴말 할 것 없이 그 사람을 잡아끌고 212호 문을 열어 젖히고 안으로 들어간다. 내게 등을 떠밀린 겁에 질린 밤색 눈동자가 나를 향한다. 여자아이의 얼굴에서 뜨거운 눈물이 왈칵 쏟아진다.

"이게 대체 무슨 일이야?"

나는 내 앞에서 오들오들 떨고 있는 유나를 강제로 침대 끄트머리에 앉힌다. 유나는 아무 말도 하지 못하고 한참을 끅끅댄다. 나는 서둘러 포트에 물을 끓인다. 만일의 상황을 대비해 구비해 뒀던 구름차를 몇 모금 넘기고 나서야 유나는 겨우 진정한 듯 이야기를 시작한다.

"우리 집에…… 고모랑 나 말고 다른 사람들이 있는 것 같아."

"그게 무슨 소리야? 일하시는 분들도 다 나갔다고 그랬잖아."

유나가 입술을 세게 짓이긴다. 그러곤 고통에 찬 잔뜩 쉰 목소리로 말을 잇는다.

"살아 있다고는 안 했어. 시신들이…… 있는 것 같아. 전부 봐버렸어."

가슴이 섬뜩해진다. 그와 동시에, 한여름에도 냉기가 흐를 정도로 싸늘했던 유나네 고모 집의 지독한 한기가 떠오른다. 감각이 예민해진 탓인지 문고리가 덜컥이는 소리가 귀를 거

146

슬린다. 잘못 들었겠지. 나는 목구멍 뒤로 침을 삼킨다.

"일단 진정해. 옷부터 갈아입자."

옷장에서 만일의 상황에 대비해 구비해둔 서브 드레스를 꺼내 유나에게 건넨다. 눈물로 엉망이 된 유나의 옷매무새를 다듬어주며 할 수 있는 한 가장 어른스러운 대처를 쥐어 짜낸다.

"어떻게 해줬으면 좋겠어? 고모를 신고하고 싶은 거야?"

"증거물은 못 가져왔어…… 내 기억에 남아 있는데 이럴 땐 고모를 신고하는 것도 가능한 거겠지, 그렇지? 아무도 나를 비난하지 않겠지?"

유나는 당장이라도 다시 울음을 터트릴 것 같은 표정을 짓는다. 나는 한숨을 쉰다. 가족을 RD 리스트에 올려 신고한다니. 그랬다간 기껏 지켜온 유나의 썬시티 이력이 물거품이 될 뿐만 아니라 고모의 오명까지 뒤집어쓰게 될 텐데. 그렇다고 이대로 사이코패스와 1년을 더 살아야 한다고? 아무것도 모르는 척 끊임없이 연기하면서?

유나네 고모와 기억의 거래를 성사시킨 후 급히 나타샤를 찾아갔던 그날의 기억이 뇌리를 스쳐간다. 유나가 가정 폭력에서 벗어날 수 있도록 장학생으로 선정해달라는 내 부탁을 거절하며 역으로 더 좋은 방법을 제시했던 나타샤의 목소리도.

"방법만 바꾸면 기회가 아주 없는 건 아니에요. 새로운 길

을 찾아가면 되죠. 어디서든 예외는 있는 법이니까. 다른 사
람은 몰라도 봄이 씨는 돼요."

"그 다른 방법이라는 게…… 뭐죠?"

나타샤의 입술이 부드러운 호선을 그린다. 앞으로 벌어질
일들을 미리 알고 있는, 확실한 승자의 미소다.

"세 번째 사건까지 무사히 마무리지으면 유나 씨도 봄이
씨와 기억의 자유를 누리게 될 겁니다."

나타샤의 약속을 떠올리며 나는 당장이라도 경찰에 모든
걸 폭로하고픈 마음을 억누른다. 어떻게 해서든 오늘을 무사
히 넘겨야만 한다. 그렇게 생각하면서 나는 필사적으로 유나
를 어르고 달랜다. 그사이 메이크업룸에서 단장을 마친
212호 아이들이 돌아온다. 노란색 원피스 차림의 50번은 긴
곱슬머리를 찰랑이는 직모로 펴서 포니테일로 묶었고 52번
은 숏컷에 어울리는 짧은 기장의 검은 드레스 차림으로 나타
난다.

"야, 내 머리 어때? 좀 괜찮지 않……."

외부인을 발견하자마자 말문이 막힌 50번이 유나를 향해
삿대질을 한다. 나는 울고 싶어진다. 이대로 유나를 집으로
돌려보낼 수는 없다. 나는 남은 힘을 모두 끌어모아 최대한
차분한 목소리로, 내가 말해줄 수 있는 범위 내에서 자초지
종을 설명한다. 그리고 유나를 기억의 밤에 데려가자고 제안

한다.

"너 미쳤어? 쟤 상태가 저런데 우리 마케팅 활동은 어떻게 하란 말이야? 오늘이 마지막 날인 거 알고 있는 거 맞지?"

"화장하면 되잖아."

나는 눈을 질끈 감고서 속사포처럼 말한다.

"이미 유나는 학교 부지 안에 들어왔어. 이대로 돌아다니면 더 큰 문제가 생길 거야. 얘는 나타샤도 알고 있으니까, 부탁할게. 안전하게 기억의 밤을 보내려면 이 방법뿐이야. 대신 유나 너도 지금 약속해. 내가 옆에 있을 테니까 밖에서 네 감정을 드러내지 않겠다고."

구름차 덕분에 마음이 완전히 진정된 유나가 나를 보며 고개를 끄덕인다. 그러고는 50번과 52번을 번갈아 보며 기어들어가는 소리로 말한다.

"부탁할게……."

결국 두 사람은 마지못해 고개를 끄덕인다.

우리는 행사가 열리는 기억의 광장으로 향하는 검은 리무진에 오른다. 사방이 짙게 선팅된 리무진 문이 서서히 닫히기 직전, 어떤 남자의 손이 불쑥 들어오더니 와인 병이 담긴 투명한 봉투 하나를 내민다. 52번이 화들짝 놀라 내 팔을 붙잡는다.

"부모님이 보내신 성년 축하 드링크입니다."

상황을 이해할 새도 없이, 남자는 이해할 수 없는 말만 남기고서 유유히 사라진다. 얼떨결에 봉투를 받아든 52번이 모두가 볼 수 있게 봉투를 내민다.

곧바로 열어본 다음 동봉된 음료수에 녹여 마실 것.

평소와 달리 묵직한 봉투 위에 적힌 작은 글씨에 우리는 서로의 얼굴을 번갈아 본다. 잠시 기사 아저씨의 눈치를 보다 머리를 맞대고 나타샤의 메시지를 확인한다.

시청 광장
행사 시작 직후 파트너사 로고가 순서에 맞추어 떠오를 때. 네 번째 순서인 윈드사 이전에, 반드시 파트너를 구해 광장 중앙 불꽃을 향해 진입할 것. 윈드사 로고 확인 후 초록색 폭죽 터뜨린 뒤 신호를 보고 전선에 걸려 넘어질 것. 사전에 광고 시스템 교란 작업이 되어 있을 것.

교란 작업? 이번엔 누가 어떻게 가담했을까. 나는 애써 의문을 누르면서 지시대로 메시지를 한 모금씩 들이킨다. 이번이 마지막이야. 이번만 잘 넘기면 돼. 떫고 밍밍한 물맛이 혀끝에서 잠시 맴돌다 사라질 때까지 우리의 시선은 오롯이 창밖으로 향한다.

행사가 시작되는 저녁 7시가 다가오자 도시의 주요 도로는 기억의 밤을 최대한 의미 있게 즐겨보려는 차량들로 북적이고 있다. 1년 중 취침 시간에 맞추어 잠들지 않아도 되는 단 하루. 모든 도시민의 기억이 허용되어 하나로 묶이는 날. 도시는 이 역사적인 행사에 대한 기대감에 잔뜩 부풀어 있다.

이안

시청 광장으로 가는 길목은 교통 체증이 심각하다. 차가 움직일 기미조차 없자 우리는 광장에서 두 블록 떨어진 곳에서 내린다. 아빠 품에 안겨 있는 작은 아이가 제 몸집만 한 거대한 곰인형을 안고서 내 곁을 스쳐간다. 어떤 사람들은 양손 가득 쇼핑백을 쥐고 걸어간다. 모퉁이 뒤로 시민헌장 기념비의 머리가 보인다.

얼마 전에 방문했던 시 청사 건물 뒤편인데도 느낌이 사뭇 다르다. 넓은 공터 중앙에 기다랗고 낡은 화강암 비석 하나가 우뚝 서 있다. 기념비 주위로 꽃다발들이 발 딛을 틈 없이 빙 둘러서 있어서 가까이 다가가진 못한다. 멀찍이 떨어진 거리에서 거대한 동판에 크게 각인된 글씨를 바라본다.

40년. 기억관리 시스템 도입에 만장일치를 이뤄낸 위대한 시민의 정체성을 담아내고 도시의 위상과 역동성의 근원을 분명히 드러내고자 이곳 기억의 광장에 세우다.

열여섯 번째 생일이 지난 아이들이 사회적 성년을 맞는 '기억의 밤'은 저녁 7시가 되면 도시 곳곳에서 동시에 진행된다. 시청 광장은 그중에서도 가장 인파가 많이 몰리는 곳이며 가장 재미있고 화려한 곳으로도 정평이 나 있다. 썬시티 아이들은 여느 때보다 가장 순수하게 즐거운 표정을 짓고 있다. 이 순간만은 가면을 쓰지 않아도 된다고 모두가 동의라도 한 것처럼. 도도제약의 마케터 활동을 하는 동시에 유나라는 계획에도 없던 혹까지 달린 우리에게는 그림의 떡이지만.

"그럼, 이따가 봐."

행사가 열리는 광장의 메인 출입구 앞에서 나와 유나는 룸메이트들에게 미안함을 가득 담아 마지막 인사를 건넨다.

재즈풍의 음악이 공간을 가득 메우고, 하늘색 조명이 줄줄이 엮여 떠 있는 입구에서 기억의 밤의 익명성을 보장하는 가면을 나눠주고 있다. 나는 내 드레스와 같은 색상의 빨간색 가면을 받아 얼굴 위에 단단히 고정한다. 불안함에 떨고 있는 유나의 손을 붙잡고 좁아진 시야로 주변을 곁눈질하면서 앞으로 나아간다.

이동하는 동안 관례대로 진행될 행사의 순서를 빠르게 떠올려본다. 기억의 밤이 시작되면 행사를 후원하는 파트너사들의 로고 광고가 기억의 밤 주관사와 계약된 시간대에 순서대로 나타났다가 사라지기를 반복한다. 그때부터 서로를 알아볼 수 없게 가면을 쓴 참석자들은 단체로 손을 잡고 큰 원을 그리게 된다. 두어 번 원을 그린 다음 가면에 완전히 드러나지 않은 얼굴의 부분적인 인상만으로 서로의 승낙을 얻어 짝을 짓는다. 기억의 밤 행사의 피크 타임이 될 선언식 직전까지 파트너를 구하지 못한 참석자들은 행사장 바깥으로 나와서 가면을 벗어야 한다. 흩어지는 참석자들의 동선을 고려해서 바닥 곳곳에 도도제약의 광고가 나오는 순간이 올 때까지, 파트너를 구해서 광장 중앙의 불꽃을 향해 가까이 가야만 한다. 그리고…….

생각을 마무리하기도 전에, 기억의 밤이 시작되었음을 알리는 불꽃이 광장 정중앙에서 타오른다.

"나 먼저 가볼게."

유나가 나를 보며 비장하게 손을 흔든다. 사색이 된 얼굴빛을 화사한 꽃무늬 가면으로 가릴 수 있어 천만다행이다. 유나는 자기 상황을 만회라도 하겠다는 각오로 무대의 중심에서 단번에 파트너를 찾아간다. 나는 그런 유나를 보며 안도하는 동시에 가면을 고쳐 쓴다. 성년을 맞은 열여섯 살들의 기대감과 환호성이 기억의 밤의 주제가와 뒤섞여 광장을 물들인다. 나는 바닥을 보며 걸으면서 파트너사들의 로고가 떠오르기를 기다린다. 그리고 순간적으로 누군가와 강하게 부딪힌다. 딱 하는 소리가 재즈의 멜로디와 뒤엉켜 귓전에서 윙윙거린다.

"괜찮아요?"

짙은 보라색 가면 속에 숨겨진 낯선 남자아이의 두 눈동자가 보인다. 괜찮다는 대꾸를 할 틈도 없이 나는 아차 싶다. 방심하는 순간 첫 번째 광고가 그냥 지나가버렸다. 그사이 광장에 모인 참석자들은 하나둘 손을 마주 잡고 큰 원을 만들기 시작한다. 원의 오른쪽 사람들이 내 쪽으로 빠르게 다가온다.

"뭐 해요? 손잡아요. 어서!"

두리번거리며 바닥을 더듬던 내가 원의 대열에서 벗어나 원 안으로 들어가려 하자, 보라색 가면의 남자가 내 손을 세게 붙든다. 할 수 없이 인파에 떠밀려 원을 한 바퀴 돈다. 머잖아 성인으로 인정받는다는 흥분에 휩싸인 참석자들의 웃음소리가 한쪽 귀를 자극하고, 반대쪽 귀에서는 무작위로 재생되는 노래가 시끄럽게 뒤엉켜 내 집중력을 흐트러뜨린다. 필사적으로 정신을 차리려 애써보지만 쉽지 않다.

원을 새롭게 그릴 때마다 새롭게 맞닥뜨리는 파트너에게 의례적인 인사만 건네고서 고개를 두리번거려보지만, 세 번째 로고마저 어둠 속에서 자취를 감춘 지 오래다. 너무나도 어처구니없이 모든 계획이 한 번에 어그러지게 생겼다.

기억의 밤의 규칙대로 나는 가면을 벗어던지며 광장의 가장자리로 다가간다. 파트너도 구하지 못했으니 혼자서 광장 정중앙의 불꽃을 향해 다가갈 수 없다. 어떻게든 다가가야 하는데, 무슨 수로? 애꿎은 바닥만 내려다보며 고민에 빠져 있는 나에게 구원의 손길이 닿는 건, 그때다.

"저랑 파트너 하는 거 어때요?"

어둠 속에서 조금 전 내 손을 붙들었던 보라색 가면의 남자다. 분명 같은 나이일 텐데도 중저음의 목소리는 어른 같은 느낌을 준다.

"좋아요! 좋죠. 완전 좋죠."

나는 자리에서 벌떡 일어나며 그 손을 붙든다. 이 손을 붙들고 일단 들어가고 보는 거다. 내팽개쳐뒀던 가면을 집어들고 다시 얼굴 앞에 단단히 고정한다. 다행히 망가지진 않았다. 지금은 찬물 더운물 가릴 때가 아니다.

"지금 바로 들어가요. 얼른!"

보라색 가면의 손을 잡고 광장 안으로 뛰어들어간다. 브랜드 이미지가 비추어지는 바닥을 하나하나 체크하느라 춤인지 스텝인지 모를 괴상한 동작을 선보인다. 어차피 얼굴이 보이지 않으니, 그리고 누구도 오늘 밤의 기억을 지울 리는 없을 테니, 아무래도 상관없다. 레저용품을 판매하는 윈드사의 로고가 사라지면 곧 도도제약의 로고가 떠오를 것이다.

그리고 마침내 윈드사의 로고가 사라지려는 순간, 나는 나타샤의 대본에 적혀 있던 대로 손끝에서 초록색 폭죽을 터트린다. 그 순간을 포착해 50번 혹은 52번이 전선에 걸려 넘어지면서 불꽃을 꺼트리자 열기에 반응하는 보조 조명이 전부 꺼진다.

순식간에 암흑으로 변한 곳에서 아이들이 크게 동요하며 술렁인다. 행사 관계자가 광장 바깥에서 불꽃을 살려보려고 다급하게 달려오지만 이미 음악은 뚝 끊겼고 광장엔 참석자들의 웅성거림만 남는다.

그 순간 설렘과 두려움이 뒤섞인 어두컴컴한 광장의 바닥을 온통 도도제약의 이름이 수놓는다. 밤하늘에 흩뿌려진 별처럼 바닥에서 하늘로 떠오르는 도도의 이미지를 보는 참석자들의 입에서 경탄이 터져나온다. 성공이다. 해냈다는 생각에, 나는 순식간에 긴장이 풀려 바닥에 주저앉는다.

"고마워요. 덕분에 살았네요."

이제야 시야가 넓어진 것 같아서 나는 피식 웃는다. 눈앞에 두고서도 제대로 마주 보지 못하고 있던 보라색 가면 남자의 얼굴을 올려다본다. 고개를 조금만 올려도 눈을 맞출 수 있는, 그다지 크지 않은 키. 나는 멈칫한다.

모두를 환호하게 했던 도도의 광고가 꿈처럼 사라진다. 이전보다 더 강렬한 불꽃이 타오르면서 사위가 낮처럼 밝아진다. 갑자기 그림처럼 선명해진 눈앞의 남자를 마주 보면서 강렬한 기시감을 느낀다. 조금 전에는 보이지 않던 진실이 드러난다. 가면으로 가려지지 않는 남자의 양쪽 눈 아래, 누군가를 떠올리게 하는 작지만 분명한 점이 보인다. 이래선 안 된다는 걸 알고 있으면서도 확인하고픈 본능이 이성을 이기고 만다.

"이안?"

내 말에 가면을 벗으려던 남자의 동작이 일순 멈춘다. 있을 수 없는 일이라는 걸 알면서도 나는 재차 묻는다.

"너 진짜…… 이안 맞아?"

순간 남자아이의 두 눈동자가 눈에 띄게 동요하더니 이내 잠잠해진다. 그는 웃음기 하나 없는 무표정한 얼굴로 나를 마주한다. 나는 한 발짝 뒤로 물러난다. 진짜 이안이면 어떡하지? 무섭기도 하고 소름 돋을 것도 같다. 그런데 또 반갑고 묻고 싶은 것도 많다. 이대로 이안이 아무런 말도 없이 사라져버릴까 두려워져 그의 옷자락을 잡는다. 남자아이는 가면을 고쳐 쓰고 잠시 주변을 곁눈질하다가 턱 끝으로 광장 바깥을 가리킨다.

나는 빠른 걸음으로 앞서가는 남자아이의 뒷모습을 유심히 바라본다. 정말로 이안이 맞을까. 그렇다기엔 지금 모습은 해변에서 저기로 가서 같이 놀자고 나를 부추겼던 이안의 해맑은 웃음과 너무 거리가 멀다. 냉기가 느껴지는 남자아이를 천천히 따라간다. 축제 분위기의 광장에서 멀어져가는 거리와 비례해 소음도 점점 멀어져간다. 아무래도 상관없다. 이안과 반드시 이야기를 나눠야 한다는 강렬한 욕망이 복잡한 생각을 억누른다. 어둑어둑한 공원까지 그 뒤를 따라간다. 인기척이 느껴지지 않아서 나는 주변을 기웃거린다.

"너, 이안 맞지?"

아무도 없는 것을 확인한 나는 용기 있게 쏘아붙인다. 두려움에 몸이 조금씩 떨려오지만 진실을 확인하기 전까지는 물러나지 않을 생각이다.

"그래. 내 이름을 어떻게 알아냈는지는 모르겠지만."

마침내 눈앞의 남자아이가 정말로 이안이라는 사실을 맞닥뜨리자 실감이 나지 않는다. 온몸에 소름이 돋는 것 같다.

"어떻게? 넌…… 죽었잖아."

머릿속이 새하얘지는 와중에도 나는 더듬거리며 끝까지 말을 이어간다.

"내가 똑똑히 봤는데. 10년도 더 된 일이지만 난 분명히 기억하고 있어. 네 눈가의 그 특이한 점, 목소리마저 생생해. 정말로 이안이라고? 어떻게 살아난 거야?"

"무슨 소리야? 내가 죽는 걸 봤다니?"

남자아이가 천천히 가면을 벗는다. 물놀이를 하던 천진한 남자아이의 얼굴이 드러난 얼굴 위로 겹친다.

"오름 해수욕장에서 봤어. 그때 분명 넌 사망선고를 받았어. 네 시신을 실으러 온 구급차 앞에서, 거기 있는 모두가 똑똑히 들었다고."

나는 나도 모르게 삿대질을 하며 소리친다. 당장이라도 지나버린 과거의 풍경을 눈앞에 펼쳐 보일 수 있을 것 같은데.

"동네 아저씨들이랑 바다에 물놀이하러 들어갔다가 수심이 깊은 골에 발을 헛디뎌서 죽었다고 그랬어. 난 네가 분명 그때 죽었다고…… 너희 부모님은 거의 정신이 반쯤 나가 있어서, 다른 어른들이 기억관리국에 신고를 했어. 그래서,"

"닥쳐. 헛소리하지 마."

말을 채 끝내기도 전에 이안이 말을 자른다. 잔뜩 일그러져 높이 솟아오른 눈썹이 나와 이런 대화를 섞는 것조차 찝찝하고 불쾌하다는 감정을 드러낸다.

나는 눈을 휘둥그렇게 뜬다. 썬시티에 들어온 후 오랜만에 맞닥뜨린 부정적인 얼굴 신호에 반사적으로 몸과 마음이 움츠러든다. 매너 있게 다가왔었던 이안의 말투도, 조금 전 광장에서 함께 가면을 쓰고 원을 그리며 춤을 췄던 일들도, 모두 기분 나쁜 꿈처럼 느껴져서 몸이 떨린다. 정적이 흐른다. 잠시 말이 없던 이안은 얼굴에 남아 있던 감정의 잔재를 거두어들인다. 그러곤 뭔가 결심한 듯 다시 말을 이어간다.

"나는 단 한 순간도 너랑 엮였던 기억이 없어. 네 말은 다

헛소리야. 이래 봬도 난 기억력이 꽤 좋거든."

이안은 와이셔츠 소매를 걷어올리고 손목시계의 옆면을 누른다. 뭘 하는 거지? 무언가 일이 벌어질 것 같은 불안한 예감에 나는 목소리에 힘을 주어 또박또박 따지고 든다.

"어떻게 확신해? 꼬리표는 확인해본 거야? 누군지 몰라도 너를⋯⋯."

이안이 갑자기 고개를 푹 숙이더니 웃음을 터트린다.

"누가 누구를 걱정하는 거야? 봄, 넌 도도제약의 나타샤 씨랑 몰래 RD들을 사주해서 테러를 일으켰잖아. 너희 분수에 어긋나는 일을 벌이고도 무사할 줄 알았어?"

"어, 어?"

예상에 없던 이안의 이야기에, 나는 심장이 멎을 것 같다. 죽은 줄만 알았던 친구가 십몇 년 만에 불쑥 나타난 것도 모자라 내 비밀까지 아무렇지 않게 내뱉는다니. 한 가지 확실한 건, 이안은 모든 걸 알고 있다. 모든 걸 알고 일부러 접근했다.

하지만 RD들이라니? 더 깊은 생각에 잠길 새도 없이 한 무리의 사람들이 양손을 포박당한 채 내 쪽을 향해 엉거주춤 다가온다. 어둠에 가려 잘 보이지 않던 얼굴들이 가로등 불빛 아래로 서서히 드러난다. 그 광경이 기이하기도 하지만 그중 어딘가 익숙한 얼굴이 보여 순간 너무 놀라 다리가 풀려 휘청인다.

"첫 번째 사건."

이안이 끌려온 무리 중 나이가 가장 많아 보이는 한 남자의 가슴을 손가락으로 쿡 찌르며 말한다. 머리숱이 적고 얼굴에 주름살이 깊게 팬 남자는 이안보다 서른 살은 더 많아 보이는 어른이다. 남자는 넋 나간 표정으로 이안의 손가락에 힘 없이 밀려난다.

"메르 백화점에서 수도관을 폭파시키고 샹들리에를 떨어트린 일당들. 이 사람들은 전직을 살려서 완벽하게 썬시티에 파견된 기술자 행세를 했지."

이안이 자리를 옮겨 무리 중 내게 얼굴이 익숙하던 그 사람에게 다가간다.

"두 번째 사건에선 너희 동네 출신 남자가 공무원 행세를 하다가 본관 입구에서 붙잡혔고. 그리고. 마지막으로. 조금 전에 잡힌 두 사람."

이안이 이 대목에서, 씩 웃는다.

"기억의 밤 관계자 행세를 하면서 광고 시스템에 장난질을 하다가 붙잡혔어. 이 사람들은 하나같이 실토했지. 썬시티에 숨어 활동하고 있는 비밀 마케터들이 있을 거라고 말이야. 이 현장에 빠짐없이 나타났던 아이들이 누굴까. 누가 감히 너희한테 그럴 권한을 준 거야?"

도망가야 한다는 생각을 할 겨를도 없이 나는 순식간에 검은 옷을 입은 사람들의 포위망에 둘러싸인다. 이안은 바지

주머니에 손을 집어넣으며 그런 나를 아래위로 훑어보다가 몸을 휙 돌린다.

"이만 가죠. 시민들 눈에 띄기 전에 끝내는 게 좋겠어요."

이안이 무리 중 하나에게 지시하자 공원의 한쪽 조명이 어두워진다. 나는 악을 쓰며 내게로 포위망을 좁히는 얼굴 없는 사람들의 움직임을 어떻게든 막아보려 손을 휘젓는다. 그제야 이안이 일부러 인적이 드문 곳으로 나를 데려왔다는 사실을 깨닫고 만다. 이안에게, 그리고 정체를 알 수 없는 조직에게 완전히 놀아났다는 생각에, 더 큰 위험에 곧 빠질 거라는 두려움에 나는 필사적으로 이안의 발걸음을 붙잡는다.

"내 말에 대답해! 네 기억이 전부 맞다고 어떻게 확신할 수 있어?"

희미해진 가로등 불빛과 어두컴컴한 공원의 경계에 선 이안이 내 쪽을 향해 천천히 돌아본다. 눈빛 한 줌 보이지 않는 그늘진 낯선 그 얼굴에, 해맑고 순수했던 오름 해수욕장의 아이는 어디에도 남아 있지 않은 것 같다. 찰나의 눈빛에 희미한 두려움과 약간의 망설임이 깔려 있다는 사실만 빼면, 완전히 다른 사람이다.

"나는 모든 걸 '기억하는 자'니까."

이안의 그 말을 끝으로 나는 검은 옷을 입은 사람들에게 붙잡힌다. 어둠 속에서 순식간에 다가온 누군가 억센 손길로 내 입을 틀어막는다. 알싸한 소독약 냄새와 함께 공간이 녹아내리기 시작한다. 빠르게 흐려지는 의식 한가운데, 이안의 실루엣이 완전한 어둠 속으로 잠긴다.

3

기억하는 자들

두 할아버지

코를 찌르는 익숙한 약재 냄새에 나는 힘겹게 눈꺼풀을 들어올린다. 그리고 눈앞에 보이는 익숙한 풍경에 안도한다. 천장과 옷걸이에 여느 때처럼 말린 약재가 몇 개 걸려 있고, 할아버지의 책상 위에도 책과 진료 도구들이 어지럽게 흐트러져 있다. 우리 집에서 제일 오래된 골동품인 거대한 옥빛으로 양각된 나무 옷장도 보인다. 어쩌다 여기서 잠든 걸까.

가끔 할아버지 진료실에서 잠든 적이 있었으니 놀라운 일은 아니지만 간밤에 꾼 꿈은 실제로 있었던 일처럼 느껴질 정도로 생생했다. 눈만 뜨면 연기처럼 사라져버릴 꿈이라는 걸 알면서도 마음이 아릴 정도로. 정말로 말도 안 되는 꿈을 꿨다.

지금 할아버지는 옆방에서 주무시고 계실 테지. 습관처럼 물을 한 모금 마시려고 할아버지의 협탁 위로 손을 뻗으려다가 나는 멈칫한다. 컵이 있어야 할 곳이 텅 비어 있다. 엄습하는 불안감에 이불을 꽉 움켜쥐고 그대로 코에 갖다댄다. 쾨쾨한 할아버지의 체취가 하나도 나지 않는다. 갓 빨래한 것처럼 뽀송뽀송한 이불은 머리카락 한 올 없이 깨끗하다. 산복도로가 내려다보이는 머리맡의 창문마저 처음 보는 검은 커튼으로 가려져 있다. 할아버지의 생전 흔적은 그날, 미화팀이 말끔하게 지워버렸을 텐데도.

아, 이곳은 우리 집이 아니다.

기분 나쁜 기시감에 나는 침대를 박차고 일어나 벽 맞은편 모퉁이에 몸을 기댄다. 할아버지의 진료실에 있던 것과 똑같은 진갈색 문짝이 보인다. 기억의 밤을 빛내던 등불들, 아이들의 환호성과 뒤엉켜 머리를 어지럽히는 음악 소리, 나를 보며 조소하는 이안의 얼굴, 비밀스러운 정원의 풍경이 차례로 뇌리를 빠르게 스쳐간다. 그러나 검은 옷을 입은 사람들에게 붙잡힌 이후의 기억은 하나도 없다. 심장이 덜컥 내려앉는 기분이다. 여긴 어디지? 아니, 이제 나는 어떻게 되는 거지? 유나랑 52번, 50번은 어디에 있는 거야? 집으로 돌아간 건가?

나는 떨리는 손으로 내 뺨을 수차례 내리치면서 정신을 붙잡으려 애를 쓴다. 아직은 내게 달아날 기회가 있다. 대범해져야 한다. 그렇게 생각하면서 나는 문을 홱 열었다가 악소리를 내며 반사적으로 쾅 닫아버린다. 심장이 터질 듯 요

동친다. 문 뒤의 공간은 우리 집 거실이 아닌 낯선 복도다. 어두컴컴하고 좁다란 통로는 콘크리트 벽으로 둘러싸여 있어서 빛이 비치는 맞은편 문을 향해 나아가는 것 말고는 벗어날 방법이 없다.

나는 서둘러 내 몸을 지킬 만한 물건이 있는지 거대한 서랍을 열어본다. 그러나 진료실의 책장과 서랍 내부는 텅 비어 있다. 할아버지의 책상마저 모형처럼 어딘가 어색한 구석이 있다. 재차 소름이 돋는다. 이 방은 진짜를 모방한 껍데기의 방이다. 대체 누가, 왜, 어떤 이유로 이런 방을 만든 걸까?

똑똑.

가볍게 문을 두드리는 소리에 온 신경이 곤두선다. 나는 숨죽인 채 문 옆에 몸을 바짝 붙인다. 여차하면 책상이라도 던져야 한다고 생각하면서. 한 번 더 노크 소리가 들리고 누군가가 방으로 들어온다. 꼼짝없이, 나는 그 사람과 마주한다.

"봄아, 마침내 만나게 됐구나. 반갑다."

낯선 아저씨가 허리를 꼿꼿하게 편 채 친근한 동네 아저씨처럼 내 쪽으로 가까이 다가온다. 나는 본능적으로 몇 발자국 뒤로 물러나면서 남자의 얼굴을 유심히 바라본다. 그리고 그를 본 게 이번이 처음이 아님을 알아차린다. 유난히 체격이 크고 눈썹이 짙은 남자의 얼굴 위로 지나간 순간의 이미지들이 번개 치듯 뇌리에 번쩍인다.

할아버지가 돌아가신 다음날 아우름을 사들고 집으로 돌

아가려던 내 앞을 가로막으며 나타샤가 보여준 사진. 사진 속 우리 할아버지 옆에 있던, 바로 그 남자다. 남자는 사진에서 그대로 걸어나온 것 같다.

"여긴 어디예요? 이 방은 대체 뭐예요? 왜 우리 집이 복제되어 있는 거죠?"

나는 치료실의 가짜 책상을 방패 삼아 몸을 숨기며 속사포로 쏘아댄다. 혹여나 아저씨가 이안처럼 돌변해서 나를 공격할지도 모른다는 두려움에 사로잡힌다. 그는 미소를 지을 뿐, 내 말에 대꾸도 없이 어두운 복도를 향해 뒤돌아 나가버린다. 이러다간 아저씨가 갑자기 시야에서 사라져버릴 것 같아서, 나는 이를 악물고 서둘러 그의 뒤를 좇아간다. 복도 끝의 문 앞에서 멈춘 그는 나를 보며 문을 열고 들어가라는 손짓을 한다. 나는 그 자리에 버티고 선다.

"뭐라도 설명해줘야만 들어갈 거예요. 그 전엔 움직이지 않을 테니까, 뭐든 말해줘요."

아저씨의 얼굴에 완벽한 사회적 미소 1번이 떠오른다. 그 기계적인 표정이 베릴 학교에서 나를 보던 아이들의 것보다 더 선명해서 몸이 떨려오지만 나는 회피하지 않고 꿋꿋이 그 눈을 마주하려 애쓴다.

"봄아, 네가 지금 많이 혼란스럽다는 거 알지만 일단은 들어가보는 게 어떨까. 네가 궁금해하는 것들은 모두 이 문 뒤에 있으니까."

아저씨가 미소 띤 얼굴을 유지하면서 가만히 나를 내려다보지만, 그럴수록 나는 그를 향한 경계심을 늦출 수 없다. 어째서지? 나는 분명 붙잡혀 왔는데. 도시에서 금기인 고인의 기억을 갖고 있고, 나타샤를 도와 도도의 비밀 마케터 활동도 했는데. 문 안으로 들어가면 난 할아버지의 기억을 빼앗길지도 모른다.

아니, 그럴 거면 정신을 차리기도 전에 진작 지웠겠지. 내겐 적어도 소명의 기회가 있을 것이다. 나는 숨을 크게 들이마신 뒤 문을 연다. 거짓으로라도 결백을 증명해 보이겠다고 다짐하면서.

새롭게 펼쳐진 방 안에는 아무도 없다. 정면에 거대한 괘종시계가 놓인 방은 서재처럼 책장으로 둘러싸여 있다. 오동나무로 만들어진 거대한 책상을 중심으로 책이 빼곡히 꽂혀 있다. 할아버지의 진료실을 흉내낸 껍데기 방과는 달리, 이 방은 온기가 은은하게 느껴지는 포근한 방이다. 마치 내가 떠나온 산복도로의 집처럼. 어디선가 본 느낌에 낯설지 않은 공간이다. 내게 기억의 질서를 어지럽힌 죄를 묻고 심문하는 곳이라기엔 너무도 따스하다. 나는 뒤늦게 키가 높은 칸막이를 발견하고, 그 뒤로 다가간다. 그리고 예상에 없던 사람의 모습에 우뚝 멈춰선다.

"오느라 고생 많았다."

백발의 노인이 기다란 소파에 홀로 앉아 있다. 노인은 하얗게 센 머리칼을 한 손으로 단정하게 슥슥 빗어 넘긴다. 주름이 졌어도 뚜렷한 이목구비에 유난히 짙은 눈썹, 앉아 있음에도 우뚝 솟은 모습은 그의 큰 키를 짐작하게 한다. 노인은 내게 편히 앉으라며 손바닥을 펼쳐 보인다. 어쩐지 순식간에 긴장이 풀리는 따스한 느낌에 나는 쓰러지듯 소파에 주저앉는다. 우리 할아버지와 다를 바 없는 평범한 할아버지라는 생각에 자칫 경계를 풀지 않으려 입술을 앙다문다.

"할아버지는 누구세요?"

내가 머뭇거리다 묻는다. 앞에 놓인 찻잔에 손을 대지 않고 쭈뼛대는 나를 보며 노인은 자기 앞에 놓여 있던 찻잔을 내 것과 바꾼다. 그러곤 몇 모금 가볍게 홀짝인다.

"윤경식의 친구지. 봄이 네 할아버지인 경식이 말이다."

노인을 따라 차를 한 모금 들이켰던 내가 푸우, 소리를 내며 머금고 있던 차를 내뿜는다. 노인의 얼굴이 엉망이 된다. 나는 화들짝 놀라며 갑 티슈를 뽑아다가 노인에게 내민다. 노인은 웃음을 터트린다.

"과연 경식이 손녀답구나. 제 할아버지를 완전히 빼다 박았어."

휴지로 얼굴을 대충 닦아낸 노인이 웃음을 참으며 겨우 말을 이어간다.

"넌 네 죄목이 뭔지 궁금하겠지. 결론부터 말해주마. 네가 뭘 기억하고 있든 넌 아무 죄가 없다. 전부 내가 그렇게 만들었으니까."

"그렇게 만들었다는 게 무슨 소리죠? 일부러 그러셨다는 건가요?"

"네가 죽은 할아버지를 기억하는 게 우연이라고 생각했니? 멘탈케어가 시작된 이후로 고인을 기억하는 경우는 지금까지 단 한 번도 없었다곤 하지만…… 요즘 들어 고인을 기억하는 사람들이 많아진 건 공공연한 비밀이지. 왜 그렇게 된 걸까? 생각해본 적 없니?"

나를 향하는 노인의 눈동자가 호랑이처럼 번뜩인다. 조금 전 보였던 웃음은 온데간데없이 날카로운 인상이다.

"40년 전에 기억관리 시스템을 도입한 위인들, 그중 한 사람이 나란다."

일순 나는 행동을 멈춘다.

"멘탈케어를 거부하는, 사회의 낙오자들이 늘어난 건 우연이 아니야. 순전히 봄이 너 때문이란다. 네가 경식이에 대한 기억을 잃지 않고, 어떤 기록도 남기지 않고 아무도 모르게 여기로 돌아오려면 '진짜' 메모리케어 용품 생산은 잠시 중단되어야 했으니까. 그 말은 최근 도시에서 몇 년 동안 생산된 약물들이 전부 가짜였다는 뜻이지."

그 말을 듣는 순간 목구멍에서 아랫배까지의 호흡이 턱 막힌다. 겨우 숨을 쉬었을 땐 하마터면 큰 소리가 터져나올 뻔한다. 백화점에서, 시청에서, 도도제약의 신제품을 향해 달려들던 사람들의 모습이 떠오른다. 지난 몇 년간 도시 전체가 기억의 꼬리표에 기록된 것과 같이 집단으로 연기를 하고 있었다니. 몸이 통제되지 않을 정도로 덜덜 떨려온다.

"참 재밌는 일이지? 가짜 약물로 이 질서가 몇 년 동안 이렇게나 잘 유지된다는 것 말이다. 제약회사 대표들이 들으면 창피스러운 일이겠지만 사실 기억의 질서는 몇 년 동안 진짜 약물을 쓸 때보다 오히려 훨씬 단단해졌단다. 물론 사람들이 꼬리표의 기록에서 벗어나지 않으려고 필사적으로 노력한 덕이라 말할 수도 있겠지만. 중요한 건 역시 시스템이야. 나는 이 질서에 대한 무한한 자신이 있단다. 한번 이 시스템에 들어온 사람은 절대로 벗어날 수 없거든."

"산복도로 말고, 썬시티도요?"

"당연한 소리. 이유는 간단해. 봄이 네 할아버지가 나한테는 기억의 기준점과 같은 사람이니까."

노인이 천천히 차를 음미하면서 말을 이어간다.

"몇 년 전에 네 할아버지가 건강수명 임박 메시지를 받고 나서 나한테 부탁을 하러 왔다. 봄이가 나를 기억하게 해달라고. 그래서 난 그 부탁을 들어준 거다. 기억관리의 원칙을 깨고 말이지. 그래도 거저 줄 순 없었어. 네가 그 기억을 원치 않을 수도 있으니까 내 사람인 나타샤를 보냈고, 봄이 네가 선택하게 한 거지. 난 봄이 네가 지닌 기억의 씨앗을 일부러 남겨뒀다. 혹시나 그 씨앗이 죽지 않고 살아서 싹을 틔우고 또, 자라나서 언젠가 나한테 다시 돌아올 수 있지 않을까 생각하면서 말이다. 결국 내 계산이 맞았어."

나는 숨 쉬는 법을 잊어버린 채 노인의 이야기에 빠져든다. 잠깐 멎었던 몸의 떨림이 다시 시작된다. 노인은 자리에서 천천히 일어나더니 칸막이를 지나 거대한 책상 앞에 앉는다.

"이제 돌아왔으니, 어떻게 해야 하나. 응? 어떻게 하면 좋을까, 아가씨."

"집으로 돌아가면 조용히 살아갈게요. 그냥 돌려보내주세요. 부탁드려요."

나는 할 수 있는 한 공손함을 가득 담아 진심으로 말한다. 노인에게서 다시 한번 웃음이 터진다.

"조용히? 경식이의 손녀가 조용히 살아갈 수 있을 것 같으냐? 그건 불가능해. 아무렴. 봄이 너한테도 경식이처럼 타고난 자유분방한 사고가 있잖니. 뭐든 주도권을 쥐어야 직성이 풀리고."

몇 분 전만 해도 완벽에 가까운 사회적 미소를 머금었던 내 얼굴은 순식간에 식은 빵처럼 딱딱하게 굳는다. 그런 나를 달래듯 노인의 목소리가 부드러워진다.

"여기서 모든 걸 기억하면서 살아갈 생각은 없어?"

"네?"

"상당히 아쉬운 일이지만 멘탈케어를 받은 지 오래된 너희 부모는 이곳, 하도에 올 수 없어. 네 친구들도 말이지. 하지만 너는 달라. 기억을 관리하는 책임자 교육을 받아. 그리고 '기억하는 자들'의 일원이 되렴. 봄이 너한테 기억의 자유를 누릴 수 있는 특권을 주겠다는 말이다. 일반인들은 일평생 꿈도 못 꿀 일이지. 지나버린 과거를 마음에 담을 수 있다는 사실 말이다."

다시 소파로 돌아온 노인은 내게 뭔가를 꺼내 보인다. 낯이 익은 빛바랜 코팅지를 마주한다. 온몸이 흥분으로 덜덜 떨린다. 나타샤가 보여줬던 할아버지의 독사진과 같은 사진이다. 그전에는 알지 못했던 사진의 배경이 마법처럼 드러난다. 이 사진은 바로 이곳, 노인의 집무실에서 찍힌 것이다.

"경식이는 내 고등학교 동창이야. 우린 절친한 친구였단다. 내가 세운 질서 때문에 경식이도 안락사를 당해야 했지만, 난 그 친구를 영원히 기억하기로 했다. 여기 있는 모두가 경식이를 기억할 거란다. 봄아, 나뿐만 아니라 이곳 모두가 네가 오기를 기다리고 있었다."

조금 전 보았던 껍데기 방이 뇌리를 스쳐간다. 사진 속 할아버지 곁에 서 있던 젊은 시절 노인과 똑 닮았던 아저씨의 정체도 이제는 알 것 같다. 긴장이 순간 풀려 사진을 떨어뜨린다. 노인에 대한 두려움과 의심이 눈 녹듯 사라진다. 두 할아버지의 관계에 대해 자세하게 알고 싶다. 이곳에서 완벽한 고인으로 남은, 할아버지의 모든 흔적을 간직하고 있을 노인과 함께하고 싶다.

"다른 애들은…… 어떻게 되나요?"

유나와 52번과 50번의 얼굴을 가까스로 떠올리며 내가 묻는다.

"그 친구들도 처벌받지 않을 거야. 옛 세상의 조각 속에서 천국으로 들어가는 문의 열쇠를 발견하는 사람들은 종종 있으니까. 너처럼 이곳에 속할 수는 없겠지만 평범하게 살아갈 거란다. 봄이 너는 내게 남다른 아이라는 걸 알아줬으면 한다. 내 하나뿐인 옛 친구의 손녀니까. 내가 누리고 있는 걸 함께 누렸으면 한단다. 꼬리표 관리도 필요 없어. 네가 기억하고 싶어하는 것들만 기록될 거고, 그게 진실이 될 테니. 그리고 네 이름은 그냥 봄이가 아니야. 넌 '윤'봄이야. 그 말은 네가 내 친구 '윤'경식의 하나뿐인 손녀라는 뜻이지."

할아버지가 나를 보며 다정하게 미소 짓는다. 산복도로의 할아버지가 그랬던 것처럼.

고향으로 돌아온 소녀

언젠가 유나가 말했다.

어른이 되면 썬시티의 변두리라도 좋으니 그곳에서 한번 살아봤으면 좋겠다고. 딱 1년 만 바라던 것을 누리며 살아보면 행복할 것 같다고. 그 행복을 알아버린 뒤에 다시 산복도로로 돌아올 수 있을지, 차라리 그럴 거면 처음부터 아예 모르는 편이 낫지 않느냐는 내 물음에 유나는 고개를 저었다. 봄이 너는 뭘 모른다. 사람은 살면서 가장 행복했던 순간이 기록된 '기억의 꼬리표'를 붙잡고 사는 거다. 행복이 간절해지는 순간마다 과거의 영광을 꺼내보고 아쉬워하기도 하고, 전혀 떠오르지 않는 그때의 감정을 상상하면서 사는 거라면서. 평생을 이루지 못할 꿈을 꾸느니 잠깐의 기억이라도 행복이 기록된 꼬리표를 갖고 살아가는 편이 좋다고, 그 애는 애늙은이 같은 말들을 늘어놨다.

"매일같이 원치 않는 기억이나 좋은 기억을 삭제해대면 머릿속에 남는 건 제멋대로 왜곡된 추억의 빈껍데기뿐이지 않을까? 그게 무슨 의미가 있어? 꼬리표에 있는 훌륭한 순간의 기록들이 내 인생을 보상해주진 않잖아?"

나는 이렇게 대꾸하려다 그냥 입을 다물었었다. 그때의 대화를 떠올리며 나는 눈 앞에 펼쳐진 행복을 가만히 바라본다. 고인을 영원히 추억할 수 있는 곳, 우리 집의 일부를 그대로 모방해 옮겨온 껍데기 방을. 당장이라도 할아버지가 문을 열고 안으로 걸어들어올 것만 같은 착각이 드는 이곳은 도형 할아버지의 컬렉션이다. 영원히 박제된 채 도시의 유산으로 남을 곳이기도 하다.

도형 할아버지는 고등학교 동창으로 절친했던 우리 할아버지를 기리기 위해 이 모든 걸 최대한 원형에 가깝게 복원해냈다고 했다. 마음이 뭉클해진다. 두 사람의 바로 그 우정 덕에 나는 이곳에 있다. 할아버지의 책상을 어루만지며 뒤늦은 애도의 감정에 잠긴다. 어째서인지 눈물이 한 방울도 나오지 않는다.

원하던 걸 얻으면 마냥 행복할 거라고 생각했는데, 두고 온 과거가 아프게 발목을 붙잡는다. 그럼에도 차마 이 공간을 벗어날 수 없다. 이 껍데기 방을 벗어나는 순간 할아버지가 고인이라는 것이 순식간에 분명해질 테니. 할 수만 있다면 여기 영원히 머무르면서 이곳이 변함없이 여전할지 확인하고픈 마음이 든다. 한참 동안 작은 방을 서성이며 놓인 물건 하나하나를 쓰다듬고 바라보다 겨우 밖으로 나선다. 조금 전까지 익숙한 이미지를 담고 있던 내 눈에 난생처음 마주하는 낯설고도 친밀한 장관이 펼쳐진다. 키가 큰 노르스름한 갈대로 뒤덮인 작은 언덕과 그 너머 탁 트인 바다 위에 놓인 하중도가. 나는 가만히 서서 그 이미지들을 받아들인다. 귓전에서 파도 소리가 철썩인다.

이곳이 내가 산복도로에서 썬시티로 건너올 때 버스에서 봤던, 저 멀리 아른거렸던 낯선 섬이라는 사실을 깨닫는 데에는 오랜 시간이 걸리지 않는다. 산복도로에서 썬시티로 향하는 하구둑 다리 뒤로 썬시티의 고층 빌딩들이 겹겹이 늘어서 있다. 일출이 만들어낸 붉은빛이 빌딩숲에 반사되어 사방으로 흩어져 사라진다. 인간이 만들어낸 건물들과 자연이 이루는 묘한 경치를 나는 그저 가만히 바라본다. 바다가 들려주는 소리와 포근한 햇살이 온 세상을 감싼다. 어딘가 불편했던 마음은 저 멀리 물러가고 깊은 안도감이 밀려든다. 내가 원하던 모든 게 있는 곳. 이 평화가 깨지지 않고 계속될 수만 있다면 얼마나 좋을까.

"봄이 씨, 하도에 온 걸 환영해요."

익숙한 목소리에 나는 바다에서 눈을 뗀다. 마케팅이 성공적으로 끝나면서 평생의 꿈이었던 하도에 입성하게 되었다는 나타샤. 그녀는 우리 엄마 같은 무해해 보이는 미소를 지으며 다가온다. 할아버지의 기억을 완벽하게 되찾았다는 감격에 겨워 잠시 잊고 있던 불편한 감정이 순식간에 되살아난다. 나는 날카롭게 묻는다.

"저번에 저랑 했던 약속은 전부 거짓말이었어요? 사건이 모두 마무리되면 유나도 기억의 자유를 누릴 수 있도록 해주겠다고 약속하셨잖아요."

하지만 나타샤는 미안한 기색 하나 없이 나를 빤히 바라본다.

"모든 일엔 절차가 있는 법이죠…… 그리고 상황은 바뀌기 마련이니까요. 하도에 오자마자 봄이 씨의 생각과 마음이 얼마나 바뀌었는지 생각해봐요. 나는 반드시 약속을 지키는 사람이에요. 봄이 씨가 하도에 들어오는 게 먼저였기 때문에, 유나 씨는 문제될 만한 기억을 지워서 집으로 돌려보냈어요. 봄이 씨가 원한다면 기억의 밤 연휴가 끝나고 나서 유나 씨한테 연락해봐요."

나타샤의 말에 순식간에 마음이 누그러진다. 괜한 오해를 했다는 생각에, 나는 얼굴이 달아오른다. 그래도, 할 말은 해야 한다.

"그럼…… 다른 아이들은요? 그 아이들은 어디에 있어요?"

나타샤는 그런 나를 내려다보더니, 속내를 알 수 없는 미소로 대답을 대신한다. 그러곤 조곤하게 되묻는다.

"유나 씨는 그렇다 치고. 그 아이들은 왜 신경쓰지? 언제 봄이 씨 친구인 적 있었나. 이름도 모르지 않나요. 아니, 서로 아는 게 있어요?"

나는 그 질문에 대답하지 못한다. 분명 나타샤의 말이 맞다. 하지만, 어디서 온 누구인지, 이름이 무엇인지, 아무것도 알지 못하지만 나는 그 애들을 조금은 알고 있다. 장학생 놀음이 끝나고 나서 훌륭한 꼬리표를 얻을 생각에 들떠 있던 그 애들의 기대에 가득 찬 표정이 아른거린다.

"봄이 씨, 이제야 모든 게 봄이 씨가 바라던 대로 이뤄졌어요. 기억관리를 하지 않아도 되는 특권층에 속한다는 건, 메모리케어의 질서를 따르지 않아도 마음대로 꼬리표를 편집할 수 있다는 뜻이니까. 과거는 잊어버려요. 봄이 씨 옆에 누가 있는지 똑똑하게 봐야죠."

나타샤는 느릿한 말투로 나를 달래려 하지만 나는 내 친구들을, 여전히 과거를 아끼고 있다는 사실을 말로 증명해야만 속이 풀릴 것 같다. 그러지 않으면 부끄러워서 스스로 견딜 수 없다. 죄책감이 가득한 마음을 안고서 이곳에 당당하게 서 있을 수 없으니까.

"누가 있는데요? 도형 할아버지 말고는 아무도 없는걸요. 죽은 줄 알았던 친구는 멀쩡히 살아 돌아와서 갑자기 나를 체포하지 않나. 이 세계에 산복도로의 나를 아는 사람은 아무도 없잖아요. 솔직히 조금 두려워요."

온전히 나를 위한 항변에 나는 양심의 가책을 느낀다. 내가 그 애들을 진심으로 걱정하긴 하는 걸까?

"정말로 그렇게 생각해요?"

나타샤는 그런 내 어깨를 감싼 채 어딘가로 데려간다. 나는 나타샤에 이끌려 다시 건물로 들어가 생소한 복도를 지나 이번에는 바다를 등진 방향으로 관통해 나간다.

"봄이 씨는 내가 도형 님의 지시만 따라서 봄이 씨를 발탁해 여기까지 데려왔다고 생각하겠지만, 사실 봄이 씨가 나타나기만을 손꼽아 기다리던 사람이 있어요. 나가봐요."

나는 못 이기는 척 고개를 천천히 끄덕인다. 대체 누가 있다는 거지? 계단 아래로 잘 가꾸어진 정원을 따라 쭉 걸어간다. 푸르른 정원 안쪽에 거대한 기억의 3인방 동상이 보인다. 그 앞에 한 남자아이가 쭈그려앉아 있다.

베릴 학교에서 처음으로 내게 말을 걸어주었던 아이, 기억의 밤 전야제 때 내게 곧 모든 게 끝날 거라는 의미심장한 이야기를 했던, 그 남항 출신 남자아이다.

그는 내 인기척을 느끼지 못하고 눈앞의 무언가에 집중하고 있다. 조금 더 다가가고 나서야 그것의 정체가 드러난다. 올망졸망한 털이 노란 새끼 고양이들이 그 아이의 주변을 둘러싸고 밥을 먹고 있다. 고양이들은 입맛을 다시며 배가 부른 듯 엉덩이를 치켜든다. 냐앙 소리를 내며 애교를 부리다가 바닥에 발라당 드러눕는다. 남자아이는 하얀 반점이 있는 새끼 고양이의 배를 쓰다듬다가 마침내 내 쪽으로 고개를 돌린다.

"왔어?"

평소처럼 환한 미소다.

"왜 네가 여기에 있어?"

깊고 짙은 눈동자가 오롯이 나를 향한다. 학교에서 봤던 것과는 결이 다른 눈빛으로.

"내 이름은 준찬이야. 도형 할아버지의 외손자지."

준찬은 그 소개를 시작으로 믿기지 않는 이야기를 들려준다. 마치 이 순간만을 간절히 기다려왔던 사람처럼.

"난 어릴 때부터 할아버지한테 네 이야기를 귀에 못이 박힐 정도로 들었어. 산복도로에 내 또래의 여자아이가 있다고, 그 애가 하도로 돌아왔으면 좋겠다고 말이야. 할아버지는 선뜻 앞에 나설 수 없는 입장 때문에 늘 괴로워하셨어. 이 세계에 대한 책임이 막중한 분이고, 할아버지가 나선다면 월권이라는 말이 나올 테니까. 그래서 내가 너를 데려오는 역할을 대신하기로 마음먹었지. 몇 년 전부터 쭉 너를 지켜봤어. 그리고 하도 사람들도 모르게 도도제약의 나타샤를 통해 네 정보를 수집했고. 경식 할아버지가 돌아가시면 썬시티로 널 데려오는 일을 돕는다는 조건하에, 도도제약 제품을 도시 유일의 메모리케어 용품으로 선정하기로 나타샤랑 거래한 것도 나야. 사실 도도J의 마케팅은 나한테는 그냥 널 여기로 데려오기 위한 수단이었어. 하도 사람들의 견제를 막기 위해 모든 게 철저하게 비밀에 부쳐져서, 널 체포해온 메모리케어 관리자 이안조차 마지막까지 이 사실을 몰랐지. 그러니까 난 너라는 애한테 꽤 진심이야."

준찬의 말을 내가 이해할 수 있는 말들로 바꾸어 멍하니 생각을 곱씹어본다. 긍정과 부정이 뒤섞인, 뭐라고 표현할 수 없는 감정들로 혼란스럽다. 나는 애써 준찬의 시선을 피한다. 그러니까 사실은 이 모든 일들이 나타샤가 아닌 준찬과 도형 할아버지의 작품이었다고? 내가 별다른 말이 없자 준찬은 계속 자신의 이야기를 이어간다.

"우리가 베릴에서 처음 봤던 날. 어디 출신인지 나한테 말해줬던 것 기억나? 넌 '남항'에서 왔다고 그랬지. 사실 거기서 베릴로 전학오는 장학생은 아무도 없어. 썬시티에선 하도를 남항이라고 부르니까. 기억하는 자들로 선택받은 이들 외에는 함부로 하도로 출입할 수조차 없어서, 우리반 아이들은 너를 나와 같은 도시의 특권층으로 생각했을 거야. 난 어떻게든 네가 썬시티에서 편하게 생활했으면 했어. 남항은 내가 나타샤를 통해 너한테 건네줬던 캐리어 안에 숨겨둔 비밀 메시지였어."

나는 그제야 그 아이의 눈을 다시 정면으로 마주한다. 충격적인 진실을 마주하면서도 괜히 기분이 들뜨는 것 같아 입을 다문다.

"굳이 이렇게까지 하는 이유가 뭐야?"

나는 입안에 고인 침을 삼킨다. 눈에 힘을 주려고 해도, 그와 동시에 입가에 미소가 번질 것 같다. 나는 스스로를 통제할 수 없다. 이미 기쁨의 크기가 당혹스럽다는 생각보다 더 커졌으니까.

"너랑 가족이 되고 싶으니까. 누군가의 의지나 강요 때문이 아니라 순전히 내 바람대로. 기억의 위인의 후손으로 살아가는 건, 결코 쉽지 않은 일이야. 매일같이 기억을 편집당하는 시민들 속에서, 어떤 일이 벌어지더라도 변치 않을 인생의 기준점이 되어줄 사람이 필요해요. 저 하도 밖의 사람들은 누구도 날 이해할 수 없겠지만, 봄아, 너는 달라. 그러니까 너라면, 너와 함께한다면, 나는 더 이상 외롭지 않을 거야."

준찬의 진심 어린 말 한마디 한마디에 의구심이 조금씩 녹아내린다. 며칠 전 기억의 밤 전야제에서 둘만 있을 때 느껴졌던 그 묘한 감정이 한 층 더 증폭되어 나를 덮친다. 조금 전에 친구들을 떠올리며 걱정하고 죄책감을 느꼈다는 사실이 생각나지도 않을 정도로. 뱃속 어딘가가 기분 좋게 간질거린다. 그렇지만 할 말은 해야 한다. 나는 팔짱을 낀 채 준찬을 빤히 본다.

"그 말은 나도 만나보고 싶다는 뜻이야?"

말을 뱉은 즉시 후회가 밀려온다. 얼굴이 화끈거린다. 준찬의 약혼녀에 대한 정보를 마음에 담아두었다는 걸 인정하고 싶지 않아서, 유치하단 걸 알면서도 고개를 돌린다. 더는 준찬과 시선을 마주할 수 없는데도 그 아이의 표정이 보고 싶어서 삐딱한 자세로 고개를 들고 만다. 준찬은 한숨을 쉬며 머리 모양을 정리한다.

"솔직히 말할게. 너를 빨리 만날 수만 있었다면 난 분명 널 선택했을 거야. 그럴 수 없었으니까 너랑 닮은 여자아이를 네 대체자처럼 곁에 두고 본 거야. 미안해, 이 부분은 변명의 여지가 없어."

말도 안 된다는 생각이 드는 동시에 기분이 이상해진다. 나를 이렇게나 갈망하는 존재라니. 그런 사람이, 내가 미처 자각하지 못하던 시절부터 썬시티에, 숨겨진 할아버지의 세계에 있었다니.

"아직은 이르지만 같이 좀 나가볼 곳이 있어. 확실하게 해둘 필요가 있겠네. 내가 얼마나 너를 기다려왔는지 증명해주려고 해. 아니면 억울해질 것 같네, 자."

준찬은 자기가 입고 있던 후드 점퍼를 벗어 내게 건넨다. 얼떨결에 내가 그걸 받아 입자, 준찬은 씩 웃으며 모자를 씌워준다. 자각할 새도 없이 내 손을 붙잡고 바깥 도로로 이어지는 대문을 열어젖힌다.

도형 할아버지의 고택은 사방이 뾰족한 외벽으로 둘러싸여 있다. 산복도로에 있는 허름한 주택과 별다를 게 없는 평

범한 모습에 나는 의아해하며 준찬에게 이끌려 앞으로 나아
간다. 하도는 썬시티보다 더 화려할 거라고 생각했는데, 이
곳은 오히려 아득히 먼 과거의 시간에 머물러 있다. 소박하
지만 깔끔하게 정돈된 거리에 사람은 하나도 보이지 않아 의
아하다. 내 표정을 읽은 준찬이 소리 내어 웃으며 말한다.

"지금 기억의 밤 휴가 시즌이라서, 다들 여행 갔을 거야."

시작점에서 두 블록 정도를 지나자 작은 광장이 나타난
다. 광장 왼편에 산복도로 맞은편의 육지와 이곳 하도를 잇
는 유일한 출입구가 보인다. 갈대밭을 지나 바다로 길게 뻗
은 다리는 거대한 바리케이드로 막혀 있다. 코발트블루색 유
니폼을 입은 경비원들이 삼엄하게 동태를 살피며 경계를 서
고 있다. 나는 그들에게서 의식적으로 시선을 돌리고 광장
안쪽으로 서둘러 걸어간다. 내가 어젯밤까지만 해도 기억의
질서를 어지럽힌 범죄자였다는 생각에 괜히 그쪽을 쳐다보
는 것도 민망해진다.

하도의 광장은 도시의 메인 광장과 똑같은 형태를 띠고
있어서 친밀한 느낌이 든다. 게다가 코앞에서 기억의 위인
3인방의 청동 동상을 볼 수 있다니. 나는 이전에 없던 새로
운 호기심이 발동한다. 두 할아버지의 모습이 어떻게 표현
됐는지 확인해보고 싶다. 위인들께 바치는 꽃다발들을 피해
멀찍이 서서 동상을 바라봐야 했던 어제와 달리, 오늘의 나
는 도시의 그 누구보다도 동상에 가까이 다가간다. 동상 아

래에 '기억하는 자들'이라는 글씨가 작지만 분명하게 각인되어 있다. 홀린 듯이 그 글씨 가까이 다가가려는 순간,

"본가에서 언제 돌아오신 거예요? 미리 돌아오셨으면 연락을 하시지. 유영 아가씨……?"

누군가 내 팔을 붙잡는 바람에 나는 정신을 차린다. 풍채가 좋고 얼굴이 잔뜩 햇빛에 그을은 듯한, 생전 처음 보는 아저씨가 나를 보며 반가워하고 있다. 내가 아는 사람인가? 그러나 나를 정면에서 마주하자 아저씨의 표정이 시시각각 변한다. 반가웠던 기색은 완전히 사라지고 무언가 깨달은 듯당황한 기색이 역력해진다. 그러더니 귀신이라도 본 얼굴이된다.

"보안 팀장님, 무슨 문제라도 있나요?"

한 발자국 뒤에서 가만히 지켜만 보고 있던 준찬이 내 손을 힘주어 꼭 쥐며 아저씨를 향해 싸늘하게 말한다. 준찬의약혼녀였다는 애가 유영이구나. 마음이 다시 복잡해진다.

"아…… 아닙니다. 실례했습니다. 연휴 마무리 잘하세요."

그렇게 답하는 아저씨의 표정이 곱지는 않아서 나는 퍽신경이 쓰인다. 내가 이 세계에 편입되면서 많은 사람들 간의 관계가 뒤집히고 어그러진다는 사실이 유쾌하지는 않다.준찬은 다정하게 나를 내 방까지 데려다준다. 준찬이 금빛을발하는 동그란 배지 하나를 내민다. 하도의 주민, 기억하는자들을 상징하는 배지는 베릴 학교의 넥타이핀처럼 우아하

게 반짝인다.

"봄이 너도, 네가 선택해. 내가 그랬던 것처럼 너한테도 선택권이 있으니까. 네가 원한다면 산복도로로 돌아가도 된다는 뜻이야."

유나

지상에서 힘을 잃고 사라진 햇빛 대신 어둑한 공간에서 눈을 뜬 수많은 건물의 빛이 썬시티의 저녁을 깨우려 한다. 그중에서도 유독 높은 곳에서 빛을 내는 수와레 호텔의 외형은 이미지 렌탈숍에 자주 등장하는 테마인 이름 모를 짐승의 휘어진 뿔을 닮아 있다. 날이 무뎌진 칼 같기도 하다. 나는 침을 꿀꺽 삼킨다. 불이 꺼진 호텔 유리창에 비친 내 모습이 렌탈숍에 등장하는 가상인물들을 바라보는 것처럼 어색하다. 입을 앙다문 소녀는 빨간색과 흰색으로 배색된 리본이 포인트로 들어간 어깨가 드러나는 파티 원피스 차림에 검은색 미니 백을 들고 있다.

기억하는 자들 일원들과의 첫 대면을 위한 만반의 준비를 갖췄는데도 목적지로 향하는 걸음마다 긴장이 더해지는 건 어쩔 수 없다. 나는 준찬과 함께 라운지데스크가 있는 호텔 꼭대기층에 내린다. 훤칠하고 머리가 반듯하게 정리된 정장 차림의 직원들이 나와 준찬이 공간에 들어서자마자 흠잡을 곳 없는 미소로 우리를 반긴다. 그 와중에도 낯선 손님인 나를 재빨리 훑는 직원들의 시선이 느껴진다. 일분일초가 흘러갈수록 자꾸만 손에 땀이 차는 것 같아서 나는 미니 백을 반대쪽으로 고쳐 든다.

"반갑습니다. 수와레 호텔 라운지입니다."

미들힐 속 발가락을 꿈틀거려보지만 사방이 가로막혀 조금도 움직일 수 없다. 굽이 있는 구두를 신어보는 건 이번이 처음이다. 그런 나를 안심시키듯 준찬이 상냥하게 웃으며 데스크 앞으로 뚜벅뚜벅 걸어간다.

"제이 매니저님, 잘 지내셨죠? 신규 고객이에요. 조회 부탁드립니다. 01-09349번."

평소에는 없었을 준찬의 의뢰대로 내 번호를 조회해본 직원의 얼굴이 사색이 된다. 이 호텔 CEO가 직접 지명한 사람만 프레스티지 VIP 등급에 속할 수 있다고 준찬이 그랬었지. 직원들의 완벽한 표정 관리에 일순간 구멍이 난다. 나는 웃음이 터질 것 같아서 시선을 데스크 뒤로 옮긴다.

"아, 이거 정말…… 만나 뵙게 되어서 영광입니다. '윤'봄님."

직원들 중 최고참으로 보이는 아저씨가 나를 향해 뛰어나오더니 서둘러 고개를 숙인다. 그 모습에 메아리가 퍼져나가듯 다른 직원들이 차례로 고개를 숙인다. 나는 준찬의 코칭대로 사회적 미소 1번을 보이며 우아하게 인사한다. 앞에 있는 이들은 겉으로는 웃고 있지만 하나같이 같은 마음으로 수군댈 것이다.

"그 아이가, 돌아왔대."

준찬은 기억의 3인방이자 도형의 절친한 친구였던 경식의 손녀가 돌아온 걸 모두가 반기는 건 아니라고 했다. 썬시티와 하도를 오가며 언젠가 준찬과 같은 기억하는 자가 되어 함께 하도에서 살아가게 될 거라 굳게 믿고 있던 유영. 그리고 그 아이를 따라 하도 입성을 꿈꾸던 많은 이들의 꿈은 내가 돌아오게 되면서 산산조각 났다. 기억관리를 하지 않는 하도에서 준찬과 유영의 만남은 지울 수 없는 과거로 남고 말았다. 하도에 속하지 않은 유영은 얼마든지 아픈 기억을 지우고 일상으로 돌아갈 수 있겠지만, 과연 준찬은 아무렇지 않을까 궁금했다. 하도 밖에서야 서로의 이해타산에 따라 기억을 지우거나 적당히 남기면 그만이지만, 모든 걸 기억할 수 있는 세계에선 선택에 따라 마음 깊이 묻어둬야 하는 기억들도 생기기 마련일 테니. 아직 스무 살이 되지 않은 준찬과 내가 다 큰 어른이라도 된 것처럼 진지한 만남을 생각해야만 하는 이유일 것이다.

직원들은 우리를 서둘러 분리된 공간으로 안내한다. 나는 윗부분이 꽃으로 장식된 칸막이벽의 마지막 모퉁이를 돌아 제일 안쪽에 있는 방으로 들어간다. 블라인드를 모두 걷어낸 공간의 유리창 밖으로 굉장한 전경이 펼쳐진다. 호텔 아래로 내가 간밤에 정신을 잃은 채 건너왔을 다이아몬드 브릿지가 한눈에 들어온다. 몇 초마다 조명색이 바뀌는 다리 아래로 차량의 헤드라이트 불빛들이 빠르게 스쳐지나간다. 그야말로 허공에 떠 있는 빛의 다리 같다.

"꼬리표 발급은 처음이시네요. 윤봄 님 맞춤형으로 발급 도와드리겠습니다."

직원이 자신의 흥분을 드러내지 않으려 목소리 톤을 애써 낮추어 말한다.

나는 쿨하고 덤덤한 표정을 유지하려 애쓰면서 전용 테이블에 앉아 무알콜 칵테일 한 잔을 마시며 직원이 내민 카탈로그를 훑어본다. 최상위 기억 리스트를 지나 제일 뒷면에 있는, 베릴 학교 기준으로 중상위 기억에 속하는 조합을 하나 고른다. 내 손가락이 가리키는 곳을 보고 준찬이 눈썹을 찡그린다.

"그런다고 해서 네 신분이 숨겨지지는 않을걸. 앞으로 학교도 기숙사에 들어가는 대신 나랑 같이 통학해서 다닐 테니까 숨길 필요 없어. 매니저님, 봄이도 저랑 같은 타입으로 발급해주세요."

준찬의 말에 나는 고개를 끄덕인다. 나를 대하는 직원의 태도가 미묘하게 한층 더 친절해진다. 직원은 꼬리표 출력 기기에서 출력된 흰색 종이를 한 장 건넨다. 내 꼬리표를 이런 식으로 받게 될 거라곤 상상도 못했는데. 지금까지는 꼬리표가 절실한 순간이 없었다. 일반적으로 꼬리표가 위력을 발휘하는 첫 순간은 대학 진학을 앞둔 고등학교 3학년 여름방학부터다. 코앞에 닥친 현실을 애써 외면하고 꼬리표 없이도 어떻게든 인생이 순탄하게 전개될 거라 믿었던 순진한 과거가 떠올라 나는 꼬리표를 바라보기가 부끄럽다.

말린 종이 뭉치의 끝을 잡고 당기니 꼬리표의 내용이 모습을 드러낸다.

윤봄
-썬시티 남항 출생
-베릴 학교 1학년 재학 중
-도시 소외민들과 함께하는 메인 봉사 모임 참석
-준찬과 함께 S클래스 회원 행사 참석
-수와레 호텔 라운지에서 프레스티지 VIP 등급 발급 완료
-썬시티의 유영에게 정신적 피해 2등급의 폭언을 듣다

뭐라고? 내가 꼬리표의 마지막 내용에 대해 뭐라고 이야기를 해볼 새도 없이 직원은 빠르게 제 할 말을 쏟아낸다.

"아시다시피 열일곱 번째 생일까지는 기본정보 2개와 보

조정보 4개, 총 6개만 드러나도록 설정되어 있습니다. 봄 님의 취향을 파악하기 전이라 기본 버전으로 출력되었습니다. 방문 시 원하시는 대로 업데이트 혹은 삭제 도와드리겠습니다."

"저기……."

준찬이 나중에 설명해주겠다는 얼굴로 나를 붙잡자 나는 할 수 없이 일단 고개를 끄덕인다. 그리고 준찬은 약속대로 꼬리표를 조작할 수밖에 없는 사연을 내게 말해준다. 자신의 전 약혼녀 유영은 썬시티의 평범한 집안 출신으로 하도에 입성할 수 있는 일생일대의 기회를 끝까지 놓지 않을 거라고. 그건 같은 처지의 유영을 주목하는 하도의 사용인들에게도 좋지 않은 영향을 끼칠 것이다.

그러니 실제로 일어나지도 않은 사건을 담은, 하도에서 비밀리에 조작된 꼬리표로 유영을 깎아내리고 하도 입성을 꿈꾸는 시민들의 헛된 꿈을 체념하게 만드는 방법밖에 없다며, 내게 이런 일에 조금씩 익숙해져야 한다고 말한다. 도시의 그 누구도 "나는 봄이라는 사람을 만난 적도 없다" 주장하는 유영의 말을 믿지 않을 것이다. 꼬리표의 기록은 누구도 부인할 수 없는 사건의 객관적 증명이 되어, 유영을 거짓말쟁이로 만들 테니까. 그런 유영을 보며 뭔가 이상하다는 생각을 품는 이들이 나타난다고 할지라도 감히 그 생각을 입밖에 내고, 메모리케어 시스템의 문제점을 추궁할 용기 있는

자는 없을 것이다. 그저 조용히, 질서에 따를 뿐. 이 모든 건, 도시를 위해서 어쩔 수 없이 용인되어야만 하는 기억하는 자들의 특권이다.

다른 사람한테 들었다면 말도 안 되는 일이라며 항변을 쏟아냈을 이야기들이 준찬의 입을 통해 흘러나오면서 납득할 만한 딱한 사연으로 바뀌어간다. 하도의 기억하는 자들로 살아가기 위해서 어쩔 수 없는 것들로.

매일 아침 꼬리표에 어떤 기억이 출력될지 전전긍긍할 필요없이, 꼬리표에 기록될 기억을 이렇게나 쉽게 원하는 대로 바꿀 수 있다는 걸 알면, 엄마 아빠는 뭐라고 할까?

행사 준비가 끝나자 끝나자 밤 7시의 수와레 호텔의 뱅큇룸에 엄선된 손님들이 하나둘 모여들기 시작한다. 칵테일 드레스를 입고 예쁘게 치장한 여자들이 걸어들어오고, 무채색 슈트를 갖춰 입은 남자들도 줄을 이어 들어온다. 모두 여유로운 모습과 표정을 하고 있다. 나는 긴장으로 떨리는 몸을 진정시키기 위해 의식적으로 구두 속 발가락을 끊임없이 꼼지락거린다.

"휴가 중에도 이렇게 귀한 시간 내주셔서 감사합니다. 오늘은 정말 중요한 날입니다."

도형 할아버지가 축배를 들며 말한다.

"여러분, 이 도시의 질서를 바로 세우고, 우리의 미래를 설계한 위대한 기억의 위인들을 아시지요. 그리고 그 위인 중한 사람인 선구자 경식의 손녀를 아실 겁니다. 그 아이가 우리 곁으로 돌아왔습니다. 마침내, 말입니다."

박수와 함께 환호성이 터지고, 나는 도우미의 안내에 따라 앞으로 나선다. 앞뒤로 길게 늘어선 연회 테이블에 앉은 도시의 유력자들이 온전히 나 하나를 기다리고 있다.

"반갑습니다. 윤봄입니다. 할아버지의 이름에 누가 되지 않도록, 이 도시에 미약하게나마 힘을 보태겠습니다."

나는 준비된 대사를 완벽하게 소화한다. 그러곤 사회적 미소 1번을 띄운 채 고개를 숙인다. 테이블로 돌아오는 길에 수많은 사람과 눈인사와 악수를 나눈다.

현기증이 날 것 같아서 준찬의 눈짓에 비상계단으로 자리를 피한다. 그러다 메이드 아주머니와 맞닥뜨린다. 잠시 멈춰 선 채로 내 얼굴을 빤히 보던 그녀는 반갑다는 의례적인 인사말도 없이 내게 고개를 깊이 숙인 다음 시야에서 사라진다. 말을 하지 않아도 감정은 느껴져서 곧바로 마음이 심란해진다. 대체자에 불과했을 유영의 뒤를 이어 진짜 준찬의 짝으로 나타난 '변치 않는 신분'을 가진 고귀한 존재에 대한 부러움과 경멸이다.

준찬의 염려는 현실로 나타났다. 약혼녀였던 유영을 응원했던 사람들이 이 하도에, 그리고 썬시티에 얼마나 있을까. 그러나 나는 기억의 유산을 만든 영웅인 경식의 친손녀다.

어디서든, 누구에게든, 고고한 존재로 떠받들어지고 우레와 같은 성원을 함께 받을 테지. 그렇게 일렁이는 마음을 다잡는다. 난 여기서 내 자리를 되찾고, 반드시 행복해질 거다.

"환영합니다, 봄 님. 고향으로 돌아오셨네요."

누군가 내 어깨를 톡톡 두드리는 느낌에 나는 또 다른 사람을 소개받는 건가 싶어서 사회적 미소 2번을 얼굴에 드러낼 준비를 한다.

"저는 메모리케어의 관리자를 맡고 있는……."

나보다 그다지 크지 않은 키, 눈가의 특이한 반점. 다시는 보고 싶지 않은 사람을 마주한 나는 말문이 막힌다. 하마터면 손에 쥐고 있던 잔을 떨어트릴 뻔한다.

"이안입니다. 그럼 앞으로 잘 부탁드립니다."

뭐야? 내가 뭐라고 대답하기도 전에, 이안은 아무 일도 없었던 것처럼 어디론가 사라져버린다. 때마침 도형 할아버지가 얼굴에 흐뭇한 미소를 띠며 나를 데려가는 바람에 나는 인파에 떠밀려 새로운 사람들을 소개받는다. 녹초가 될 즈음 준찬이 나타나 내 어깨 위에 턱시도 자켓을 둘러준다.

"오늘 고생 많았어. 봄아. 얼른 돌아가자. 데려다줄게."

이안은 대체 그때 어떻게 살아남은 걸까? 진짜로 나를 다 잊어버렸던 게 사실인 건가? 왜 갑자기 인사를 한 거지? 꼬리를 물고 이어지는 생각 속에서, 나는 또 다른 기묘한 시선을 느낀다.

내게 접근하고 가까이 교류하려고 다가오는 다른 사람들과 달리 행사장 저 끝에서 나를 빤히 바라보고만 있는, 나와 똑 닮은 여자아이. 유영이 분명하다. 굳이 말을 섞어보지 않아도 알 수 있다. 그 아이는 경호원처럼 보이는 검은 양복들에게 근거리에서 둘러싸인 채 잔을 홀짝이면서 제자리를 벗어나지 못하고 있다.

현실에선 단 한 번도 마주한 적 없는 내게 정신적 피해를 입힌 가해자로 억울하게 꼬리표에 기록된 유영. 그 아이는 적개심과 원망이 가득 담긴 눈으로 나를 노려보다가 마침내 등을 돌려 사라진다. 억지로 다잡았던 마음이 다시 한번 지독하게 불편해져서 나는 바닥을 내려다본다. 분명 그 애를 봤을 텐데 준찬은 아무렇지도 않은 얼굴이다. 어딘가 심상치 않은 내 시선을 느낀 듯 준찬의 옆얼굴이 나를 향해 휙 돈다.

"잠시 우리 집에 들렀다가 갈래? 보여줄 게 있는데. 할아버지한테 말씀은 드렸어."

나와 준찬을 실은 차량은 하도를 빠져나가 하도의 쌍둥이 섬이라 불리는 또 다른 섬에 다다른다. 새삼 세상이 내 생각보다 훨씬 넓다는 걸 깨닫는다. 산복도로에선 썬시티에 잠시 속할 수 있다는 사실 하나만으로도 대단한 일이었는데. 하도에선 도시의 모든 경계를 자유롭게 넘나들 수 있다니. 준찬의 세컨드 하우스이자 기억하는 자들의 휴양지로 쓰인다는 이곳은 하도와 달리 인적이 드물고 한산한 느낌을 준다. 준찬은 해변을 끼고 있는 고즈넉한 고급 빌라 앞에서 차를 멈춘다. 붉은 지붕이 해변의 곡선과 어우러져 이국적인 느낌이 나는 곳. 발코니가 있는 2층으로 올라가 창을 열자 푸르른 바다가 한눈에 내려다보인다. 발 딛을 틈 없이 빼곡하게 들어선 주택들을 한눈에 조망할 수 있는 산복도로와 어딘가 닮았지만 완전히 다른 느낌이 든다. 여긴, 아무도 없다. 홀가분한 마음으로 눈앞에 펼쳐진 수평선을 유심히 바라보던 내 시야에 흐릿한 섬의 형상이 잡힌다.

"저긴 무인도야."

질문을 하기도 전에 준찬의 친절한 답변이 돌아온다. 나는 피식 웃으며 고개를 끄덕인다. 도시의 소음이 전혀 섞이지 않은 잔잔한 파도 소리가 온종일 여러 생각으로 뒤엉켰던 마음을 기분 좋게 풀어준다. 나는 침대 끝에 걸터앉아 그 풍경을 가만히 바라본다. 생각이 비워지고 머리가 맑아진다.

"기억하는 자들로 살아가는 게 완벽하게 정의롭다거나 행복하다고는 말 못하겠어. 네 기대에 이곳의 질서가 100% 맞춰질 수는 없다는 뜻이겠지. 대신 하도엔 너의 두 할아버지가 계셔. 그리고 나도 있지. 난 완벽하게 네 편이라는 걸 잊지 마. 네가 편안하게 지냈으면 좋겠어. 이 집은 좋은 아지트가 되어줄 거야."

준찬이 냉장고에서 바닐라 아이스크림을 하나 꺼내 건넨다. 그 모습이 베릴 학교의 기숙사 212호에서 보았던 어느 풍경과 겹쳐 보인다. 나는 아이스크림을 한 입 베어문다. 생각했던 것보다 조금 더 달콤하고, 시원하다. 불편한 마음마저 녹아내린다. 온갖 감정이 뒤섞여 목이 멘다.

"덕분에 많은 걸 누리고 있어. 정말 고맙게 생각해."

나는 진심으로 말한다. 준찬의 말이 맞다. 이곳 사람들이 나에 대해 어떠한 감정을 드러내든 이 세계에는 우리 할아버지를 기억하고 있는 사람들, 그리고 앞으로도 기억해주려는 사람들뿐이다. 그 기억은 영원히 지켜질 테고, 내게는 할아버지 덕분에 이어진 인연들이 있다. 그러면 다 된 것 아닌가? 모든 고민이 해결된 것 같은 느낌에 웃음이 난다. 이제야 알겠다. 할아버지가 산복도로의 옷장 뒤에 숨겨둔 선물은 다른 무엇이 아닌, 도형 할아버지와 준찬이었을 테지. 강렬한 안도감이 밀려든다.

"기억하는 자가 된 기념으로 선물을 하나 줄게."

준찬이 폭이 깊은 디저트 그릇에 팝콘을 담아 들고 내가 앉아 있던 침대 옆에 걸터앉는다. 괜히 긴장이 돼서 나는 일부러 목소리 톤을 높여 묻는다.

"선물? 아직 남은 게 있어?"

"옛날 문화 체험. 영화라는 건데, 네 마음에 들었으면 좋겠네."

준찬이 씩 웃으며 TV 전원을 켠다.

나는 처음으로 영화를 본다. 할아버지의 갱지는 그림이었지만 영화는 흘러가는 프레임 속에서 사람들이 진짜로 살아 움직인다. 당장이라도 튀어나올 것 같은 생동감에 나는 경악하다가, 기뻐하다가, 또 즐거워하며 준찬의 옷깃을 붙잡는다. 이미지 렌탈숍에서 생산되는 수없이 많은 가짜 추억들 대신 이 땅에서 살았던 이들의 소중한 추억을 대리 경험하면서 카타르시스를 느낀다. 그리고 소원한다. 이곳에, 그리고 내 곁에 한 사람만 더 데려올 수 있다면 바랄 게 없을 텐데. 산복도로의, 내 오랜 단짝 친구 유나를.

친구

기억의 밤 연휴를 끝내고 돌아온 오랜만의 학교는 어딘가 낯설고 거리감이 느껴진다. 내가 하도로 돌아오고 도도제약이 목적을 달성하면서, 쓸모를 다한 비-썬시티권 출신 대기업 장학생들이 사업 조기 종료를 이유로 한순간에 사라져버렸기 때문일 것이다. 당연히 52번과 50번도 보이지 않는다. 나는 준찬 옆에서 사회적 미소 1번을 지으며 내게 다가오는 목각인형들에게 만나서 반갑고 앞으로 잘 지내보자는 인사말을 수도 없이 되풀이한다. 꼬리표 관리가 의미 없던 하도에서 편안하게 본모습을 드러내고 살아가다가 오랜만에 이미지 관리를 위한 가면을 쓰려니 금방 지쳐버린 나는 쉬는 시간이 되자마자 홀로 교실을 벗어난다. 유나는 잘 지내고 있겠지? 걱정이 되면서도 막상 직접 전화를 하려니 두려운 마음이 든다. 불안함에 안절부절못하면서도, 발걸음은 자연스레 1층 복도 끝에 있는 투명한 폰부스로 향한다.

폰부스는 베릴 학생들이 학교 일과 중 사적인 통화를 원할 때 애용하는 곳으로 방음처리가 완벽하다. 당장 전화를 걸 용기는 없지만 우선은 생각을 정리해볼 심산으로 폰부스 안으로 들어서는 순간, 교복 자켓주머니 안에서 휴대전화가 울린다. 발신인을 확인하자마자 반사적으로 헉 소리가 난다. 폰부스의 닫힘 사인이 빨간색으로 바뀌어 있는 것을 몇 번이고 확인한 다음, 나는 큰 소리로 전화를 받는다.

"유나야, 너 지금 어디야? 괜찮은 거 맞지? 혹시 무슨 일이 있으면 너 만나러 당장 갈 수 있는데. 내가 먼저 전화를 하려고 했거든? 근데……."

"저기, 나 아직 아무 말도 안 했는데? 말할 시간 좀 줄래?"

아, 유나다. 진짜 유나의 목소리다. 나는 감정이 복받쳐오르려는 걸 힘겹게 억누른다. 당장이라도 유나가 있는 곳으로 운전기사 아저씨를 보내서, 베릴 학교로 유나를 데려오고만 싶다.

"뭐가 어떻게 된 거야. 얼른 말해봐."

"나 멀쩡해. 하긴 우리가 오랜만에 통화를 하긴 했지. 그렇게 내 목소리가 듣고 싶었어? 사실 이 말 해주려고 전화했어. 나도 베릴 학교로 전학가게 됐거든. 대박이지?"

전학을 온다고? 유나가? 도무지 믿기지 않는 소식에 나는 희망에 부푼다. 기억의 날 밤 유나의 기억을 지우고 안전하게 집으로 돌려보냈다는 나타샤의 말은 거짓이 아니었다. 첫 번째 사건 때 유나가 고모한테서 벗어날 수 있게 해달라고 나타샤에게 부탁했던 순간이 떠오른다. 그때는 불가능했던 일이 지금은 가능한 일이 된 이유는 모두 도형 할아버지와 준찬 때문이겠지.

흥분을 굳이 감추지 않고서 이게 어떻게 된 일인지 재차 캐묻는 내게 준찬은 별일 아니라며 고개를 젓는다. 유나는 베릴의 기숙사로 들어가기 전 약속대로 준찬의 리무진에 오른다. 문이 열리고 내 얼굴이 보이자마자, 유나는 기다렸다는 듯 있는 힘껏 나를 껴안는다. 유나를 다시 만나 반가운 건 매한가지지만 몸이 으스러질 것 같은 포옹에 나는 적잖이 당황한다. 얘가 원래 이런 성격이었나?

"봄아, 얼마나 보고 싶었는지 알아?"

헤실거리던 유나의 시선이, 뒤늦게 내 맞은편에 앉아 있던 준찬 쪽으로 향한다.

"누구?"

"만나서 반가워, 봄이한테 이야기는 많이 들었어."

둘은 나를 사이에 두고 누가 먼저라고 할 것도 없이 완벽한 사회적 미소를 띄운 채, 반갑게 서로를 소개한다. 썬시티의 학생들이 할 법한 일반적인 대화가 오간다. 유나는 베릴학교의 생활은 어떨지 너무 궁금하고 기대된다며 너스레를 떨고, 준찬은 기꺼이 유나가 원하는 대답을 준다. 대화가 이

어지는 사이 차량은 어느덧 해변을 끼고 있는 고즈넉한 고급 빌라에 멈춘다. 붉은 지붕이 해변의 곡선과 어우러져 휴양지의 느낌이 나는 곳.

준찬이 말했던 것처럼 이제는 정말 평온한 아지트가 된 그의 집에서 우리는 간식들을 늘어놓고 마음껏 먹는다. 지난번에 그랬던 것처럼 준찬은 옛날 문화 체험을 해보자며 나와 유나를 화면 앞으로 끌어들인다. 팝콘과 콜라도 빠질 수 없다. 나는 소파 위에서 팝콘을 하나씩 집어 끊임없이 입속으로 밀어넣으며 준찬이 아무 영화나 틀어주기를 기다린다. 그 사이 준찬은 방대한 영화 데이터베이스에서 몇 가지를 골라 유나에게 선택권을 준다. 도시에서 금기시되는 옛 문화에 발을 들였다는 두려움과 거부할 수 없는 호기심 사이에서 잠시 고민하던 유나는 마침내 끌리는 제목을 하나 짚는다.

"태양이 떠오르는 곳."

희망적인 인생 드라마를 그린 역사 영화일 것 같다는 추측과 달리 영화는 공포의 현장을 고스란히 담고 있다. 타인의 아픔에 공감하지 못하는 잔혹한 성정을 지닌 주인공은 사회에서 어린이 교육 단체의 대표로, 집에서는 입양한 어린이를 무자비하게 학대하는 이중생활을 하고 있다. 유나네 고모가 연상되는 건 기분 탓일까. 불편한 정적이 흐른다. 나는 유나의 눈치를 보며 겨우 입을 연다.

"영화를 잘못 고른 것 같은데…… 다른 거 볼까?"

"아니. 재밌는데, 왜? 어차피 저거 다 연기하는 거라며."

유나가 무덤덤한 얼굴로 음료를 홀짝이며 아무렇지 않게 대꾸한다. 정말로 괜찮을까. 유나의 기억이 어디서부터 어디까지 삭제된 건지 알 턱이 없어, 마음이 불안해진다. 주인공의 선행에서 시작한 영화는 살인마로 자신의 정체성을 굳힌 주인공의 모습을 보여주면서 클라이맥스를 향해 달려간다. 주인공은 서슴지 않고 계획 살인을 이어가고 끔찍하게 살해된 희생자의 모습이 핏빛으로 화면을 물들여놓는다. 바로 눈앞에서 벌어지는 것과 같은 생동감에 나는 준찬이 건넨 담요를 뒤집어쓴 채 몸을 떤다. 화면이 몇 초간 암전 상태로 기괴하게 깜빡인다. 영화에서처럼, 현실에서도 끔찍한 침묵이 이어진다.

"꺼…… 당장 꺼."

그때 나지막이 유나의 소리가 들린다. 너무 작아서 잘못 들었나 싶다가, 뒤이어 들리는 유나의 찢어질 듯한 비명에, 현실감이 퍼뜩 든다.

"당장 꺼!!"

놀란 나는 유나의 손을 붙잡으며 마음을 진정시켜보려 한다. 유나는 말 대신 겁에 질린 얼굴로 내 손을 꼭 맞잡는다. 그러더니 얼굴이 보이지 않도록 고개를 푹 숙인 채 몸을 크게 들썩이며 울음을 토해낸다.

"……사실 나 전부 기억하고 있어."

조금 전의 의연한 모습은 온데간데없이, 날것의 공포를

그대로 드러낸 유나를 보며, 나는 혼란에 빠진다. 어째서지? 나타샤는 분명 유나의 기억을 지워 집으로 돌려보냈다고 했는데. 유나는 절벽 끝에 가까스로 서 있는 사람처럼 계속해서 몸을 떨고 불안해한다. 나와 준찬이 오늘 밤 자신을 기억의 꼬리표에 올리더라도, 어쩔 수 없다는 것처럼.

"유나야, 잠시만. 우선 진정 좀 해봐……."

내가 허둥지둥하는 사이, 준찬이 재빨리 구름차를 우려낸다.

"조금만 마셔봐, 진정될 거야."

차 한 잔을 전부 비워내고 나서야, 유나는 마음을 조금 진정시킨다.

"고모는, 분명, 뭔가 알고 있었어. 기억의 밤에 무슨 일이 일어날 거라는 걸. 내가 기억관리국에 잡혀갈 거고 거기선 내 기억이 말끔히 지워질 거라는 확신이 있었던 거야. 그래 날 살려뒀던 게 아닐까. 근데 난 전부 기억하고 있어. 어째서 그런 거지?"

유나는 치를 떨며 고모의 비밀을 전부 털어놓는다.

기억의 밤 행사 며칠 전 새벽 3시가 넘은 시각. 메모리케어 오작동으로 잠에서 깬 유나는 어쩐지 마음이 불안해졌다. 분명 잠들기 전 투여한 이완제는 충분했는데도 기분이 좋지 않았고 머리도 아팠다. 그날 새로 고용된 운전기사 아저씨와 크게 다투고 잠이 들었을 고모는 괜찮을지 궁금했다. 자연히 발걸음은 고모의 방으로 향했다. 그러나 고모는 방에 없었고, 유나는 평소였더라면 하지 않았을 선택을 했다. 고모의 사무실이자 서재, 그곳에 들어갔던 것이다.

그리고 거기서 고모가 숨겨왔던 컬렉션을 보고 말았다.

생전 모습 그대로 박제된 반려동물들의 방과, 한때 사람이었던 이들의 시신이 곧 버려질 음식물 쓰레기처럼 냉동실에 차곡차곡 쌓여 있는 참혹한 모습을. 방 뒤편에 마련된 도살장 안에서 고모는 무언가를 잘근잘근 밟아대고 있었다. 유나는 숨을 틀어막고 멀찍이 서서 그 광경을 지켜보았다.

"야생동물보다 못한 인간 쓰레기 주제에. 평생 누군가에게 기억되지도 못하고 땅으로 꺼져 썩어버릴 주제에, 감히."

혼잣말과 함께 계속되는 그녀의 발길질에 운전기사 유니폼을 입은 한 남자의 몸이 흐느적거렸다. 이미 숨이 끊어진 것처럼 보이는 남자의 몸은 발에 걷어차일 때마다 조금씩 흔들릴 뿐 숨이 붙어 있다는 걸 알려주는 어떠한 미동도 없었다.

"감히 네까짓 게, 나한테 감히."

분이 풀린 고모가 드디어 발길질을 멈추고 그의 시신을 냉동실에 끌고 가려던 순간, 문 뒤에 숨어 있던 유나와 눈이 마주쳤다. 다음 순간 이마에 총구를 들이대는 고모의 눈을 마주 보면서 유나는 마지막 정신력을 끌어모았다고 했다. 썬시티의 똑부러지고 영민한 아이답게 쏘아붙였다.

"제 친구도 죽일 자신 있어요? 제가 죽더라도 봄이의 기억은 그대로일 텐데. 나는 어차피 1년 만 여기 있다가 나갈 거니까, 이건 다 없던 일로 하죠. 나도 고모의 긍정적인 꼬리표가 필요한 사람이거든요. 어때요?"

고모는 총구를 유나의 이마에서 떨어뜨렸다.

"1년? 그건 누가 정해준 거니."

그러고는 총을 들지 않은 손으로 유나의 머리를 가볍게 두드리면서 사근사근한 목소리로 속삭였다.

"사람의 운명이 네 생각처럼 될 거라고 생각하니? 당장 기억의 밤 행사만 해도 그렇지. 사건 사고 없이 행사가 얌전히 끝날 거라고 생각하니? 네 잘난 친구는 거기서 비밀 마케터로 활동한 죄로 붙잡힐 거야. 유나 네가 그날 친구 옆에 있다가 같이 체포될 수도 있잖아? 그럼 어떻게 되는 걸까, 응?"

"내가 기억나지 않는 척하면 정말로 없는 일이 될 수 있어요. 정말 난 아무것도 기억 안 나요, 고모."

고모는 만족스레 웃었고 유나는 당장의 목숨을 부지할 수 있었다. 일이 어찌 되었든 유나는 자신이 기억에서 자유로워질 거라 생각했다. 고모 말대로 기억의 밤 현장에서 나와 함께 체포되면서 완전히 기억이 지워지고 산복도로로 돌아갈 수 있겠다는 희망을 보았으니까.

조사를 받으며 출력될 꼬리표의 기록 때문에 고모는 체포될 거고, 자신은 다시 산복도로로 돌아가지 않을까 생각했는데. 유나에게 또다시 연기를 하면서 생지옥을 살아간다는 경우의 수는 없었다. 동물단체 대표이자 동물들의 희로애락을 함께하는 유나의 고모는 사람과 달리 죽어서도 영원히 기억될 수 있는 반려동물에 지나칠 정도로 집착했다. 그리고 어찌된 일인지 기억의 밤에 일어날 모든 일을 이미 알고 있었다.

나는 그다지 놀라지 않은 척하며 표정을 관리한다. 혹여나 유나의 마음을 다시 한번 다치게 할까봐, 내가 겁을 먹고 있다는 사실을 들킬까봐, 지독하게 겁이 난다. 이야기를 마친 유나는 설움에 북받친 듯 다시 훌쩍이기 시작한다. 끔찍한 침묵 속에서 준찬이 먼저 입을 연다.

"걱정 마. 너희 고모는 현행범으로 체포될 거야. 이건 우리 할아버지도 알고 계시는 문제였거든. 그분은 자기한테 주어진 권한을 함부로 남용했어."

"그게 무슨 소리야? 알고 있었다니. 알면서도 손 놓고 있었단 거야?"

"네 친구를 살려서 여기로 데려오려면 이 방법뿐이었어. 그러려면 봄이 너를 이 세계로 데려오는 게 우선이었어. 유나는 너의 제일 친한 친구니까. 그리고 만약의 경우에 대비해서 다른 방법도 준비해뒀었다고 들었어. 그러니까,"

준찬의 말이 끝나기도 전에, 나는 그에게 와락 안긴다.

"고마워, 정말 고마워……."

그리고 고개를 돌려 유나를 껴안는다. 유나는 아직 이 상황이 믿기지 않는지, 떨떠름한 표정으로 뻣뻣하게 굳어 있다. 어쩐지 더 긴장하고 있는 것처럼 보이기도 하고. 그럴 만하다. 가정 폭력도 모자라 이런 말도 안 되는 일에 휩싸였으니. 그래도 다행이라는 생각이 앞선다. 앞으로는 모든 문제가 해결될 테니까. 준찬이 내 생각에 힘을 보탠다.

"음, 그러니까 더 이상 우울하게 있을 필요가 없다는 뜻이지."

유나의 얼굴에, 희미한 미소가 떠오른다. 그러나 모든 문제가 해결될 거라는 착각은, 달칵 하고 도어락 열리는 소리에 힘없이 깨져버린다. 화면에서 나는 소리인지 이 공간에서 나는 소리인지 구분이 되지 않을 정도로 작은 소리. 그리고 뒤이어 누군가 다가오는 발소리는 방 안에 있는 모두가 똑똑히 듣는다. 준찬과 내 시선이 맞닿는 순간.

"이렇게 찾아오면 안 되는 건 아는데, 얘기 좀 해. 나한테 그럴 권리는 있잖······."

흙빛이 된다.

"나한테······ 네가 어떻게 이래, 강준찬!"

유영이 준찬의 팔을 붙들고 흔든다. 그러자 지금껏 상냥하기만 했던 준찬의 표정이 물기 하나 없이 딱딱하게 굳어진다.

"설마 했는데 처음부터 저 여자애 때문에 나한테 접근한 거였지? 쟤가 돌아오기 전까지만 내가 필요했던 거잖아, 그렇지?"

"미안한데, 우린 진작에 끝났잖아. 돌아가줘. 보다시피 일행이 있어서. 앞으로 좋든 싫든 계속 볼 사이에 이러지 말자."

준찬이 단호하게 유영의 손을 떼어낸다. 유영은 거실 바닥에 주저앉아 큰 소리로 오열한다. 나는 울컥 짜증이 치민다. 저 애가 모든 걸 망쳐버렸다. 애써 나와 닮은 눈을 한 유영을 보지 않으려 외면해보지만 가슴 한편이 답답해진다. 방에 있던 세 사람이 미동도 않자 유영은 마침내 체념한 듯 자리에서 일어나 뛰쳐나간다. 현관을 향해 되돌아간다.

"저기, 쟤 저대로 보내도 돼? 아직 준찬이 너랑 정리해야 할 이야기가 있는 것 같은데……."

유나가 뒤늦게 당황하며 자리에서 벌떡 일어난다. 유영을 붙잡기라도 할 것처럼. 지금 누가 누구 편을 드는 거야? 나는 기가 막힌다.

"그건 저 애 사정이잖아. 네가 왜 그걸 신경쓰는 거야?"

나는 준찬이 입을 열기도 전에 불쑥 소리친다. 입가에 묻은 팝콘 부스러기를 손날로 탁탁 털어내며 할 말을 이어간다.

"이미 끝난 사이에 뭐 하러 저래. 기억을 지우고 새로 시작하면 되는데."

유나는 어이가 없다는 얼굴로 나를 빤히 보다가 정말로 그 애를 뒤쫓아 나가버린다. 나는 집까지 바래다주겠다는 준찬을 보며 피식 웃는다. 어른스럽게 고개를 젓는다.

"난 널 믿어. 그러니까 준찬이 너까지 이럴 필요 없어. 오늘 정말 고마웠어."

호기롭게 뛰쳐나갔던 유나는 해변가에 홀로 서서 수평선을 바라보고 있다. 따지고 싶은 말들이 한둘이 아니지만 일단은 꾹 참는다. 유나, 넌 대체 누구 친구인 거야? 묻고 싶은 말들이 목 끝까지 치밀어오른다.

"그 애는 어딨어?"

나는 덤덤한 목소리로 유나의 뒤통수에 대고 묻는다.

"몰라, 나와보니 이미 사라졌더라."

참나. 나는 유나 곁으로 다가가 말없이 애꿎은 모래를 발로 찬다. 기껏 이 세계에서 다시 만난 친구는 내 편이 아니라 다른 사람 편을 들고 있다. 섭섭함을 넘어 원망스러운 마음이 든다. 준찬은 내가 하도에서 믿고 의지할 수 있는 유일한 사람이다. 그러니 유나만은 그 아이를 한눈에 알아봐줬으면 했는데. 이유야 어찌 됐든 무조건적으로 내 편이 되어주면 안 되는 거야?

다시 유나를 만날 수 있을 거라고 기대했던 스스로가 한심해진다. 유나가 끔찍한 일에 휘말린 건 사실이었지만 그건 이제 다 해결된 문제잖아. 그때 내 생각을 읽기라도 한 것처럼 유나가 내 쪽으로 몸을 휙 돌린다. 그러고는 갑자기 악을 쓰듯 소리를 지른다.

"봄아, 넌 몰라! 이곳 사람들은…… 네 남자친구는 믿을 수 없어. 우리 고모에 대해 다 알고 있다면서 어떻게 그렇게…… 태연하게 굴 수 있는 거야? 이렇게 멋들어진 별장에서 맘 편히 영화를 볼 수 있다고? 고모네 집에서 죽은 사람들…… 기사 아저씨는 선택받은 사람들이 마음대로 부릴 수 있는 동물보다 못한 존재였어. 난, 모르겠어. 준찬이는 너한테 뭔가 숨기고 있어."

말도 안 되는 모험에 눈이 크게 뜨이는 것 같다.

"그만해! 더는 못 들어주겠다."

내가 정색하며 자신을 바라보자 유나의 목소리가 한층 더 커진다.

"아니! 듣기 싫어도 들어. 그 사람들은 전부 다 RD들이었다고!"

하도로 들어와서는 단 한 번도 들어본 적 없는, 금기의 단어에 나는 심장이 멎는 것 같다. 머리가 새하얘져 그 자리에 굳어버린 나를 두고 유나는 혼자서 해변 저 끝으로 뛰어간다.

"그래, 가버려! 유나 네가 이대로 여기서 사라져줬으면 좋겠다."

그날 그 말을 끝으로 유나는 사라졌다. 아니, 흔적도 없이 증발해버렸다. 윤경식의 유일한 손녀인 윤봄의 요청에 따라 도형 할아버지의 수하들이 밤새 유나를 찾아다녔다. 유나의 흔적은 없었다.

비가 억수같이 쏟아지는 아침이 되고 모든 게 뒤바뀌었다.

통과의례

"유나 보셨어요?"

하도의 길에서 만난 사람들은 고개를 끄덕이거나 가로젓지 않는다. 그 대신 의아하다는 얼굴로 나를 바라본다. 그게 누구예요? 처음 듣는데요, 같은 말을 담은 눈을 하고서. 현실에는 없는 가상의 인물을 들은 것 같은 생경한 얼굴들이다. 나는 실례했다며 고개를 끄덕이고 반대편 길목을 향해 걸어간다. 어디선가 많이 본 것만 같은 풍경에 몸이 떨린다. 한눈에 봐도 그들은 거짓말을 하고 있다. 입으로는 거짓말을 할 수 있지만 눈은 그러지 못하니까. 산복도로에서 흔히 보았던 그 영혼 없는 눈빛이 떠올라 정신이 아득해진다.

난 전날 도형 할아버지의 수하들이 하도 구석구석을 뒤지며 주민들에게도 빼놓지 않고 수소문했다는 걸 분명히 알고 있다. 그런데도 다들 하나같이 '유나'라는 이름을 한 번도 듣지 못했다며 끝까지 잡아떼는 데에는 다른 이유가 있을 리 없다. 감히 고인에 대해 언급하고 있음을 일깨워주기 위해, 기억을 지우지 않고 살아갈 권리가 있는 하도의 사람들임에도 집단으로 기억을 부인하고 있다는 것 외에는. 아무리 기억을 지워보려 애를 써도 도무지 지워지지 않아 꼬리표에 적힌 대로 연기하며 살아가던 산복도로 사람들처럼. 심장이 철렁 내려앉는다. 간밤에 봤던 영화의 끔찍한 이미지가 하도의 어둑한 길거리의 풍경과 오버랩된다.

유나는 지금 어디에 있는 걸까?

방으로 돌아온 나는 침대에 걸터앉는다. 일어날 리도 없는 끔찍한 상상은 그만두자. 눈을 감고 몇 차례 깊이 심호흡을 한다. 도시에서 나고 자란 사람이라면 누구나 기억을 숨기고 철저히 거짓말하도록 어릴 때부터 교육받아왔다. 동네를 배회해봤자 얻을 수 있는 건 아무것도 없다. 그래도 유나의 행방에 대해 제대로 알려줄 사람이 반드시 있을 거다. 이 세계에서 살아가기 위해 거짓말을 할 필요가 없는 사람. 그 사람의 얼굴이 떠오른다. 용기를 내야 한다.

"아가씨. 어쩐 일이세요?"

도형 할아버지의 직속 비서가 여느 때처럼 활짝 웃는 낯으로 나를 맞는다. 친절 아래 가면이 느껴져서 피부에 소름이 돈는 것 같다. 그는 다정한 얼굴로 나를 반기는 동시에 몸을 앞으로 내민 자세로, 반쯤 열린 문 앞에 버티고 선다.

"할아버지 뵈러 왔어요. 지금 어디 계시죠?"

"어르신께선 외곽 지역에 출장 가셨어요. 언제 돌아오실지는 모르겠네요."

비서는 낯빛 하나 변하지 않고 나를 내려다본다. 정말로 아무것도 모른다는 얼굴이다. 정확히는 '아무것도 모르는 것 같은 표정 1번.' 이 사람은 하도 출신이 아니다. 나는 용기를 낸다. 막무가내로 몸을 밀어넣는다.

"그럼 잠시 들어가죠. 실례할게요."

비서의 단단한 팔이 도형 할아버지의 공간과 나 사이를 가로막는다. 그는 필요 이상으로 몸에 힘을 주면서, 나를 싸늘하게 내려다본다.

"들어오시면 안 됩니다. 봄이 씨, 좋게 대우해드릴 때 돌아가세요."

그의 눈빛에서 그간 눈치채지 못했던 진실이 드러난다. 비서의 눈매는 간밤에 나를 노려보며 눈물을 흘렸던 그 여자아이, 유영과 많이 닮았다.

"찬영 비서님, 괜찮아요. 놔주세요."

문 뒤에서 준찬이 나타나 비서의 팔을 붙잡는다. 그러곤 내게 안으로 들어오라며 부드럽게 손짓한다.

"거실에 차나 한잔 내주세요."

내가 문턱을 넘어 그를 스쳐갈 때까지 비서는 그 자리에 한참을 서 있는다. 준찬은 문을 붙든 채 미동도 않는 그의 뒷모습을 보며 깊은 한숨을 쉰다. 소파 뒤 작은 테이블 앞에서 손수 연보라색 티백을 꺼내와 뜨거운 물에 차를 우려낸다.

"할아버지 어디 가셨어? 솔직하게 말해봐."

내가 팔짱을 낀 채 딱딱하게 묻는다.

"나타샤 씨랑 같이 출장가셨지. 도시 전역의 도도제약 공장을 시찰하고 불량률을 체크하러. 아마 한동안 바쁘실 거야. 봄이 네가 돌아왔으니 가짜 약물도 필요 없어졌고, 모든 게 원래대로 돌아올 거야. 이제 다시 기강을 잡을 때가 됐으니까. 그나저나,"

준찬이 찻잔을 내려놓으며 나를 똑바로 마주 본다.

"간밤에 또 무슨 일 있었어?"

모든 걸 기억하고 있다는 준찬의 진지한 눈빛에, 나는 안심하며 웃음을 터트린다. 그럼 그렇지. 내가 괜한 걱정을 한 거야.

"어제 유나가 집에 잘 돌아간 것 맞겠지? 그게, 너무 걱정이 돼서. 아무도 못 찾았다고 하잖아, 유나를."

"유나? 그게 누구지?"

준찬이 순식간에 미간을 일그러뜨리며 되묻는다.

"봄이 너랑 산복도로에서 알던 친구라면 난 누군지 모르겠는걸."

순간 손에 쥐고 있던 찻잔이 바닥에 떨어져 산산조각이 난
다. 펄펄 끓는 물이 팔에 몇 방울 튄다. 아무런 감각이 없다.

"봄아! 괜찮아? 어디 좀 봐."

나는 차가 쏟아져 더러워진 바닥에 기꺼이 무릎을 대고
내 팔을 붙들어 상처를 확인하는 준찬의 모습을 물끄러미 지
켜본다. 이제, 뭐라고 해야 하지?

"조금만 참아. 금방 괜찮아질 거야."

메이드 한 사람이 달려오더니 상비용 응급키트를 연다.
준찬은 화상연고를 꺼내 조심스럽게 내 팔에 발라준다. 얇은
거즈에 얼음을 덧대 냉찜질을 한다.

"준찬아."

내가 마침내 입을 뗀다. 도무지 눈에 힘이 들어가지 않아
준찬의 모습이 눈앞에서 초점 없이 흔들린다.

"유나 말야, 죽은 거야? 내가 없어졌다면 좋겠다고 해서
그렇게 된 거야? 그것만 말해줘, 제발…….."

준찬은 잠시 말이 없더니 내 어깨를 감싸며 나직한 목소
리로 나를 다독인다.

"그 애가 죽은 건 네 탓이 아니야. 여기로 들어온 지 하루
가 지나면 죽어야 했으니까."

"무슨 소리야? 죽어야 한다는 게. 여기서…… 유나를 죽였
다는 뜻이야? 그럼 준찬이 너는 다 기억하면서도 왜 유나를
모른 척하는 거야?"

"그게 중요해? 너희는 이미 끝났어. 봄아, 그 애는 이제 세상에 없는 사람이야. 그래도 네 곁엔 내가 있잖아. 그걸로는 안 될까? 이건 전부 통과의례일 뿐이야. 시간이 지나면,"

그제야 눈이 번쩍 뜨이는 기분이 든다. 왜 어제는 몰랐을까? 나는 준찬의 품에서 벗어난다.

"통과의례라고?"

내가 차갑게 묻는다.

"그래. 네가 '기억하는 자들'에 속하기 위해서야. 과거의 인연을 갖고 이곳에 속할 수는 없으니까. 공식적으로는 두 세계의 기억을 모두 갖고 살아갈 순 없다는 뜻이지. 할아버지가 도시에 기억의 질서를 세우고, 하도에 선택받은 자들의 거주지를 만들 때부터 생긴 법이니까. 혈연을 제외하고 가장 소중한 사람을 데려와서 그 사람을 잃는 과정을 거쳐야만 해. 그게 모든 걸 기억할 권리를 가진 이들이 마땅히 치러야 할 값인 거야. 도시의 질서를 위해서 기꺼이 그들의 기억을 희생하고 있는 시민들께 표하는 예의이기도 하고."

준찬은 이어서 유나가 이곳에 오려면, 먼저 고모한테 입양부터 되어야 했다고 설명한다. 하도에선 고모를 구슬리기 위해 원하는 걸 몇 가지 들어줬는데, 마침 동물단체 회원의 반려동물을 제멋대로 박제했다가 들통나면서 업계에서 매장당할 위기에 처해 있었다. 그래서 유나를 정식으로 입양하고 하도로 이끌어주는 대가로 고모는 고인의 반려동물들을 데려가거나 박제할 수 있는 권리를 얻었다고 한다. 도시 전역을 오가는 동물사체 처리 트럭의 운영권과, RD 리스트에 올라간 인원 중 몇몇을 자신의 사용인으로 부릴 권리도. 하도에는 유나만 있으면 됐지만, 지금은 모든 게 끝이 났으니, 불필요하게 유나를 학대하고 권한을 남용한 유나 고모도 지금은 이 세상에 없다고. 마음을 아프게 해서 정말 미안하다고. 앞으로는 이렇게 괴롭거나 아플 일은 평생 없을 거라고.

"더 남은 게 있어? 넌…… 아니, 이곳은 내 모든 걸 빼앗아 갔는데. 내가 여기 남아 있을 의미가 있을까?"

얼굴에서 눈물이 흘러내려 바닥으로 떨어진다. 나는 감정에 저항하지 않는다. 지워내지 않고 그대로 흘러가도록 내버려둔다. 준찬은 그런 나를 여전히 다정한 눈으로 바라본다. 한 손으로 도톰한 휴지를 건네는 동시에 다른 손으로는 내 머리를 쓰다듬는다.

"아니, 잘 생각해봐. 할아버지는 계시지. 봄아. 여긴 네가 원하던 대로 할아버지의 기억이 있어. 이곳에서는 모두가 경식 할아버지를 영원히 기억하고 사랑해줄 거야."

준찬의 다정함이 늘 그래왔던 것처럼 내 안에서 솟구치는 죄책감을 어떻게든 감싸안으려던 그때, 마지막 순간 유나가 당해야 했을 고통이 떠올라 나는 입술을 짓이긴다. 울상 짓지 않으려 얼굴에 힘을 주며 겨우 말한다.

"RD 리스트에 세 번 선정된 사람들, 그 사람들은 어디로

가고, 어떻게 되는 거야?"

"40년 전, 우리 할아버지들이 기억의 질서를 만들었을 때……."

준찬은 내 시선을 처음으로 피하며 말을 이어간다.

"메모리케어의 중요성을 계속해서 강화할 장치가 필요했어. 크고 작은 사건 사고가 계속해서 발생하지 않으면 기억 관리의 정당성이 사라질 테니까. 사람은 누구나 간절히 간직하길 원하는 기억이 생기기 마련이고, 그 욕망이 모여 과거처럼 도시를 다시 한번 혼란에 빠뜨릴 위험이 있으니까. 그걸 막기 위해 두 분이 만들어낸 숨겨진 질서가 '이벤트 트리거'야. RD로 세 번 지정된 사람들. 그 사람들은 하도가 만들어낸 대본대로 의도된 사건 사고를 일으키고 도시의 꼬리표에 도시 공통의 기억이 될 동일한 고통의 기록을 남겼지. 시민들은 타인과 같은 고통을 꼬리표를 통해 공유하면서 개인의 욕망을 조절할 수 있게 됐고 제 역할을 해낸 트리거들은 새 인생을 시작할 기회를 제공받았어. 물론 억지로 떠맡기진 않았지. 하도에선 그들이 직접 선택할 수 있도록 했어. 건강수명이 끝난 사람들처럼 안락사를 당할지, 트리거로 활동하면서 우리가 원하는 사건을 일으킬지."

"……그 사람들은 지금 어디에 있는데?"

"하도의 휴양지에서 4km 떨어진 섬. 전에 봄이 네가 발견했던 무인도가 이벤트 트리거들의 대기장소야. 거기서 대본에 맞춰 역할 배정이 된 사람들만 배를 타고 썬시티나 육지로 나갈 수 있어. 봄아, 네가 통과의례를 거치기 전에 이 모든 걸 알려줄 순 없었어."

누가 감히 너희한테 그럴 권한을 준 거야? 기억의 밤 공원에서 붙잡히기 전에 이안이 했던 말이, 이제야 이해가 된다. 이안은 내가 이벤트 트리거 흉내를 내고 있다고 생각했던 거겠지.

더는 대꾸할 말이 없다. 이 세계에 대해 무지한 채로 그저 준찬의 다정한 표정과 말 한마디로 모든 문제를 덮어두고 괜찮은 척했던 스스로의 위선이 부끄러워서 견딜 수 없다. 나는 양손으로 얼굴을 감싸고 그대로 바깥으로 뛰쳐나간다. 산복도로의 집을 완벽하게 본뜬, 알량한 나만의 공간에 들어가 문을 걸어 잠그고 혼자가 된다.

영화 속에서 연쇄살인마에게 살해된 희생자는 어제와 완벽하게 똑같은 대사를 내뱉는다. 어제와 똑같은 옷을 입고, 똑같은 장소에서, 똑같은 사람에게 살해당한다. 그러나 내 옆에 유나는 없다. 유나는 어떻게 죽었을까? 저렇게 괴로워했을까. 아니지, 할아버지가 그랬던 것처럼 편하게 세상을 떠났겠지.

할아버지가 보여줬던 갱지 속 붉은 사람의 형상이 떠오른다. 어린 내게 현실에는 없는 마법처럼 느껴졌던, 그 장면이.

누런 종이 위의 붉은 사람은 이 끝에서 달리기를 시작해 결승점인 저 끝까지 단숨에 도달한다. 어리둥절해하며 다시 보여달라고 하는 내게 할아버지는 웃으며 말했다.

"못해. 이미 지나갔잖아. 그래도 다시 떠올릴 수는 있지. 봄이 네 머리통 안에 들어 있으니까."

알아요, 할아버지. 하지만 다시 떠올릴 수 있대도 그 순간은 이미 지나갔는걸요. 그게 슬픈걸요. 그 순간을 내 맘대로 계속해서 복원해낼 수 있는 게 아니잖아요. 그렇게 생각하며 나는 TV를 끈다. 다시 떠올릴 수는 있지만, 형체는 사라지고 없는 것. 그게 무슨 의미가 있지? 쳇바퀴처럼 같은 이야기를 반복할 뿐이잖아. 헛웃음이 터져나온다. 그제야 왜 할아버지가 내게 갱지를 반복해서 펼쳐 보여주지 않았는지 깨닫는다. 살아가면서 어떠한 기억이 기록되는 찰나, 그 순간이 지나면 되돌릴 길은 없다. 순리를 거슬러 과거가 되어버린 순간을 현실로 데려온다면 그건 껍데기, 모방일 뿐인 것이다. 오래전, 배우들이 혼신을 다해 만들어낸 영화 속 명장면들이 그렇듯.

진정 돌아갈 길은 없다. 오롯이 나만의 좁은 기억에 갇혀, 다시는 돌아오지 않을 과거의 순간들을 하염없이 그리워할 뿐. 이렇게 될 줄 알았다면, 지금까지 어른들이 그래왔던 것처럼 기억의 갱지를 순순히 메모리케어에 내맡기고, 다시는 돌이킬 수 없도록 내가 걸어왔던 길을 스스로 불살라버리는 편이 나왔을까? 나는 산복도로를 떠나오기 전 나타샤의 지침서에 따라 익혔던 가짜 웃음을 짓는다. 무엇 때문인지 동시에 눈물이 쏟아져서 둘 중 하나만 하기로 마음먹는다. 아무도 없는 텅 빈 방에서 할 수 있는 한 가장 큰 소리로 울음을 토해낸다. 그때 초인종 소리가 들린다. 나는 서둘러 목을 가다듬고 인터폰을 켠다.

"난 괜찮으니 돌아가. 지금은 해줄 말이 없어. 나중에 보자."

그러나 되돌아오는 목소리는 준찬의 것이 아니다.

"봄아, 너한테 할 이야기가 있어."

유일한 과거

메모리케어의 관리자는 썬시티 밖의 외곽지역 출신으로 한정하여 선발한다. 여자는 그 질서에 따라, 열세 살에 기억하는 자들의 일원이 되었다. 도시의 외곽에서 하도로 아무런 저항 없이 데려오기엔 다소 늦은 나이. 그럼에도 여자가 기억의 차기 관리자로 발탁된 이유는 분명하고 단순했다. 비-썬시티의 외곽 지역에서 가장 명석한 두뇌에 뛰어난 외모. 그것 이외의 다른 자질은, 하도에선 무의미했다.

40년 전, 기억의 위인 도형은 메모리케어의 존속에 있어 가장 막중한 역할인 관리자를 도시에서 가장 미천한 지역 출신에게 주겠다는 결정을 내렸다. 주민의 대다수가 가난한 고향을 벗어나지 못하고 생을 마감하는 외곽의 주민들에게 내리는 일종의 시혜이자 기만이었다.

관리자는 썬시티를 벗어난 외곽에서 반드시 죽음을 가장해 부모 몰래 데려와야 한다는 원칙대로, 여자는 기억을 잃은 채 하도로 들어왔다. 도시의 가장 중요한 비밀들을 취급하는 관리자에게 과거란 있을 수 없었다. 차기 관리자의 선발부터 교육에 이르기까지 모든 과정은 극비리에 이루어졌다.

그녀는 자신이 어디까지나 메모리케어의 관리자가 될 사람이기 때문에, 기억하는 자들의 권력에 편승할 수 있다는 자신의 처지를 잘 알았다. 성장을 거듭하며 발현된 여자의 카리스마는 약간의 교육으로도 보석 같은 빛을 발했다.

여자는 열여섯 번째 생일이 지나는 순간부터 관리자의 업무를 종종 도맡기 시작하다가 마침내 도시의 기억의 질서를 수호할 정도로 훌쩍 자랐다. 그쯤 전임 관리자의 건강이 갑자기 나빠지면서 직무 수행이 불가능해졌고, 여자는 스무 살의 나이에 관리자가 되었다. 관리자는 하도의 다른 이들과 같이 도시의 모든 것을 기억할 권리가 있었다.

전임자에 대한 기억 삭제 여부를 후임자 스스로 선택할 수 있어서 여자는 자의로 기억을 지웠다. 희미하게 떠오르는 옛 기억의 파편 속에서 전임자의 존재는 완벽하게 지워졌다.

기억하는 자들은 하도 외부에서 누군가를 데려와 기억을 맡기는 원칙을 깨고 뛰어난 인재인 여자의 자손을 보고 싶어 했다. 여자의 후손들이 대대로 영광스러운 관리자의 소명을 이어가기를 바랐다. 여자는 그저 이 일이 자기 대에서 그치기를 소원했다. 이유는 모르겠지만 그냥 그랬다. 집요하게 들어오는 혼담에도 결코 결혼만은 하지 않았다. 여자는 도시의 운명을 책임지는 이 일을 진심으로 자랑스럽게 생각했다. 그러니 내 자식이 나와 같은 소명의식이 없다면 그처럼 불행한 일이 없을 테니까. 게다가 어떠한 방식으로든 가족을 만들면, 그 사람이 누가 되었든 자신의 죽음을 목격해야 하니까. 그건 싫었다.

여자는 날마다 기억관리국 뒤에서, 빛 뒤의 그림자처럼 기억의 질서를 점검했다. 기억하는 자들의 수장인 강도형에게 앞으로의 일에 대해 조언을 아끼지 않았고, 그의 자손들과 식사를 함께하며 가족처럼 지냈다. 피로 이룬 기억의 질서에 작은 균열을 내려는 일당들의 움직임을 사전에 잡아내고 완벽하게 소탕해냈다.

여자는 그렇게 살아왔다.

썬시티의 경계 밖에서 과거의 기억을 몽땅 잃은 어떤 남자아이가 들어오기 전까지. 여자는 선택받은 아이의 더럽고 꼬질꼬질한 옷을 모두 벗겨내고 새 옷으로 갈아입혔다. 아이는 매우 총명했고 아이답지 않은 자제력이 있었다. 기억에도 없는 엄마 아빠를 찾아대거나 울지 않았다. 잃어버릴 기억이라고 해봐야 고작 다섯 살 남짓의 인생이었다. 엄마 아빠, 또래 친구 몇몇의 제한된 인간관계로 이뤄진 작고 귀여운 추억뿐일 테지. 그렇게 생각하면서 여자는 아이를 직접 키우기로 했다. 그러나 아이를 데려온 첫날 밤, 여자는 새된 비명을 지르며 잠에서 깬 아이를 달래야 했다.

무슨 일이냐는 여자의 물음에 아이는 그제야 아이답게 울음을 터트렸다. 부모님과 친구들이 바닷가에서 자기 이름을 부르며 오열했던 게 떠올랐다고 슬퍼하면서. 아이는 집으로 돌아가고 싶다고 떼를 썼다. 기억이 완전히 지워지지 않았던 것이다. 여자는 사람을 부를까 잠시 고민했지만 그 순간만은 잠시 이성을 내려놓았다. 이전 세계에서의 유일한 기억이 이 것뿐이라면 너무 서글픈 일이라고. 그 나이대의 아이들은 꿈과 현실을 혼동한다. 여자는 아이에게 그건 다 꿈이니까 깨끗하게 잊어버리자고 말했다. 그 대신 내일과 모레는 나와 함께 둘만의 도시락을 만들고 가까운 동산에 소풍을 다녀오자고 달랬다. 여자의 바람대로 아이는 곧 과거를 잊어버렸다.

아이는 하루가 다르게 성장했고 기억하는 자들의 기준에 맞게 흡족하게 자라났다. 어느덧 앳된 모습을 벗어버리고 청년에 가까워진 아이를 보며 여자는 뿌듯했다. 내 배로 아이를 낳아본 적은 없지만 자식을 키우는 엄마라면 이런 기분이겠구나.

하지만 이별의 순간은 여자의 예상보다 훨씬 빨리 찾아왔다. 건강주의 메시지를 받고도 건강수명이 다하기 전까지 시간이 주어지는 일반 도시민들과 달리, 관리자는 건강주의 메시지가 이 세상에서 받을 수 있는 마지막 메시지라는 사실을 간과한 걸까. 메시지를 발송한 기억관리국 사람들이 그녀를 찾아오기 전, 여자는 아들과 마지막 인사를 나눴다.

"다 꿈이야."

열세 살의 자신이 본다면 누군지 몰라볼 만큼 왜소해진 그녀의 몸을 붙잡고 오열하는 아들을 보며 여자는 말했다.

"살아생전 행복하게 살았다면 그걸로 됐어. 기억은 사라져도 감정은 남으니까. 네 안에 나에 대한 좋은 감정들만 가득했으면 좋겠구나."

여자는 아들을 보며 진심으로 웃었다. 그녀는 아들이 납치되었다는 유일한 흔적인 그녀의 일기장을 아들에게 남겼다. 아들은 일기장을 열어보았다. 거기에는 익사를 빙자해서 장차 메모리케어 시스템의 실무 책임자가 될, 어리고 영특한 남자아이를 영입했다는 기록이, 그러나 조금도 떠오르지 않는 그의 진짜 기억이 남아 있었다.

3년 전 세상을 떠난, 여자의 아들이었던 남자아이가 나를 보며 어색하게 웃는다. 나는 말문이 막혀서 그저 멍하니 바라만 본다. 가짜 웃음이 아닌 진짜 웃음을 만들어내는 눈가의 점이 매력적으로 도드라져 보인다.

"내 이야기는 여기까지야. 이 이야기를 해주려고 왔어."

여자의 아들이자, 나의 옛 친구 이안이 말한다.

"왜 이제 와서 알은척이야? 이 이야기를 이제 와서 나한테

하는 이유가 뭐야? 날 더 힘들게 하고 싶어서 그런 거야?"

나는 오열한다. 원치 않는 관리자의 자리를 어쩔 수 없이 이어받아야만 했던, 여자의 아들이 3년 전에 그랬던 것처럼.

"난 내 과거를 몰라야만 하는 사람이니까. 네가 언급하는 그 사건을 알은척할 순 없었어. 그렇지만 이제는 곧 바꿀 수 없는 미래가 찾아올 테니까. 그때는 네가 너무 슬퍼하지 않았으면 해서, 네 유일한 과거는 너를 버리지 않았다는 걸 말해주고 싶었어. 그것만으로도 나아갈 힘이 되어줄 테니까."

이안이 내 머리를 천천히 쓰다듬으며 말한다.

"봄아, 관리자는 둘이 될 수 없어. 이제 네가 나 대신 메모리케어의 관리자가 되어줘. 넌 나와는 다른 길을 걷게 될 거야. 넌 기억의 위인의 손녀고, 강준찬이 널 자기 짝으로 생각하고 있으니. 관리자가 하는 일은 특별한 게 없어. 그저 이 기억의 질서를 수호하고 하도에 있는 메모리케어의 데이터룸을 지키기만 하면 돼. 누구도 이 세계에 침범해올 수 없도록."

선택

시간이 초침을 따라 느리게 흘러간다.

나는 침대에 걸터앉은 채 그 흐름을 느끼며 이안이 말한 '바꿀 수 없는 미래'가 나를 찾아오기를 기다린다. 내가 진정으로 원하는 게 뭔지 잊어버린 기분이다. 산복도로의 할아버지는 어느새 현실에서 흐려졌고, 현재의 나와는 관계없는 타인이 되어버렸다. 믿을 수 없지만 어느덧 그렇게 느껴지고 있다. 할아버지가 보여줬던 움직이는 종이 마법처럼. 지금의 나에게 와닿는 현재의 기억은 이안이다. 이대로 그 애를 잃어도 나는 후회하지 않을 자신이 있을까? 해가 떨어지고 사위가 어두워지자, 쌀쌀한 바람이 차창으로 들어온다. 나는 팔을 들어 축축해진 눈가를 닦아낸다. 가만히 미래가 나를 잠식해가도록 둘 수는 없다. 파도에 휩쓸려가지 않을 테다.

달아날 수 없다 하더라도 끝까지 맞서볼 테다.

"아저씨."

노크 소리에, 집무실 책상에서 도형 할아버지 대신 업무를 보고 있던 도현 아저씨가 내 쪽으로 고개를 든다. 아저씨는 나를 보자마자 싱글벙글한 웃음을 띄운다. 그 모습에 나는 잠시 긴장이 풀려 피식 웃고 만다. 남다른 풍채에 유난히 짙은 눈썹. 아저씨를 볼 때마다 정체 모를 친밀감이 드는 건, 아저씨의 외모가 젊은 시절 도형 할아버지와 똑 닮았기 때문일 것이다. 긴 시간이 흘러도 변치 않고 그대로인 박제품처럼. 어쩐 일인지 그의 곁을 그림자처럼 지키고 있어야 할 찬영 비서는 보이지 않는다.

"아직 아버지 안 오셨는데? 뭐 선물이라도 드릴 거 있어? 어제도 왔다 갔다더니. 무슨 일인데 그러지, 응?"

아저씨가 책상 바로 옆에 있는 1인용 소파를 손짓한다. 내가 자리에 앉자 아저씨는 손수 차를 한 잔 내준다. 그러곤 뭐든 좋으니 할 말이 있으면 해보라는 듯 이를 드러내며 쾌활하게 웃는다. 나는 찻잔을 쥐지 않은 손을 꼼지락대지 않으려 주먹을 말아쥔다. 아저씨가 3년 전 여자를 대신해 관리자를 이어받게 된 이안 앞에서도 이렇게 사람 좋은 미소를 보였을 거라는 생각을 하니 속이 매스꺼워진다.

"제가 관리자가 되면, 뭔가 신경써야 하는 게 있을까요? 골치가 아프다거나 귀찮아지는 일 같은 거요."

나는 끝까지 사회적 미소를 잃지 않는다.

"크게 바뀌는 건 없을 거야."

아저씨가 대수롭지 않은 얼굴로 커피를 한 모금 음미하면서 말을 잇는다.

"너는 여전히 학생일 테고 공부를 해야겠지. 또 가끔 친구들이랑 여행 가서 머리도 식히고. 그러다 보면 금방 성인이 되겠구나."

거짓말. 이안이 죽게 되잖아요. 나는 하고 싶은 말들이 목 끝까지 차오르는 걸 간신히 참아낸다. 지금부터는 이안이 어떻게 될지 장담할 수 없다.

"지금이 한참 생각이 많아지는 시기지. 어떻게 보면 봄이너랑 난 참 닮았어."

아저씨가 갑자기 웃음기가 사라진 얼굴로 나를 빤히 본다. 내 생각쯤은 단번에 꿰뚫어볼 수 있다는 눈빛이다.

"40년 전인가, 하도가 처음 세워졌을 때 난 너보다 훨씬 어렸었다. 나도 그때 동네 친구를 잃고 하도로 옮겨온 후 이곳의 왕자처럼 자랐지. 부모님을 따라 하도로 들어온 사촌들이 내 유일한 친구가 되어주었고. 크고 나선 아버지를 이해했지만…… 그래, 이건 우리처럼 비범한 혈통을 타고난 존재들이 어쩔 수 없이 겪어야 하는 통과의례 같은 거구나 했단다."

나름대로 각오는 하고 왔지만, 도현 아저씨 입에서 통과

의례라는 말이 직접적으로 나올 줄은 몰랐는데. 나는 이를 악문 채 간신히 다음 질문을 꺼낸다.

"관리자는 둘이 될 수 없는 건가요? 제가 잘해낼 수 있을지 걱정이 돼서요. 하나보단 둘이 나을 것 같은데. 절 도와줄 사람이 필요할 것 같아요."

아저씨가 픽 웃으며 고개를 가로젓는다.

"대체 뭐가 걱정인 거니? 관리자라 해서 특별히 해야 할 일이 있는 건 아냐. 넌 그저 편안하게 살아가기만 하면 되는데. 뭔가 맘에 걸리는 게 있니? 이곳 생활에 불편한 게 있으면 말해봐. 아저씨가 다 해결해줄 테니까."

나를 향하는 안온한 표정에 차마 입이 떨어지지 않는다. 조금 전의 굳은 결심은 온데간데없이 눈 녹듯 사라져버린다. 윤봄, 너는 정말로 못하겠다고 할 수 있어? 넌 그 조건으로 하도에 돌아온 거야. 네가 그걸 거부해도 무사할 거라고 생각하는 건 아니겠지? 다들 돌변할 거야. 기껏 되찾은 행복이 박살날 거라고.

나는 제멋대로 움직이려는 입술에 힘을 준다. 할아버지와 똑 닮은 아저씨의 모습을 물끄러미 바라볼 뿐이다. 윤봄은 다시 한번 비겁자가 된다. 등 뒤에서 이미 열려 있던 문짝을 가볍게 노크하는 소리가 들린다.

"외삼촌, 봄이 좀 데려가도 될까요? 저희 둘이 갈 데가 있어서."

그리고 준찬은 그런 나를 적당한 타이밍에 붙들어 끄집어 낸다. 쓸데없는 양심의 가책에서 내가 멀어질 수 있도록. 대문 앞에서 준찬이 손을 내민다. 나는 무기력하게 그 손을 붙잡고, 준찬의 파란색 컨버터블에 올라탄다. 웅장한 엔진 소리와 함께 한달음에 하도의 중심부를 벗어난 우리는 순식간에 언덕길을 지나 도시에서 가장 높은 곳에 닿는다. 울창한 갈대밭에 가려 올라가는 동안에는 보이지 않았던 도시의 전경이 발아래로 펼쳐진다. 조명도 별도 하나 없이 캄캄한 밤하늘 아래, 도시의 불빛들이 스스로 형형색색의 별이 되기로 결정한 듯 무질서 속에서 나름의 질서를 갖춰 도시를 수놓는다. 말문이 막힌다. 과거 메모리케어 용품 업계 1위였던 아우름이 이 광경을 본떠 자판기의 메인 광고 이미지를 만들었다는 게 납득이 간다. 말없이 그 빛을 응시하고 있는 나에게 준찬은 얇은 담요를 둘러준다.

"네가 오기 전엔 혼자서 자주 왔었어."

준찬의 옆얼굴이 어둠 속에서 내게 바짝 다가온다.

"왜……?"

나는 울고 싶어진다.

"도시 전체가 보이니까. 저 아래 어딘가 네가 살고 있겠구나, 그렇게 생각하면 좋았거든. 재밌기도 하고."

"그 말은 이젠 저 풍경을 봐도 재미없단 소리지?"

일부러 분위기를 흩어놓으려 던진 내 농담에 준찬은 웃기

는커녕 표정을 더욱 굳힌다.

"지금도 좋은 건 변함없어. 너랑 이 풍경을 공유하고 싶었으니까. 모든 걸 기억하고 누릴 수 있는 사람들끼리."

"고마워. 준찬이 네 덕에…… 난 이곳에 있는 거야."

나는 씁쓸하게 웃으며 준찬의 시선을 어색하게 회피한다. 내게서 느껴지는 기류가 어딘가 심상치 않다고 느낀 걸까. 준찬은 내 어깨를 제 쪽으로 다정하게 끌어당긴다. 담요째 끌어당겨진 나는 꼼짝없이 그 아이와 얼굴을 마주한다.

"봄아."

준찬이 나지막하게 속삭인다.

"엄밀히 말하면 하도로 널 데려온 건, 내가 아니야. 널 데려오기 위해 비밀 마케팅을 기획한 내 예상에도 없었던 장애물들을 뛰어넘은 건, 다른 누구도 아닌 바로 윤봄 너니까. 내게는 없는 그 강인한 정신력이 널 이곳으로 데려온 거야. 우리가 이렇게 얼굴을 맞대고 대화를 나누기 시작한 지 얼마 안 됐다는 걸 알아. 그렇다 하더라도 난 봄이 널 누구보다 잘 안다고 생각해. 나는 아주 오래전부터 너를 멀리서 지켜봤고 또 기다려왔으니까."

아니, 너는 나와 이안에 대해 잘 모르잖아. 나는 준찬을 똑바로 바라보며 생각한다. 그런 내 머릿속을 모두 읽어버리겠다는 기세로 준찬의 눈빛이 나를 꿰뚫어보듯 이글거린다. 서로의 숨소리만 들리는, 무거운 침묵이 흐른다. 어둠 속에서 서로의 이마가 맞닿는가 싶더니, 곧바로 이마에 따뜻한 무언가 닿는 느낌이 든다.

"난 널 지키고 싶어."

준찬이 조금 갈라진 목소리로 말한다.

"우리 할아버지가 돌아가시고 나면 너한테 남는 사람은 나뿐이니까. 관리자로는 이 세계에서 살아갈 한계가 분명해. 그러니 최대한 빨리 대답해줘."

차선

　도형 할아버지는 이틀 뒤에야 출장을 마치고 돌아왔다. 할아버지는 평소와 같은 모습으로 내게 따뜻한 미소를 보였지만 이내 노곤하다며 다음에 보자고 나를 내보낸다. 그런데 할아버지의 모습이 어딘가 이상하다. 구부정한 자세로 느릿느릿 걷고 꿈을 꾸는 듯 몽롱해 보이는 눈으로 나를 쳐다본다. 처음 봤을 때 나를 움츠러들게 했던 호랑이 같은 매서운 눈빛은 온데간데없이, 까맣고 선명했던 눈동자에서 영원할 것 같던 총기가 서서히 흐려져간다.

　"할아버지, 어디 편찮으신 거 아니죠?"

　익숙한 불길함이 엄습하는 기분이다.

　"멀쩡한 사람도 몸살 치를 스케줄이었으니까. 영감님이 진짜 고생 많이 하셨거든. 직접 봐야 성미가 풀리는 성격이라 꼭 본인이 하겠다니 누가 말려. 쉬지도 않고 약물 생산 라인을 전부 돌면서 확인했으니까."

출장을 마치고 돌아온 나타샤는 더는 내게 존댓말을 쓰지 않는다. 어느새 우리 사이가 이렇게 거리를 좁힌 걸까. 그게 아니라면, 다른 이유가 있어서일까. 첫 만남부터 지금까지 나타샤는 내가 이해할 수 없는 범주에 속한 사람인 것 같다. 아마 앞으로도 그렇겠지. 그녀는 내게 선물이라며 불량품을 재활용해서 만든 도도J의 미니어처를 하나 건넨다. 발견된 불량품은 이달 안으로 전량 수거되고 폐기될 거라면서. 이안도 그렇게 될까?

"잘됐네요. 앞으로 제가 할 일이 줄어들겠는데요?"

내가 장난스럽게 말하자 나타샤가 그럴 줄 알았다는 듯 덤덤한 얼굴로 나를 빤히 본다.

"힘들 거라 생각은 했지만 어떻게든 결정했나보네. 고맙다. 네 덕분에 죽기 전에 하도에서 내 자리를 찾았고, 일인자 곁에서 모든 걸 지켜봤으니까, 더는 바랄 게 없어. 문제는 영감님이지."

그렇게 말하는 나타샤의 시선이 많은 생각을 담은 채 잠시 허공에 머무른다. 여전히 당당한 모습이지만 병색이 짙어지고 퀭한 안색은 숨길 수 없다. 나는 입을 다문 채 그 모습을 외면한다. 나를 이 세계로 데려온 두 사람이 내게서 서서히 그리고 빠르게 멀어져가고 있다.

"너도 느꼈지? 영감님 상태가 갑자기 아슬아슬해졌어. 네가 여기로 돌아오고 나니까 마음이 놓인 건지. 뭔지 나도 모르겠다만. 그러니까, 영감님이 가시기 전에 선택해. 너희 할아버지처럼 지금의 영감님이 동상으로 박제되기 전에 말이야. 과거냐 미래냐. 둘 다 선택할 순 없어."

산복도로의 집에서 마지막으로 나를 보며 환히 웃던 할아버지의 말간 얼굴을 떠올리면서, 나는 천천히 고개를 끄덕인다.

하도에서 가장 아름다운 백사장. 고즈넉한 정원에 펼쳐진 야자수들은 곧 벌어질 파티의 분위기를 짐작게 한다. 준찬이 도형 할아버지와 함께 새로운 메모리케어의 관리자가 된 나를 위해 정식으로 준비한 환영 파티. 초록빛 잔디밭 위에는 새하얀 연회 테이블이 동그랗게 배치되고 직원들의 분주한 움직임 속에서 다과와 케이크가 먹음직스럽게 진열되고 있다. 며칠 전부터 지켜보았던 풍경인데도 실감이 나지 않아서 가슴이 마구 두근거린다. 나는 거울을 보며 다시 한번 머리를 매만지며 내 모습에 아무 문제가 없는지 몇 번이고 체크해본다. 그러다 보니 시간이 조금 지체된다. 나는 태연하게 준찬의 전화를 받는다.

"오고 있지?"

수화기 너머 준찬의 목소리에 긴장감이 흐른다. 나는 최대한 밝은 목소리로 준찬의 전화를 받으며 내 품을 갈구하는

낑깡이를 안아든다,

"응. 조금만 기다려줘. 금방 갈게."

오늘을 위해 준비한 의상, 그리고 거기에 가장 잘 어울리는 핸드백을 끼고, 낑깡이를 품에 안은 채 방을 나선다. 그리고 나를 축하하기 위해 한데 모인 사람들을 자연스레 지나쳐간다. 정장 유니폼을 입은 직원들이 멋들어진 다과와 와인을 나르고, 참석자들은 연회 테이블 앞에 앉아 곧 나타날 주인공을 기다린다. 창공에 부서지듯 쏟아지는 햇살을 즐기며. 나는 그들을 피해 나를 기다리고 있을 사람을 향해 성큼성큼 다가간다. 그러다 길의 모퉁이에서 나타샤와 맞닥뜨릴 줄은 몰랐지만.

"봄이 너……."

잠시 나를 바라보던 나타샤는 전에 없던 따뜻한 미소를 지으며 내 어깨를 가볍게 토닥이더니, 낑깡이의 머리를 쓰다듬고 그대로 우리를 지나가버린다. 어떤 말이든 할 줄 알았는데. 그러지 말라거나, 왜 이러느냐거나. 나타샤는 나를 등지고 행사장을 향해 곧바로 걸어간다.

서둘러 목적지에 도착한 나는 현관에서 벨을 누른다. 그리고 얼굴을 드러낸 사람을 향해 활짝 웃어 보인다.

"너…… 여기서 뭐 해? 그 옷은 또 뭐고."

이안이 경악스런 얼굴로 메이드복 차림의 나를 바라보며 말한다. 말은 그렇게 하면서도 이안의 눈빛에서 본능과 이성이 싸우는 모습이 보인다. 나는 아랑곳하지 않고 그 아이의 손을 잡아끈다. 다시 가방 안의 휴대전화가 울리기 시작한다. 준찬은 지금쯤 내가 행사장에 가지 않는다는 걸 알아차렸겠지?

"설명은 나중에 하고, 따라와. 그게 우선이야. 가면서 이야기해줄게."

이안은 얼떨결에 내게 이끌려 나온다. 우리는 눈에 띄는 정문 대신 쪽문을 통과해 나간다. 행사가 늦어지자 장식용 생화를 귀 뒤에 꽂고 그 순간을 기념하러 뒤뜰로 잠시 나온 아가씨들과, 그들을 다시 행사장 안으로 안내하려던 직원들이 우리를 의아한 듯 쳐다본다. 광장으로 향하는 길목에서, 생각지도 못했던 인물이 모습을 드러낸다.

"너 진짜 대단하다?"

유영이 조소하며 내 앞을 가로막는다. 노란색 원피스 차림의 유영은 내가 주인공인 파티를 가는 대신 처량하게 하도를 둘러보는 편을 택했다. 그 애는 나를 아래위로 훑어보다가 내 팔을 단단히 붙든다.

"내가 정말로 원하는 걸 넌 거저 가졌으면서…… 감히 전부 버리고 도망가겠다고? 그것도 얘랑? 그게 네가 진짜로 원하는 거야?"

"그래. 이런 식으로 환영 파티에서 내가 사라진 걸 공식화해버리면 제아무리 할아버지나 준찬이라도 나를 다시 데려올 순 없을 테니까. 이걸로 끝나는 거지. 유영이 네가 비켜주기만 한다면 말이야."

속내를 입으로 뱉고 보니 더 확실해진다. 나는 산복도로에 돌아가서 이안이 존재하는 미래를 살아가고 싶다는 것을. 할아버지의 기억을 평생 혼자서만 안고 살고 싶다는 것을. 적어도 또다시 유나처럼 이안을 보내지 않아도 될 테니. 기억관리가 유명무실한 마을에서 진짜 기억의 선별권은 언제나 나에게 있을 것이다. 나를 붙든 유영의 손아귀에서 힘이 조금씩 빠져나간다.

"그동안 나 때문에 많이 힘들었지? 너랑 말 한마디 나눠보는 게 이번이 처음이기도 하고. 주제넘은 말이라는 건 알지만."

나는 유영의 곁에서 서둘러 몇 발자국 물러나며 말을 잇는다.

"내가 떠나지 않는 게 준찬이가 원하는 거라고 생각해서 네가 지금 여기서 나랑 이안이 떠나지 못하게 막는다고 치자, 그런다고 준찬이가 널 봐줄까? 넌 평생 준찬이한테 끌려다니기만 하겠지. 쓸모가 없어질 때까지 말야. 네가 준찬이한테서 벗어나서 진정으로 원하는 걸 찾길 바랄게."

묵묵히 내 이야기를 듣고만 있던 유영이 코웃음을 친다.

"어째서 내가 준찬이에게 매여 있다고 생각해? 착각하지마. 내 의지로 선택한 일이야. 그러니 죽이 되든 밥이 되든 끝까지 해볼 거야."

"뭐가 됐든."

"잘났어 그래······ 마음 변하기 전에 얼른 가버려. 다신 오지 말고."

마침내 유영이 돌아서고, 나와 이안은 광장 끄트머리를 향해 달려나간다. 버스터미널로 가는 하도 소속의 택시를 잡아탄다. 택시가 광장을 벗어나 육지로 가는 게이트를 빠져나간 뒤에야 나는 준찬의 전화를 받는다.

"할아버지, 기다리셔. 네가 도착하기만 하면 행사는 시작될 거야. 언제든. 문제없이."

준찬이 차분한 목소리로 나를 붙잡는다. 아직 늦지 않았다는 것처럼. 무거운 침묵이 흐른다. 준찬이 있는 행사장 음악 소리와 웅성거림만 남는다.

"······기다리지 마시라고 전해드려. 아마 다시는 돌아오지 못할 테니까."

나는 심호흡을 한 다음 겨우 말한다.

"미안해."

전화를 끊는 순간, 차창 밖으로 하도의 갈대밭이 시야에서 멀어져가는 게 보인다. 눈앞이 뿌옇게 흐려지지만 끝까지 내가 떠나온 곳을 지켜본다. 산허리의 이름 없는 느티나무 아래에 묻힌 할아버지를 뒤로하고 바라만 봐야 했던 과거의 기억이 오버랩되는 건 왜일까. 아무 죄 없는 이안이 내 옆에 있는데, 저 멀리 두고 온 사람들의 모습이 벌써부터 그리웠다. 여전히 내가 돌아오기를 기다리고 있을 준찬과 그 세계에 영원히 박제된 우리 할아버지가 그리웠고, 그와 절친했던 도형 할아버지와 도현 아저씨, 나타샤마저 그리워지기 시작했다. 지금이라도 과거가 박제된 하도에 머물기로 선택한다면 나는 영원히 고통받지 않아도 될 것이다. 나는 차를 돌리고 싶은 마음을 간신히 억누른다.

하도는 메모리케어가 지배하기 전의 세상, 이미 지나간 과거를 보기 좋게 흉내낸 껍데기일 뿐이다. 이제 과거와 현재를 넘나들 수 있는 자유가 내게 있다는 걸 안다. 내가 원한다면 하도라는 과거로도, 기억을 지키려 늘 고군분투해야만 할 미래로도 향할 수 있다는 걸. 그 힘든 미래를 선택하면 진실을 마주하고자 하는 신념을 비겁하게 내버리지 않아도 된다는 걸. 그건 동시에 나의 새로운 세상이 되었던 하도를 영영 끊어내야 한다는 말이다. 하지만 일말의 괴로움이 없는 완벽한 선택이란 애초에 불가능하다.

그저 차선을 택할 뿐. 산복도로로 돌아가는 길에서야 왜 사람들이 기억관리를 원하는지 뼈저리게 깨닫고 만다. 기억은 인간의 감정에 전혀 친절하지 않으니까. 그저 견뎌내야만 한다. 시간이 흐르고 또 흐르기를. 할 수만 있다면 기억을 모조리 도려내고 새로 시작하고 싶다. 기억하는 자로서의 윤봄은 죽었으니까.

아이러니하게도 답은, 이 모든 일의 시작점에 있을 것이다.

4

Request for Deletion

선택의 책임

택시는 버스터미널 앞에서 멈춘다. 기사가 내 옷을 힐끔 거리더니 퉁명스레 한마디 내던진다.

"여기서부터는 시외 요금을 내셔야 해요. 그냥 버스 타시는 게 나을 것 같은데."

고귀한 하도에서 산복도로까지는 가고 싶은 마음이 조금도 없으니 이만 여기서 내리라는 말이다. 나는 한숨을 내쉬려다가 도로 삼킨다. 하긴, 산복도로까지 한 번에 데려다줄 거라고는 기대도 안 했다. 그건 돈의 문제가 아니니까. 그저 그쪽 동네랑은 엮기기도 싫을 뿐인 거겠지. 나는 핸드백에서 지폐 몇 장을 꺼내 기사 아저씨의 손에 얹어준다.

버스정류장 주변 상권은 불과 3개월 사이에 몰라볼 정도로 달라졌다. 유행이 지난 콘셉트의 기억판매소는 사라지고,

새롭게 시민들의 이목을 끄는 콘셉트가 즐비하다. 주로 비-
썬시티권에서 쏟아져들어온 노동자들로 보이는 사람들은
맞은편의 다리를 막 건너와서인지 잔뜩 긴장한 얼굴들이다.
그럼에도 그 얼굴들 위로는 희망이 어려 있다. 언젠가는 썬
시티로 삶의 터전을 옮길 수 있을지도 모른다는 희망이.

나와 이안은 상점에서 캡모자를 하나 사서 깊이 눌러쓰고
서 산복도로행 버스에 올라탄다. 화려한 야경을 만들어내는
하구둑 빛의 다리 위에서 썬시티의 고층 빌딩들이 꿈처럼 시
야에서 멀어진다. 이안과 나는 산복도로 마을 입구에서 내린
다. 그리고 암묵적으로 정해져 있는 목적지를 향해 하염없이
걷고 또 걷는다. 어느덧 해와 낮이 종적을 감추는 시간이 된다.

"여기야."

칠이 벗겨진 낯익은 표지판 기둥을 붙잡으며 나는 겨우
숨을 돌린다. 모래사장 입구에 놓인 수영금지 표지판은 유나
와 왔을 때 보았던 그대로 변함이 없다. 인적이라곤 조금 전
도착한 두 사람의 발자국밖에 없는 바다는, 오래전 이곳에서
아무 일도 일어난 적 없다는 듯 고요히 이안의 존재를 받아
들인다. 고운 모래로 뒤덮인 백사장 위를 파도만이 끊임없이
오간다. 어쩐지 긴장이 풀려서 나는 본능대로 바닥에 주저앉
는다.

"내가…… 여기 어디에 누워 있었어?"

이안은 당장이라도 울음을 터트릴 것 같다. 나는 손가락

으로 어린 이안의 시신이 뉘였던 지점을 가리켜 보인다. 여전히 그때의 이안은 내겐 선명한 기억이다.

"그렇구나…… 우리 부모님은 나를 보고 슬퍼하셨어?"

이안이 고개를 떨군다. 관리자였던 이안은 다 큰 어른처럼 굴었지만 사실 여전히 과거의 어린아이에 머물러 있다는 생각에, 마음이 아린다. 나를 보는 것 같은 기분이 든다.

"근처에 있던 어른들이 달려들어서 떼어낼 때까지 널 포기하지 않으셨어. 네가 기억관리국 차량에 실려서 사라질 때까지도."

"그때…… 내가 정신 차리고 자리에서 벌떡 일어났으면 이럴 일은 없었을까? 그러니까, 약에 취했더라도 정신을 차렸을 수도 있는 일이잖아."

이안은 나를 등진 채 고운 모래를 만지작댄다. 손에 모래 한 줌을 쥐었다가 흘려보내기를 반복한다.

"아냐. 그때 넌 너무 어렸고, 무엇보다 그건 네 탓이 아니야. 어른들 탓이지."

울음이 터져나올 것 같다.

"넌 왜…… 날 데려온 거야? 가진 걸 다 버리면서까지 이렇게 할 필요가 있었을까?"

마지막으로 붙잡고 있던 이성의 끈이 풀린다. 나는 자리에 주저앉은 채로 엉엉 운다. 그건 내가 하고 싶은 말이다. 내가 몇 달 전 곧 안락사를 당할 할아버지를 붙잡고 썬시티로 달아났으면 어땠을까? 이안을 아들처럼 키워내고 사랑해 주었던 그 관리자가, 죽음을 피해 달아났다면 어떻게 됐을 까? 아니, 애초에 할아버지가 기억하는 자들의 공동체를 떠나지 않고 거기에 머물렀다면? 그래서 내가 그곳에서 태어났다면 어땠을까?

수없는 선택의 갈림길 속에서 결국 내 마음이 선택한 건 이안이었다. 내가 좋아하는 준찬도, 내게는 너무도 소중한 두 할아버지도 아닌, 이안.

죽은 과거 대신 살아 움직이는 미래가 될 현재를 택해야만 했으니까. 유나는 도시의 질서에 따라 과거가 되어버렸지만, 이안마저 그렇게 만들 수 없었으니까.

이안의 죽음을 막는 선에서, 내가 기억의 자유를 누릴 방법은 산복도로의 삶뿐이다.

하도에선 기억을 지울 수 없다. 그곳에 영영 머물기로 결정했다면 나는 하도의 규칙대로 내 모든 기억을 온전하게 떠안고 '기억하는 자'로서 살아가야 했으니까. 그리고, 또 다른 죽음들을 방관하면서 조작된 꼬리표로 모두가 선망하는 가짜 인생을 살아갔겠지. 나는 그 길을 거부할 것이다. 산복도로에서 할아버지의 대를 이어, 기억관리를 하지 않고 살아갈 것이다. 나는 스스로 내 기억을 선택하고, 내 의지대로 인생을 만들어갈 것이다.

인위적인 멘탈케어 없이 지니고 있던 기억이 흐려지려면

완전히 감정에 절여지고 짓이겨져 기존의 모습을 서서히 잃어가는 과정이 필요하다는 걸 잘 알고 있다. 젖고 젖어서 마침내 떨어져나가야 아무렇지 않아질 테니. 그러려면 정직한 시간이 필요하다.

이제, 내가 선택한 현실에 책임을 져야 할 때다.

"……도도제약 장학생이었다고?"

산복도로와 가장 가까이 있는, 제일 고등학교의 담임은 탐탁잖은 표정으로 나를 아래위로 훑는다. 어째서 썬시티로 간 지 불과 3개월 만에 산복도로로 다시 돌아온 건지, 왜 이 학교에, 왜 하필이면 자신의 반으로 배정된 건지, 한참을 골똘히 생각하는 얼굴이다. 내게 무슨 일이 있었는지는 관심사 밖일 것이다.

우리 엄마 아빠조차 처음엔 그랬으니까. 당연히 잘 지내고 있을 거라 생각했던 딸이 변변찮은 짐 하나 없이 맨몸으로 돌아왔으니. 그럴 만도 했다. 못 본 사이 안색이 눈에 띄게 피폐해진 엄마는 별다른 반응 없이 내가 다닐 새로운 학교를 등록해주었고, 엄마와 다를 바 없이 얼굴이 어두워진 아빠는 내게 대놓고 실망한 티를 내며 그 이후로 한마디도 섞으려 하지 않았다. 두 사람이 여전히 할아버지의 죽음에 머물러 있다는 걸, 말하지 않아도 알 수 있다. 할아버지의 죽음을 애도하지 못하면서도 끊임없이 할아버지를 떠올리고 고인의 기억을 죄인처럼 곱씹고 있겠지. 엄마 아빠도 나처럼, 언젠가는 아픈 현실을 받아들일 수 있을까.

"뭐 땜에 쫓겨난 건데? 여긴 어차피 썬시티도 아니잖아. 우리끼리 꼬리표에 올려댈 것도 아니고. 비밀로 할 테니까 어서 말해봐."

반 아이들은 썬시티의 문화를 맛보고 돌아온 내게 호의적이지 않다.

"되게 깐깐하게 구네. 거기 한번 갔다 왔다고 네가 썬시티 사람인 줄 아는가본데, 너나 우리나 도긴개긴 아냐? 아니다, 넌 산복도로 출신이잖아. 건방지게 굴지 마. 그냥 체험학습 잠깐 다녀온 주제에."

필터링 하나 없이 지나치게 솔직한 마음의 표현을 들으니 화가 난다거나 억울한 마음보단 떨떠름한 마음이 든다. 그래, 이게 산복도로지. 그래도 어쩐지 속은 편해서 나는 웃음이 난다. 억지로 웃느니, 솔직해지는 편이 낫다.

"그러게. 너희 말대로 나 체험학습 잘 다녀왔어. 좋은 경험이었고, 즐거웠어."

나는 진심으로 웃는다. 더 이상 사회적 미소를 짓고 싶지 않아서. 이제는 고상한 척, 훌륭한 기억을 '만들어내는' 일상에서 벗어나고파서.

매일의 수업은 단조롭고 지루했다. 무미건조하게 계산된 고상한 학생들의 모습을 연출했던 베릴 학교 아이들과 달리,

이 학교 아이들은 수업을 듣다가 졸리면 말없이 엎드려 잠이 들었고, 선생들은 그런 아이들을 굳이 타박하지 않는다. 열심히 공부하고 기억관리를 한들 별수 없는 인생들이다. 오히려 그편이 편할지도 모르겠다. 나는 종일 내 선택에 만족하며 하루를 멍하니 흘려보낸다.

썬시티를 빠져나와 산복도로로 되돌아온 날, 이안이 머물 곳을 걱정하는 내게 이안은 관리자로 일하며 알게 된 기억의 질서의 허술한 점을 알려주었다. 세간에는 잘 알려지지 않은 비밀을. 썬시티에 살면서 만회할 수 없을 만한 큰 기억의 구멍이 생기며 기억의 볼모지인 산복도로로 들어와야만 하는 이들이 종종 있다. 그들은 이곳의 문화에 도무지 적응하지 못했고, 기억관리가 유명무실한 삶을 사느니 삶을 포기하는 편을 택했다. 꼬리표에 기록될 수 없는 죽음인 '자살'이라는 방식은 고인의 모든 정보를 리셋시켰고, 그 때문에 출신이 불분명한 고아들이 마을 주민들도 모르는 사이에 산복도로로 하나둘 편입되고 있다. 이안은 바로 그 고아 행세를 하겠다며, 어릴 때처럼 다시 한번 산복도로 윗마을의 주민으로 살아가겠다고 했다. 자신에 대한 기억을 모조리 잃었을 부모님의 행방을 찾는 대신, 그들과 같은 공기를 마시며, 또 같은 공간에 머물며 과거를 치유하고 천천히 앞으로의 미래를 생각해보고 싶다고.

코끝에 닿는 바람이 찼다. 나와 이안이 어디에 있든, 시간은 정직하고 차분하게 조금씩 앞으로 나아갔다. 이안과 첫 수업이 끝나면 만나기로 했던 약속이 흐지부지되는 사이 겨울이 성큼 다가왔다.

썬시티에서 품질 좋은 외투 하나 챙겨올걸 조금 후회하면서 나는 터널 위에 깔린 인도를 천천히 걷는다. 오랫동안 보수를 하지 않아서 깨진 아스팔트 도로 아래 차들이 터널을 통과하면서 내는 진동이 느껴진다. 나는 나를 스쳐가는 차들을 멍하니 느끼고 서 있다가 내 발 앞에 우뚝 선 두 발을 보고 천천히 시선을 올리다 그대로 굳어버린다. 얼굴이 뻣뻣해진다. 비명을 질러야 하나?

"걱정 마, 널 데려가려고 찾아온 게 아냐. 사실 그러고 싶어도 그럴 수 없고."

회색 코트 차림의 준찬이 내 눈을 똑바로 바라보면서 느릿느릿 말한다. 당장이라도 내 곁으로 바짝 다가와 머리를 쓰다듬을 것만 같은 표정으로. 여전히 다정한 모습에 눈시울이 붉어지는 게 느껴진다.

"……화나지 않았어?"

내가 묻는다. 당장이라도 달려가 안기고픈 마음을 겨우 억누른다.

"내가?"

준찬이 호탕하게 웃는다. 하지만 사회적 미소로도 준찬의 붉어진 눈시울은 감출 수 없다.

"널 어떻게 미워할 수 있겠어? 실은 이 이야기를 해주고 싶어서 찾아왔어. 전에 왜 길고양이들에게 밥을 주기 시작했느냐고 물었던 거 기억나? 그거, 나타샤 덕분이야."

언제나처럼 허를 찌르는 준찬의 말에 나는 허탈하게 웃는다.

"나타샤랑 고양이가 무슨 관계가 있어?"

준찬은 나를 바라보며 복잡한 표정을 드러낸다. 마치 비에 홀딱 젖은 고양이를 바라보는 듯한 표정이다. 귀엽다는 듯, 애절하다는 듯. 준찬과 함께 나란히 터널 윗길을 벗어나 빈집이 대부분인 낡은 골목 안으로 들어선다. 미로처럼 얽히고설킨 한적한 골목길은 우리가 충분히 이야기할 시간을 벌어줄 것이다.

"부끄러운 이야기인데. 난 태어나서부터 쭉 마음대로 할 수 있는 게 아무것도 없었어. 반항심에 찌든 내가 어떤 잘못을 저질러도 어른들은 다른 사람들의 기억을 조작하면 그만이었고, 내 외침은 이 세상에 아무런 흔적도 남기지 않았으니까. 그래서 길에 사는 주인 없는 동물들한테 각별하게 관심이 갔던 것 같아."

준찬의 목소리가 미세하게 떨린다. 그는 폐허가 된 어느 빈집의 갈라진 벽면을 쓰다듬으면서 애써 덤덤한 척 말을 이어간다.

"사람이 안 된다면 동물한테라도 영향력을 끼치고 싶었

어. 그래서 난…… 썬시티 밖의 낙후된 동네를 어슬렁거리다
가 아주 어린 새끼 고양이들을 발견하면 깨끗한 그릇에 밥을
담아주고 매일 물을 갈아줬어. 비를 피할 집도 마련해줬지.
계절이 지나고 해가 바뀔 때까지 길들여서, 그 애들이 완벽
하게 나한테 마음을 열면 그때부터 발길을 끊었어. 근데 동
물들은 버려질지도 모른다는 걸 본능으로 알더라. 그 애들은
내가 사라질 때까지 울면서 나를 붙잡으려 했어. 그래, 알아.
완전 악취미였지. 하지만 거기서 내가 살아 있음을 느꼈어.
난 누군가한테 의미 있는 존재이고 싶었으니까. 그러다가 몇
년 전에 내가 고양이들을 버리는 걸 나무라는 사람이 나타났
어."

준찬이 추억에 잠긴 듯, 잠시 말을 멈춘다.

"그게 나타샤였어?"

"맞아. 나타샤는 나더러 꼬리표에 남을 어리석은 행동을
하지 말라고 했어. 그때의 나는 되게 건방진 꼬맹이였어. 나
는 이래도 괜찮은 사람이라고 받아쳤지. 내 출신을 알아본
나타샤는 내기를 하자고 했어. 자기는 죽기 전에 반드시 하
도에 들어갈 거고 거기서 기억의 자유의 끝을 두 눈으로 확
인할 거라고. 대신 네 힘을 빌려달라고. 그렇게 나타샤와의
인연이 시작됐지."

산복도로의 집 앞에서, 죽기 전 최고가 되는 게 꿈이라 말
했던 나타샤의 당당한 목소리가 바로 옆에서 들리는 것 같아

서, 나는 조용히 미소 짓는다.

"자기가 진다면 고양이들한테 어떻게 해도 좋지만, 자기가 이긴다면 앞으로 고양이들한테 그러지 않기로 말야. 썬시티 밖에서 길들인 아이들을 모두 하도에 데려가서 키워달라고, 끝까지 책임지라고. 나타샤는 그렇게 부탁했어. 네가 오기 전까지 내 기행은 계속됐어. 오만했지. 내 멋대로 내 세상에 들일 대상을 선택하면, 그 대상은 무조건 따를 거라는 착각을 했던 것 말야. 봄이 네가 떠난 뒤에야 알겠더라. 나는 네 세계를, 네 선택을 존중해. 어떤 길을 걷든 끝까지 응원할 거야. 물론 최후엔 내 곁에 돌아온다면 더 좋고."

준찬이 눈을 찡긋한다. 그리고 보이지 않게 옆구리에 끼고 있던 황토색 봉투를 내 앞으로 돌려 보여준다.

"이거 받아. 나타샤가 마지막으로 부탁한 물건이야. 아니, 유품이지."

테이프로 여러 번 감긴 황토색 봉투를 곧바로 열어보려던 나는 몸을 움찔거린다. 나타샤가 죽었다고?

"너 때문이 아니야. 나타샤는 처음부터 이럴 생각이었으니까. 알다시피 건강수명이 머잖았었고… 본인이 원하던 대로 된 거야. 나타샤는 평온하게 갔어."

내 표정을 읽은 것처럼 준찬이 재빨리 덧붙인다.

"문제는 따로 있어. 네가 사라지고 나서 할아버지가 쓰러지셨어. 지금은 삼촌이 전권을 쥐고 있지. 몸조심해. 삼촌은

널, 자기가 메모리케어 시스템을 물려받는 데 있어서 방해꾼이라고 생각하니까."

"어째서?"

방해꾼? 하도에서 언제나 내게 친절했던 도현 아저씨의 모습만 떠올라, 나는 의아하다. 준찬이 내 물음에 곧바로 대답하지 못하고 잠시 머뭇댄다.

"봄이 네가 경식 할아버지의 손녀니까. 삼촌은 메모리케어를 초기화하고 모든 걸 새로 세팅해서 하도를 완전히 바꿔놓고 싶어해. 그 말은 기억의 위인들이 도시에서 더는 기억되지 않을 수도 있다는 뜻이지. 아니, 곧 그렇게 될 거야. 지금부턴 도시 전역에 진짜 약물이 유통될 테니까."

준찬이 터널 윗길을 거슬러올라간다. 나는 그 아이가 시야에서 보이지 않을 때까지 한참을 바라보다가 산복도로 모노레일 상행선을 향해 달려간다.

마리사의 집

봉투 안에는 별다른 물건이 없다. 무언가 새로운 것이 있을 거라 기대했던 게 무색할 정도로. 나타샤가 처음에 내게 보여 줬던 두 할아버지의 사진 사이에서 쪽지 하나가 뚝 떨어진다. 맥락 없이 급하게 휘갈겨 쓴 필체에 다급함이 묻어 있다.

이걸 보고 있을 때면 나는 이미 이 세상에서 사라진 뒤겠군 요. 이건 열여섯 번째 생일선물이라고 생각해요. 고마웠어요.

생일선물. 나는 어느 순간부터 내 무의식의 뒤편으로 물 러나 잊혔던 한순간을 기억해낸다. 쥐는 힘이 빠져나간 손가 락 사이로 쪽지가 툭 떨어진다. 생일날 들었던 할아버지의 목소리가 다시 한번 귓전에서 또렷하게 울리는 것 같다.

"나무 옷장 뒤를 확인해봐라. 거기에 네 선물을 숨겨뒀으니까."

마침내 나는 할아버지의 유언대로, 옥빛으로 아름답게 양각된 그 나무 옷장 가까이 바싹 다가간다. 원목으로 만들어진 나무 옷장은 방의 절반을 차지할 정도로 거대하다. 마침내 묵직한 옷장 문을 있는 힘껏 열어젖힌다. 가족의 겨울 외투와 무거운 이불로 가득 차서 뒷 공간이 하나도 보이지 않는다. 어릴 때는 엄마 몰래 이 옷 무더기를 헤치고 들어가서 놀았던 것 같은데. 그때의 기억을 되살려 옷 더미를 파헤친 나는 고개를 깊이 숙이고 안을 들여다본다. 한 사람이 쭈그려앉을 만한 공간이 있다. 그 순간 외투 무게에 몸이 짓눌리는가 싶더니 나는 곧바로 옷장 속으로 처박힌다. 단단한 원목으로 만들어진 옷장 벽면이 순식간에 눈앞으로 다가오는 바람에, 머리를 세게 부딪힐 것 같아 눈을 질끈 감는다. 머잖아 가볍게 달칵거리는 소리가 들리지만 겁먹을 만큼 강력한 충돌은 없다.

"아야……."

장난기 어린 꿀밤을 맞은 것 같은 가벼운 부딪힘. 손에 닿는 딱딱하고 차가운 맨바닥의 감각이 낯설다. 콘크리트 가루 같은 것이 손바닥 아래서 곱게 바스러진다. 고개를 드니 여태까지 집에 살면서 한 번도 보지 못했던 비밀 공간이 모습을 드러낸다.

　내 방과 비슷한 구조인 이 공간은 눅눅하게 습기를 머금어 퀴퀴한 곰팡내를 풍기고 있다. 벽면에 뭔가가 덕지덕지 붙어 있는 걸 제외하면 별다른 특징이 없는 빈 공간. 태어나서부터 줄곧 이 집에 살면서도 이런 게 숨겨져 있을 거라고는 상상도 못했다. 옷장 바로 뒤에 이런 곳이 있었다니. 나는 내가 통과한 출입구를 슬쩍 돌아본다. 옷장과 같은 색인 나무색을 띠는 걸 보니, 개구멍 역할을 하도록 누군가에 의해 설계된 것이 분명하다. 벽으로 가까이 다가간다. 불빛 하나 없이 어둑어둑한 방의 벽면에 정체 모를 종이 뭉치가 엉겨붙어 있다. 끊임없이 덧대고 수정한 흔적이 역력한 메모는 끔찍한 악필이라 당최 무슨 글씨인지 알아볼 수 없지만. 곰팡이가 슬어 거무튀튀하게 변색된 부분도 있다. 나는 그나마 상태가 멀쩡한 종이를 뜯어내 글자를 겨우 해석해낸다.

　혼자서 열어볼 것.

　그때 종이 더미 사이에 끼워져 있던 뭔가가 바닥으로 툭 떨어진다. 속이 보이지 않도록 여러 번 휘감긴 포장지다. 안에는 빛바랜 사진 한 장이 들어 있다. 젊은 시절의 할아버지를 포함해서 모두 세 사람의 모습이 보인다. 풍채가 좋은 두 남자, 그리고 그들 가운데 선 뿔테안경을 쓴 갈색 단발머리

여자. 뒷면에 엉겨붙은 포장지를 긁어내자 숨겨져 있던 글귀가 모습을 드러낸다.

동덕시 도리마을. 이 순간을 기억하며.

그들은 아늑한 한 가정집의 소파에 앉아 옆 사람과 어깨동무를 한 채 렌즈를 향해 활짝 웃고 있다. 사진 속의 세 사람은 서로를 의지하고, 또 든든하게 힘이 되어주며 미소 짓고 있다. 홀린 듯 사진 속의 할아버지와 눈을 맞추며 미소 짓던 내 눈에, 손가락 아래 가려져 있던 일곱 글자가 모습을 드러낸다.

마리사의 집에서.

나는 전화로 이안을 불러내 중간 언덕 위에서 만난다. 우리는 쉬지 않고 무작정 위를 향해 달린다. 산의 끝자락에 가까운 지점까지. 마리사 할머니의 저택은 우리 집보다 더 높은 언덕 위에 홀로 우뚝 서 있다. 계단 끝에서 숨을 고르며 고개를 돌리니 '마리사의 집'이라고 적힌 팻말이 보인다. 옛날 우리 집에 달려 있던 '치료사의 집'과 같은 디자인이다. 왜 몰랐을까? 할아버지와 마리사 할머니가 어딘가 묘한 앙숙 관계라는 건 알았지만, 두 사람이 각별하다는 생각은 해본 적 없다. 문을 쿵쿵 두드리는 내 재촉에 못 이기듯 문이 덜컥 열린다. 마리사 할머니는 나를 보며 싱긋 웃는다.

"돌아왔구나, 정말로."

할머니는 내 앞에서 할아버지가 그랬던 것처럼 노란 갱지를 펼쳐 보인다.

기억을 잇는 다리

지금으로부터 40년 전, 썬시티 도로 곳곳에서 거대한 화염이 치솟았던 시절이 있었다. 그 화염이 만들어낸 매캐한 연기를 뚫고, 붕괴되고 와해된 도로를 달려 도시의 주요 정치인들을 찾아가던 한 젊은 여자가 있었다.

"아, 제발 좀!"

마리사는 있는 힘껏 클랙슨을 때려봤지만 줄지어 멈춰 선 차는 꿈쩍도 하지 않았다. 도시에서 클랙슨은 그 쓸모를 다한 지 오래되었다. 빨간불이 뜨면 차량을 멈추고 초록불이 뜨면 출발해야 한다는 기본적인 교통 법규도 힘없는 약속에 불과한 세상이었으니까.

곳곳에서 끊이지 않는 전쟁과 동시다발적인 경제 붕괴, 절도와 성범죄가 대낮에도 난무하는 생지옥 같은 도시는 그날 정말로 종말이 눈앞에 온 것처럼 보였다. 언제든 불의의 사고에 휘말려 죽을지도 모른다는 공포. 그 공포에서 벗어나기 위해 시민들은 피해자인 동시에 가해자가 되었다. 그들은 살기 위해 스스로를 지키는 방법을 택했다. 내가 먼저 다른 사람을 죽이지 않으면 누군가에 의해 죽임을 당하게 될 거라는 위기감이 도시 전역에 팽배했고, 그럴 용기가 없는 이들은 제 손으로 자신을 죽음으로 내몰았다. 계속되는 죽음은 도시의 트라우마 그 자체였다. 마리사는 자켓 주머니 안에 넣어둔 도시의 마지막 희망을 조심스레 다독였다. 시민들의 기억삭제를 가능케 할, 마법의 이완제 QRM1084를.

약을 개발한 주요 연구진은 난리 중에 폭도들이 일으킨 교통사고로 즉사했다. 인턴을 벗어난 지 얼마 안 된 새내기 의사인 마리사는 연구에 잠시 가담했던 공으로 얼떨결에 1084의 주인이 되고 말았다.

도시의 의사당에서 1084의 정체가 처음으로 밝혀졌다. 정치인들은 찬성과 반대로 나뉘어 치열하게 다퉜다. '도시는 시민의 기억을 인위적으로 삭제하고 관리한다. 그것으로 도시의 영원한 평화를 되찾는다.' 문제는 있지만 정답은 없었고, 저마다 열변을 토하며 쏟아내는 주장에도 틀린 말이 없었다. 사실상 도시의 모든 결정권을 쥐고 있던 시장, 최병권은 후대를 위한 결단을 내렸다. 그는 비밀리에 찬반 투표를 하자는 명목으로 시장실에 모여든 의원들을 전부 총살했다.

그리고 마지막으로 자신을 향해 방아쇠를 당겼다. 바보 같다
는 소리를 들을 정도로 성실한 성격에 오직 시민들을 위한다
는 대의 하나만 머릿속에 가득했던, 시장의 보좌관 강도형이
그의 후계자로 세워졌다. 출마와 낙선을 반복하면서도 끝까
지 헛된 꿈을 놓지 않았던 도형은 비록 젊을지라도 풍기는
카리스마가 남달랐다.

'도시는 시민의 기억을 인위적으로 삭제하고 관리한다.
그것으로 도시의 영원한 평화를 되찾는다.'

소식을 들은 시민들은 열렬히 환호했다. 갈등과 다툼은
지긋지긋했다. 문제를 풀기 위해 어떠한 합의점을 찾아가기
엔 도시의 멸망이 너무도 가까웠고, 그들은 지쳐 있었다. 미
래 세대가 안전한 환경에서 성장하고 자리를 잡기도 전에 눈
앞에서 도시가 한 줌의 재가 되어 사라져버릴 것만 같았다.
그래서 기꺼이 도시에 기억을 맡기기로, 그들의 권리였던 기
억의 선별권을 내버리기로 결단했다. 그들은 도시의 질서를
바로잡고 모든 걸 정상으로 되돌린다는 근엄한 메시지에 걸
맞은 진중한 카리스마를 가진 청년, 도형에게 압도당했다.

그러나 도형 혼자서 모든 걸 책임질 순 없었다. 도형은 새
로운 행정부의 견제 역할을 담당할, 명목상 의회의 창시자가
한 명 필요했다. 그가 모든 기억의 사령탑 위에 서서 도시를
관망하고 다스릴 때 편안하게 의지할 수 있는 기억의 기준점
이 되어줄 존재가 필요했다. 도형은 윤경식이 그 역할을 해

주기를 바랐다.

고등학교 동창으로 가끔 인사만 하는 같은 반 친구였던 경식을 선택한 이유는 단 하나였다. 취업 대신 정치를 하겠다는 자신을 비웃고 하나둘 곁을 떠나갔던 다른 친구들과 달리 유세 현장마다 나타나 알바라도 시켜달라며 먼저 자신을 찾아올 만큼 넉살 좋고, 또 자신을 믿어준 경식이 절실하게 필요했다.

작은 회사를 다니던 중에 난리통에 휩싸였었던 경식은 잘난 친구 덕을 보았다. 그렇게 도형과 함께 시민들이 더 이상 고통받지 않도록 메모리케어를 함께 이끌어가겠다고 맹세했다. 경식은, 도형의 영광스러운 일대기를 증명해줄 유일한 과거의 분신이었다.

한편, 마리사는 아무 영문도 모른 채 도시의 유일한 정치가 도형을 찾아갔다. 전문가 집단에서 유일하게 살아남은 생존자이자, 갑작스러운 재난 상황에서 최고위직에 앉게 된 두 사람은 같은 처지였고, 도형은 그 마음을 능숙하게 이용했다. 재빨리 마리사의 신뢰를 얻은 도형은 메모리케어의 시스템을 테스트하면서 1084의 대량생산을 지시했다.

도시의 모든 기억을 한데 모을 메모리케어의 시작이 코앞에 다가왔다.

각 가정에 1084의 시제품이 뿌려졌고, 원치 않는 기억을

271

지워본 주민들의 만족도는 하늘을 치솟았다. 1084의 브랜드화에 성공한 회사는 도도제약이 먼저였지만 후발주자인 아우름과 네이처팜은 압도적인 마케팅으로 판을 뒤엎었다.

세 영웅의 그림자를 본떠 기억하는 자들의 마을 '남항'이 썬시티 너머의 작은 섬인 하도에 세워졌다. 난리통에 살아남은 위인들의 일가친척들이 영웅들의 연락을 받고 한데 모였다. 경식과 마리사는 연인이 되었다. 처음에는 모든 게 순조로웠다. 그러나 위인들은 이 시스템에 끝까지 따르려 하지 않는 자들이 있을지도 모른다는 사실을 간과했다.

기억의 질서를 어지럽히는 골칫덩이들을 어떻게 처리할 것인지를 놓고 분란이 일어났다. 그들을 일명 '이벤트 트리거'로 살아가게 하거나 혹은 죽여서 후환을 없애자는 도형과, 기억은 개인의 중대사이기도 하니 개인의 자유에 맡기되 차분히 권유해보자는 경식의 의견이 첨예하게 충돌했다. 마리사가 중재자로 나섰지만 둘 사이의 간극은 걷잡을 수 없을 정도로 벌어졌다. 결코 좁힐 수 없는 생각 차에 환멸감을 느낀 경식은 하도를, 그리고 마리사를 떠났다.

일가를 데리고 하도를 떠난 경식은 기억관리를 거부하는 반대파 세력들과 힘을 합쳤다. 몇 년 뒤 기억관리 시스템이 완전히 자리를 잡으면서 하나의 작은 회사에 불과했던 '루시드'는 기억관리국이라는 공조직으로 탈바꿈했다.

마리사는 도형과 함께 제1회 기억의 밤 행사를 성대하게 치르면서 환멸을 느꼈다. 보기 좋은 껍데기로 뒤덮인 세상. 경식이 옳았다. 죽이 되든 밥이 되든, 옳은 편에 서지 않으면 매일 양심에 찔려 괴로워 죽을 것만 같았다. 신나게 파티를 즐기던 중에도 잠깐 고개를 돌리면 공허함은 찾아오기 마련이니까.

하지만 하도를 떠난 마리사가 다시 만난 경식의 곁에는 새로운 사람이 있었다. 얼마 전 결혼했다는 그의 아내는 벌써 첫 아이를 임신하고 있었다. 씁쓸했다. 그러나 산을 깎아 만든 산복도로의 윗마을에서 마리사는 더도 없는 평온함과 자유를 느꼈다. 그녀는 순간의 감정에 이리저리 휘둘리지 않으려 애쓰느라 외려 메모리케어에 휘둘리는 도시의 현실을 한눈에 조망할 수 있도록, 마을에서 제일 높은 곳에 환자 진료소를 열었다.

강제적인 멘탈케어가 기정사실화되고 기억의 꼬리표가 없는 사람은 취업도 결혼도 힘들어지는 시대가 왔다. 먹고살길이 막막해지면 잘난 신념은 땅바닥에 굴러다니는 휴지조각만도 못해지는 때가 온다는 사실을 그때야 처절하게 깨달았다. 도시 곳곳에 메모리케어 용품 자판기가 깔리기 시작했고 도시에서 배급해준 휴대폰에 더 이상 '고인의 죽음이 기억될 수 없다'는 메시지가 날아들었다. 도형과 끝까지 맞서 싸우는 대신 편한 길을 찾아 회피했던 선택의 결과는 참담했다.

격변하는 세상 속에서 경식은 마땅한 일자리가 없었고 살아갈 동력은 시들해졌다. 그 모습을 보다 못한 마리사는 산에서만 자라는 귀한 약초들을 가져와 무작정 경식의 품에 떠밀었다.

"네 자식처럼 키워. 그리고 팔아."

그즈음 경식의 아버지가 돌아가셨고, 기억관리국 대신 하도에서 도형이 손수 보낸 이들이 찾아왔다. 그들은 고인의 유가족 관리 절차에 따라 경식의 아내와 아들을 이송 차량에 태우고 사라졌고 그 뒤를 따라가려는 경식을 정중하게 막아섰다.

"두 분은 기억을 지우실 수 없습니다."

아래위로 짙은 코발트블루 유니폼을 입은 직원이 무표정한 얼굴로, 마리사와 경식을 보며 말했다.

"지금 장난해? 이런 식으로 복수하는 거야? 차라리 모든 걸 다 잊어버리게 해주지 그래?"

경식이 악을 썼지만 남자는 무서울 정도로 덤덤했다.

"그게 아닙니다. 두 분은 도형 님의 유일한 과거니까요. 하도로 돌아올 생각이 있다면 언제든 돌아오실 수 있도록 준비해뒀습니다. 생각이 바뀌면 언제든지 연락주세요."

남자가 내민 명함을 받아든 경식은 잠시 말이 없었다. 골똘히 생각에 잠긴 듯 미간을 있는 힘껏 찌푸리던 경식은 갑자기 실성한 사람처럼 웃음을 터뜨렸다.

"하하하, 그럴 것 없어. 너희들, 공동체에 새 의회를 만들고 싶다고 그랬지? 그러려면 내가 있어야 할 텐데. 내가 딱 정해주지. 초대 의회는 '이곳'에서 열려야 해. 바로 여기! 기억의 위인 3인방이 모두 있어야 명분이 설 텐데, 어때? 도형이한테 말 좀 전해줘."

단호하게 고개를 저으려던 남자는 경식의 마지막 말에 정신을 차렸다.

"못하겠다면, 강도형의 유일한 과거가 스스로 사라져줄 수도 있는데."

그렇게 산복도로의 동덕시 도리마을에 있는 '마리사의 집'에 기억의 위인 세 사람이 처음이자 마지막으로 모였다. 각 진영에서 선별된 증인 몇 사람이 자리를 지켰고, 마지못해 그 공간에 함께하게 된 도형은 후대에 전해질 자신의 젠틀한 이미지를 위해서 환하게 웃었다. 이 역사적인 순간은, 어느 산복도로 사진작가의 손에서 메모리케어 시대부터 금기시될 사진으로 남겨졌다.

"기억의 선별은 개인이 선택할 문제야."

그러나 경식의 목소리는 흔적도 없이 공기 속으로 사라졌다.

세월이 지나면서 기억의 세 위인 중 두 사람이 산복도로의 도리마을에 살고 있다는 사실은 사람들의 기억 속에서 서서히 흐려지고 지워졌다. 메모리케어를 피해 두 위인을 따라왔던 수많은 이들의 사연과 기억들도. 그저 기억의 밤이 되면, 언제나 그래왔던 것처럼 세 사람의 그림자가 그려진 사탕과 초콜릿을 먹는 것으로 휴일을 기념할 뿐. 단 하루뿐인 짧은 기억의 자유를 누리면서.

경식은 하나뿐인 아들의 미래를 위해 종종 하도로 돌아가고 싶은 충동에 휩싸였다. 어째서 아버지는 케어를 받지 않느냐는 아들의 원망에도 입을 꾹 다물 수밖에 없었다.

경식은 인간사에는 아무런 관심 없는 듯, 늘 한결같은 약초들을 키워내는 텃밭을 가꾸었다. 지갑 사정이 좋지 못한 썬시티 공장 노동자들에게 싼값에 진통 소염제를 팔아가며 '치료사의 집'을 꾸려나갔고 꿋꿋이 가장 노릇을 했다.

몇 년 전 건강수명 종료 메시지를 받고 나서 경식은 30년 만에야 처음으로 마리사를 직접 찾아왔다. 그리고 한참을 깊게 오열했다. 갑작스러운 병으로 아내가 세상을 뜨고, 자식들의 오열 속에서 고인이 된 아내의 기억이 지워지고, 또 그 흔적이 사라져가는 걸 똑똑히 보면서도 힘든 내색 한번 하지 않았던 그가.

"내가 왜…… 그때 여기서 의회를 열자고 했을까?"

경식은 덤덤하게 웃으며 평생을 지켜온 진실을 털어놓았다.

"기억은, 거짓말을 못해."

그는 노랗게 변색된 명함을 꺼내 보였다. 과거 남자의 말대로 전화번호는 그대로였고, 두 위인을 위한 예우도 여전했다. 모두가 잠든 밤 도형의 직속비서가 검은 리무진을 끌고 마리사와 경식을 모시러 왔다.

어차피 나는 얼마 살지 못하니, 기억의 증명이 되어줄 나의 유일한 손녀가 열여섯 번째 생일을 맞으면 하도로 보내겠다는 경식과, 생일이 지나기 전에 데려가겠다는 도형의 고집이 팽팽하게 부딪혔다.

나는 내게 몰아치는 진실의 파도 앞에서 아무 말도 할 수 없다. 하염없이 눈물이 흐른다. 옆에서 잠자코 이야기를 듣고 있던 이안이 내게 티슈를 몇 장 뽑아 건네준다.

"내가 이 말을, 정말 내 생전에 하게 될 줄은 꿈에도 몰랐지만⋯⋯."

마리사 할머니가 평생을 간직해왔던 비밀을 마침내 입 밖으로 내보낸다.

"메모리케어의 비밀번호는 이곳에서 열렸던 초대 의회의 기억이다."

기억의 세 위인, 도형과 경식, 마리사는 메모리케어의 시스템 초기화 비밀번호를 누구도 떠올릴 수조차 없는 것으로 지정해야 한다는 데에 동의했다. 시스템의 초기화는 메모리케어의 종말을 뜻했다. 그러니 누구도 찾을 수 없는 견고한 장소에 완벽하게 봉인되어야 했다.

각자의 인생을 인질 삼아 비밀번호를 설정한 위인들은,

비밀번호 그 자체인 동시에, 비밀번호 역할을 할 수 없었다. 지난 세월, 메모리케어는 그들의 삶 전부가 되었고 초대 의회의 기억은 이 모든 기억을 내포하고 있는 상징과도 같았으니까.

메모리케어의 초기화가 시스템 자체를 파괴한다는 사실은, 처음에는 초기 설정을 직접 세팅한 기억의 위인들만 알고 있었다. 그러나 메모리케어와 데이터룸을 지킬 존재인 관리자가 필요하게 되면서 관리자도 메모리케어의 비밀을 공유받게 되었다. 건강수명이 다하기 전에 관리자는 차기 관리자가 될 아이에게 메모리케어의 허점과 작동원리를 가르쳤다.

마리사 할머니가 말을 이었다.

"초대 의회에 대해 기억의 위인에게 직접 전해들은 사람, 그때 찍힌 사진을 '마리사의 집'에서 본 사람, 그리고 이젠 세상에 없는 너희 할아버지를 포함해 기억의 위인 세 명을 모두 직접 만나본 적 있는 사람만이 이 기억을 메모리케어 앞에서 구현할 수 있겠지. 그렇게만 된다면."

"도시에서…… 꼬리표가 사라지게 되겠네요."

나는 목이 멘 목소리로 할머니의 말에 끼어든다. 꼬리표의 종말이 정말로 가능한 일이었다니. 아니, 이제는 그렇게 될 수 있다니. 그렇게만 된다면 뭐든 할 수 있다는 희망에 부푼 내 가슴을, 마리사 할머니가 슬며시 잡아 누른다.

"봄아, 그렇게 간단한 일만은 아니야."

마리사 할머니는 내게로 몸을 낮추어, 나만 들을 수 있도록 내 귀에 대고 한참을 속삭인다. 할머니가 던지는 말 하나하나가 빠짐없이 머릿속에 들어와 박힌다. 내가 지금 무슨 이야기를 들은 거지? 조금 전까지만 해도 희망뿐이었던 이 공간에 절망이 함께 깃든다.

"싫어요…… 난 못해."

나는 더듬거리며 할머니의 소파에서 일어난다. 그러나 영문을 모르는 이안이 반사적으로 나를 세게 붙잡는 통에 다시 제자리에 주저앉고 만다.

"지금 어디에 서 있는지 알기 위해서는 기준이 되어줄 무언가가 필요하지."

마리사 할머니가 아무렇지 않게 이야기를 이어간다. 나는 할머니와 눈을 마주치지 않으려 눈을 질끈 감으면서도 그녀의 이야기를 놓치지 않으려 귀를 기울이고 만다.

"과거에 얽매이면 그보다 괴로운 일이 없겠지만, 과거를 '스스로' 선별해서 기억하는 건 다른 일이다. 벗어나려 발버둥치지 않아도, 지키려 부단히 애를 쓰지 않아도, 시간이 가면 네 마음속의 바다가 알아서 해줄 일이란다. 내가 그랬던 것처럼, 먼저 이 세상에 머물렀던 이들이 그랬던 것처럼, 너도 할 수 있단다. 시간의 물길을 이리 틀고 저리 틀다가는 결국 천혜의 자연인 갯벌을 파괴하는 꼴이 되는 거야. 삶의 알맹이가 부스러져 아무것도 남지 않는 사람이 되기는 싫지 않니?"

"두려운 일이 생기면요? 시간에만 맡겨두었다가 모든 기억이 파괴되고, 사라지게 된다면요."

나는 진심으로 묻는다. 마리사 할머니의 이야기에 틀린 말이 없다는 걸 알면서도 나는 비겁자가 되고 만다. 울먹이지 않으려 입을 앙다물어보지만 소용이 없다.

"멀리서 파도가 밀려오는 게 보이면 난 피하지 않아. 순리에 따라 적응하고 이겨낼 수 있을 거라는 확신이 있어. 그냥아, 지금은 깎여 내려가고 있구나, 분명하고 객관적으로 그사실을 인식하면서 덤덤하게 받아들이는 거지. 아픈 기억만 마음에서 도려내버리면, 혹은 삶의 순리에 따라 잊히는 소중한 기억을 억지로 마음에 욱여넣고 산다면, 과연 없던 일이될까? 누구나 탄생의 순간에는 살아갈 준비라도 하듯 죽음과 고통을 이겨내고 세상에 나오지 않니? 그런 순리를 기어코 거스른다면 현재는 우리가 어디서 왔고 어디로 가는지조차 모르는 감옥이나 다름없지. 너도 알지? 불과 몇십 년 전에는 모두가 하나로 연결되어 있었다는 것 말이다. 기억도, 도시들도. 그게 뭐든 단절된 공간을 하나로 묶는 방법은 간단해. 흩어진 공간들을 가로지르는 다리 하나만 놓으면 다시하나가 된다. 산복도로에서 썬시티로 향하는 길은 하도까지닿지 못하지만, 그 위를 아우르는 새로운 길이 생기면 이야기가 달라지는 거다."

마리사 할머니가, 말한다.

"봄아, 넌 과거와 현재, 미래를 잇는 다리야. 모든 걸 뒤집을 사람은 너뿐이라는 소리지. 그러니, 돌아가렴. 가서 시스템을 초기화시켜."

Request for Deletion

이른 새벽. 산복도로 주민들의 휴대전화가 동시에 요란하게 울리는 소리에 나는 선잠을 깬다.

내일을 기해 통행권 없이는 썬시티에 출입할 수 없음을 알려드립니다. 기억관리국은 현 시간부로 통행권을 정식으로 발급할 예정입니다. 최근 폭주하는 기억삭제 요청 문제로 인원 관리에 어려움이 있습니다.

나는 고개를 쭉 빼고 계단 끝을 내려다보며 모노레일 차량이 올라오기를 기다린다. 계단의 경사를 따라 사선으로 이어진 철제 레일 옆으로 낡은 주택들이 빼곡하게 내려다보인다. 마리사와 경식. 과거 기억의 두 위인이 산의 경사지를 깎아 만들어낸 산복도로 위에 세운, 영광스러운 도리마을의 모습이.

모노레일 첫차 운행 시간이 되자 생계를 위해 아래로 내려가야만 하는 동네 사람들이 비를 피해 먹을 것을 구하러 돌아다니는 개미들처럼 한꺼번에 쏟아져나온다.

부디 행복한 기억을 지울 수 있는 하루가 되기를 소원하면서. 모든 걸 기억하면서도 기억하지 못하는 척 적당히 꼬리표의 비위를 맞춰주기 위해서. 오늘도 텅 빈 하루를 그저 그렇게 흘려 보내기 위해서.

그 모습을 보고 있자니 분통이 터진다. 이제 얌전히 하도로 가서 모든 일을 마무리짓기만 하면 되는데. 할아버지의 꿈이, 내가 해야 할 일들이 바로 코앞에 있는데. 울분이 차오른다. 불의를 가만히 두고 볼 수 없는 건 내가 할아버지의 손녀라서 그럴 것이다. 그러니 여기서 떠나기 전에 할 말은 하고 갈 테다.

등교 시간도 되기 전에 일찍부터 모노레일 앞에 나와 있는 나를 보고 몇몇 어른들은 대놓고 입을 모아 수군거린다.

"걔 맞지? 아니 왜. 대기업에 장학생으로 썬시티에 갔다가 쫓겨났다는 그 여자애 있잖아."

조소하는 시선들이 필터링 없이 쏟아진다. 그 시선들에 아랑곳 않고 나는 버티고 선다. 사람은 이만하면 되겠지? 나는 숨을 크게 들이마신 다음, 한꺼번에 훅 하고 내뱉으며 마음의 준비를 마친다.

"여러분! 언제까지 이렇게 살 거예요?"

몰려든 인파에 어울리지 않는 무거운 침묵이 흐른다. 갑자기 무슨 일인지 상황 파악이 덜 된 얼굴로 웅성대는 사람들 사이에서 낯익은 얼굴이 건들거리며 걸어나온다. 틈만 나면 분란을 일으키는 동네 사람들의 이름을 RD 리스트에 올리고 싶어하던 동네 수족관 아저씨다. 아저씨는 최근에 수족관을 접고 동물사체 운반 차량을 운전하면서 생계를 유지한다고 들었다.

"하하, 갑자기 그게 무슨 소리야? 학생. 예전엔 조용하더니 썬시티에 한 번 다녀온 뒤로 성격이 많이 쾌활해졌네."

나는 그의 말을 무시하고, 할 말을 이어간다.

"다 기억하면서, 기억 안 나는 척 살아는 거 지겹지 않으세요? 우리 마을에서는 이럴 필요 없잖아요. 안 그래요? 우리끼리는 편하게 살자구요. 어차피 약물도 다 가짜잖아요. 네?"

정신을 차려보니 나는 내 생일날 세 번째로 RD 리스트에 올랐던 그 남자와 같은 대사를 읊고 있다. 모든 걸 알고 보니 그저 웃음이 난다.

그러나 내가 없던 몇 개월 동안 동네 사람들의 인내는 완전히 바닥이 난 듯하다. 이 마을 출신이라는 지긋지긋한 꼬리표에다 지난 몇 년간 끊임없이 편집되고 왜곡된 기억에 과부

하가 왔으면서도, 마을 밖에선 속내를 드러내지 못하고 묵묵히 주어진 일을 해야만 했던 이들의 분노는 극에 달해 있다. 악에 받친 누군가가 내게 욕지거리를 하며 물건을 던진다.

"허허. 열 낼 필요 뭐 있습니까? 오늘 밤에 명단에 올려버리면 되는데. 학생, 학생이 자초한 거니 억울해할 필요 없어. 알겠지? 그럼 다들 그렇게 아시면 되겠습니다."

수족관 아저씨가 호탕하게 웃으며 내게 손가락질을 한다. 그렇게 나는 RD 리스트에 처음으로 오른다. 평생 그 명단에 이름이 오르면 죽을 병이라도 걸리는 줄 알았는데. 마리사 할머니의 말대로 마을을 떠나 모든 걸 뒤바꿔야 하는 영웅 노릇을 할 입장이 되자 오히려 속이 후련해진다.

그러나 RD 리스트에 오르게 된 대가는 분명하다. 썬시티에서 쫓겨난 걸로도 모자라 돌아오자마자 사고를 치고, RD 리스트에 오르며 당분간 학교도 갈 수 없는 나를 보며 엄마 아빠는 분통을 터트린다.

"대체 갑자기 왜 그러는 건데? 네 인생만 있는 게 아니야. 엄마 아빠의 인생도 있으니까 제발 정신 좀 차려. 네가 그러면 부모 입장이 뭐가 되니? 당장 내일부터는 통행권이 없으면 저쪽으로 넘어가기도 힘들어졌는데."

두 사람은 그 말을 남기고 썬시티의 공장 단지에 마지막 면접을 보러 간다. 그리고 별다른 문제가 없으니 당장 내일부터 썬시티에 출근하라는 이야기를 들었다며 크게 기뻐한다. 수화기 속 엄마의 목소리는 어느 때보다 당당하다.

"꼬리표에 기록된 기억이 가짜든 아니든 그게 뭐가 중요하니? 그게 세상이야. 우리도 다른 동네 사람들처럼 모든 걸 잊고 살 수 있는 날이 분명 올 거야. 진짜 약물만 들어온다면. 그때까지 희망을 잃지 말고 살아야지. 우리 동네는⋯⋯ 다른 곳보다 조금 늦을 뿐이지."

예전의 나였다면 비수가 되어 마음에 내리꽂혔을 엄마의 말이, 지금은 내 신념을 자극하는 불쏘시개가 되어 활활 타오른다. 엄마는 안락한 도시의 질서를 벗어나고 싶은 생각이 조금도 없다. 하도에서 할아버지의 기억을 모방한 껍데기의 방을 영원히 붙들고만 싶었던 과거의 나처럼.

"엄마가 거기서 벗어날 수 있는 방법이 있다면? 그래도 중요하지 않아? 내 삶이 사실은 아무런 실체가 없는 가짜라는 걸 알면서도, 그래도 평범하게 살아갈 수 있어?"

나는 후드를 뒤집어쓴 채, 우리 집 마당 아래를 힐끗하며 묻는다. 동네 사람들 대부분이 일터나 학교에 나가 있을 시간이라 인기척이 없다. 엄마는 곧바로 대답하지 않는다. 내가 서둘러 계단을 뛰어내려가 대문을 지나 또 다른 계단길 입구에 다다를 때까지 수화기 너머로는 돌아오는 대답이 없다. 불과 몇 달 전에 처음으로 구입했던 아우름의 자판기가 보인다. 나는 수화기를 귓전에 갖다댄 채 홀린 듯 그 앞으로 다가간다. 내용물이 아우름 대신 도도J로 대체되었다는 것만 빼면 조금도 변함없이 그 자리를 지키고 있는 자판기. 그런데 자판기를 둘러싼 배경 중 변한 것이 하나 있다. 낯선 듯 익숙한 빨간 래핑 트럭이.

그때, 엄마가 다시 입을 연다.

"……정해진 룰을 따르는 것 만한 방법은 없어."

정해진 룰. 미소가 입가를 비집고 나온다. 내가 무엇을 포착했는지 알지 못하는 엄마는 그간 마음에 담아두고 삭혀왔을 자신의 속내를 속사포처럼 쏟아낸다.

"실체가 없는 가짜를 따라가서 뭐가 남았냐고 그랬니? 엄마가 똑바로 말해줄게. 적당히 먹고살 정도의 돈과 안락함이야. 그럼 그만인 거지! 봄이 네가 무엇 때문에 이러는지 예상은 가지만…… 그렇다고 해서 우리가 죄인처럼 전부 짊어지고 살 필요는 없어. 진짜 약물만 있으면 애초에 없던 일들이 될 테니까. 우리, 그렇게 살자. 다시 행복해질 수 있어."

나는 소리없이 웃는다.

"그래, 엄마 말이 다 맞아. 근데 나도 엄마한테 하고픈 말이 좀 많네. 돌아오면 이야기할 게 있으니까 얼른 집으로 와줘."

그러나 엄마 아빠는 밤 11시가 넘어서도 돌아오지 않는다. 익숙하고도 끔찍한 불안이 엄습한다. 숨막힐 것처럼 칙칙했던 밤이 물러가고 새벽이 가까워진 시간. 문자 메시지가 도착하는 소리에 나는 떨리는 손으로 메시지를 클릭한다.

고인이 되신 정수님과 나희님의 명복을 빕니다. 남은 유가
족을 위로하러 저희 직원이 도착할 예정이오니 제자리를
지켜주시길 당부드립니다.

—기억관리국 미화팀 드림

머리를 통째로 얼음에 빠트렸다 끄집어낸 것처럼 나는 냉
철하게 이성을 유지한다. 곰곰이 생각에 잠긴다. 어지러운
생각 끝에 결론이 명료해지고, 무엇을 해야 할지 결심이 서
자 나는 시계를 확인한다. 기억관리국 공무원들이 우리 집으
로 들이닥치기까지 약 20분이 남았다. 순순히 잡혀가 줄 생
각은 없다.

과거엔 유나의 집이었던, 이안의 집으로 달려간다. 아직
날이 완전히 밝지 않아 모두가 깊은 잠에 빠져 있을 시간이
지만 메모리케어를 쓰지 않는 이안은 깨어 있다. 그는 대략
무슨 일이 일어난 건지 알겠다는 듯, 고개를 끄덕인다. 나는
재빨리 이안을 어느 자판기 앞으로 데리고 가서 선다. 이제
는 아우름 대신 온 도시를 점령한 도도J의 광고영상이 흘러
나온다. 다 포기하고 약물이라도 사서 먹자는 건가, 의아해
하던 이안의 표정을 보며 나는 그 뒤로 턱짓을 한다. 자판기
뒤로 제대로 관리하지 않아 흉물스러워진 빨간 트럭이 보인
다. 수족관 아저씨의 소유가 분명한 동물사체 이송트럭이.

"뭐 하는 거야?"

이안이 당황해 나를 붙잡는다. 내 의중을 단번에 간파한 목소리다. 나는 트럭을 감싸고 있는 덤불을 옆으로 거칠게 밀어내면서 대답한다.

"우리 엄마 아빠의 유언을 들어주려고."

불과 얼마 전에도 주행을 다녀온 건지 트럭은 쓸 만하다. 게이지에 표시된 기름은 넉넉하고, 시동도 걸린다.

동물사체 운송 트럭은 산복도로에서 썬시티를 지나 하도까지, 도시 전역을 자유롭게 오갈 수 있는 유일한 교통수단이다. 그동안 산복도로의 어느 누구도 생각해본 적 없는 일이겠지만 이 룰을 잘만 이용한다면, 시도할 용기만 있다면 탈출할 수 있다. 아직 정식으로 케어를 시작하지 않은 우리 둘의 데이터는 텅 비어 있을 것이다.

"가짜든 아니든 룰을 따르는 것 만한 방법이 없다고 그랬거든. 우리도 그렇게 해보자. 그리고 가서 모든 걸 뒤집어보려고."

전면이 래핑된 동물사체 트럭은 하구둑 다리를 지나 빠르게 썬시티를 관통해 나간다. 그런데 뭔가 이상하다. 평소 같으면 육지에서 다리를 타고 썬시티로 쏟아져들어오는 차량으로 극심한 정체를 빚었을 도로가 텅 비어 있다. 우리는 아무런 제재 없이 도로를 타고, 마침내 산복도로의 맞은편 육지에서 하도로 향하는 가느다란 다리 앞에 선다.

"기억관리국에서 썬시티에만 이동금지 명령을 내린 것 같

아. 뭔가 이상해. 여기서부턴 어떻게 될지 아무도 몰라. 정신 바짝 차려."

이안이 경고한다. 우리는 다리를 지나 하도를 가로막고 있는 바리케이드 앞에 선다. 일전에 기억의 광장 옆에서 본 적 있는 경비원들이 하나둘 모습을 드러낸다. 멀리서 동물 사체 운반 차량임을 확인한 누군가가 안쪽으로 진입해도 좋다며 친절하게 수신호를 보낸다. 이안이 고개를 끄덕이자 나는 용기를 내어 조심스레 액셀을 밟는다. 하지만 곧 입구 앞에서 멈춰 선 트럭 차창을 누군가가 두드린다. 래핑으로 가려져 있던 창문을 내리자마자 나는 정신이 아득해진다.

52번과 50번의 얼굴이 손 닿을 만큼 가까이에 있다. 아이들의 손에는 총이 들려 있다. 검은 총신이 매끄럽고 우아하게 우리를 향한다. 영화에서 보던 것보다 훨씬 서늘하고 비인간적인 그 느낌에 소름이 쭈뼛 선다.

"둘 다 내려."

베릴 학교에서 사라져 각자의 마을로 돌아갔을 두 사람이, 하도로 가는 다리 위에 서 있다. 그리고 그들은 이벤트 트리거 표식을 달고 있다. 안락사를 당하는 대신 도시에서 가장 멀리 떨어진 섬에 갇혀, 하도에서 요구하는 사건 사고에 캐스팅될 때까지 기다려야만 하는 존재들. 다른 말로, RD들이다. 지금 52번과 50번이 무인도 밖에 있다는 건 그들이 마침내 쓸모가 있어 이곳으로 잠시 풀려났다는 뜻이다. 백화점도, 관공서도, 기억의 밤 현장도 아닌 바로 이곳.

나와 이안이 순순히 따라가길 거부하자, 도현 아저씨가 만들어낸 대본을 따라 어느새 트럭은 이벤트 트리거들로 도망갈 틈 없이 포위된다.

"못 내리겠다면 그대로 쏠 거야."

베릴 학교에선 언제나 천진하고 장난기 넘쳤던 50번이, 전에 없던 냉랭한 목소리로 나를 위협한다. 시간 끌지 말고 잽싸게 내리라며 차체를 쿵쿵 두드리는 그 아이의 모습은 내가 알던 사람이 맞나 싶을 정도로 생경하다. 머릿결을 따라 대충 거칠게 잘라내버린 곱슬머리는 그간 50번이 겪었을 고충을 짐작게 한다. 이제 어떻게 하지? 나는 그럴듯한 답이 나올 것처럼 이안 쪽을 바라본다. 나타샤의 지침서에도 이런 상황은 언급조차 없었으니까. 그러나 이안은 모든 걸 체념한 얼굴로 고개를 가로젓는다. 대본대로 사건이 일어날 때까지 현장에 파견된 이벤트 트리거들은 누구도 막을 수 없어. 이안이 속삭인다.

"우리를 팔아먹고 네 소원대로 모든 걸 기억하니 좋았어?"

못 본 사이 머리칼이 한층 더 짧아진 52번이 냉소를 흘리며 나를 트럭에서 끌어내린다.

"무슨 소리야, 그게. 내가 너희를 팔았을 리 없잖아. 내가, 어떻게 그래."

"그게 아니면 너만 멀쩡히 돌아갔을 리가 없지. 우리는 잘

난 네 신고 때문에, 기억의 질서를 헤친 중죄인으로 끌려갔어. 넌 혼자서 그 잘난 고인의 기억을 지켰겠지만."

다시 50번이 천진한 미소를 지었다가 언제 그랬냐는 듯 흔적도 없이 미소를 거둔다.

"나랑 얘는 RD 리스트에 오른 적도 없는데, 기억의 질서를 어긴 경우는 곧바로 이벤트 트리거가 된다나 뭐라나. 이제 너희도 곧 그렇게 되겠네. 둘 다 처리하라는 지시가 있는 걸 보면 네 새로운 친구도 고인의 기억을 가지고 있나본데?"

"아냐! 너희가 오해하고 있는 거야. 난…… 분명 너희가 안전하게 마을로 돌아갔다고 들었는……."

태어나서 한 번도 느껴본 적 없는 묵직한 타격감에, 눈앞이 아찔해진다. 폭력이라는 낯선 감각에 몸이 덜덜 떨려온다. 52번과 50번은 더러운 걸 만진 것처럼 날 때린 손을 털면서 내 주위를 둘러싼다.

"큰 욕심은 부리지 말았어야지."

무표정의 두 사람은 나를 아래위로 훑어본다. 마치 베릴 학교의 기숙사 212호에 내가 처음 왔던 날처럼. 그날의 기억이, 영화의 주요 장면들처럼 나를 빠르게 스쳐간다. 그리고 내 기억의 갱지를 건드린다. 누군가의 손가락 끝에서 이미지들이 재빨리 거꾸로 돌아갔다가, 다시 앞으로 휘리릭 넘어간다. 할아버지의 마지막 순간과 짧은 장례, 고인의 기억을 간직하기 위해 나타샤와 거래했던 순간, 캐리어를 끌고 하구둑 다리를 건너 이미지 렌탈숍에 갔던 순간, 렌탈숍이 만들어낸 환상 속 거울에 비친 내 결연한 얼굴이 보인다. 도형 할아버지가 만들어낸 껍데기의 집과, 하도에서 산복도로로 돌아가는 택시에서 보았던 하도의 모습도.

정신이 어느 때보다 또렷해진다.

지금 내가 어떻게 해야 하는지도, 이젠 확실히 알 것 같다.

두 사람은 비밀리에 사건을 일으킬 권한을 받은, 이벤트 트리거다. 하도의 대본에 따라 사건을 일으키는 이들에겐 적어도 마지막으로 '원하는 대로' 발악할 권리가 있다. 지금 이대로 아무 의미 없는 반항을 한다면 나와 이안은 사고사로 처리될 것이다. 그렇다면…… 내 생각이 거의 막바지에 다다른 사이, 52번은 나와 이안을 바닥에 무릎 꿇린다.

"고인의 기억 하나 얻겠다고 친구들을 버린 애들이에요! 죽어도 싸겠죠?"

인생을 저당 잡히고 반강제로 하도의 수족이 된, 같은 처지의 트리거들 앞에서 나를 비난하는 52번의 목소리에 한이 서린다. 내가 고인을 기억할 수 없다면 너도 그래야만 한다. 그것이 이 세상의 당연한 질서다.

"죽여! 인간 같지도 않은 것들. 죽여라!"

총구가 우리를 향하고 안전핀이 올라가는 소리가 귓전에 맴도는 순간.

"수작 부리지 마!"

나는 품속에서 사진을 꺼내 52번의 눈앞에 들이민다. 내가 들고 있는 낡은 종이 조각이 그저 그림이 아니라 낡은 사진임을 알아본 그 아이의 눈빛이 눈에 띄게 흔들린다. 나는 도시에서 금기시되는 물건을 처음 보았을 때의 그 전율감을 누구보다도 잘 알고 있다.

"이분이 누군지 알아? 강도형 할아버지야. 들어는 봤을 거야. 하도의 지배자가, 바로 이분이지. 그리고 옆에 있는 사람이 내가 기억하고 싶었던 우리 할아버지야. 어때, 되게 잘생겼지?"

나는 주머니에서 라이터를 꺼내 사진 아래에 갖다댄다. 불에 붙은 갱지가 한순간 타올라 재로 흩어지듯, 끝내 나의 손끝에서 사라져버릴 할아버지의 모습을 마지막으로 홀깃거린다.

"근데, 이제 할아버지를 놔주려고. 그래야만 모두의 기억을 되살릴 수 있다면 난 그렇게 하려고."

누군가의 타격에 손에 들려 있던 라이터가 날아간다. 손이 어그러지는 통증에 나는 이를 악문 채 꿋꿋이 말을 이어간다.

"부탁이야. 도현 아저씨한테 전해줘. 내가, 아저씨가 찾는 메모리케어의 비밀번호라고. 누구든 말만 전달해주면 길이 열릴 거야."

나는 멍이 든 손에 겨우 힘을 주어 사진을 사정없이 북북 찢어버린다. 사진 조각들이 바람에 날려 시야에서 사라진다. 믿을 수 없는 광경을 목격하고 웅성대는 사람들 사이에서 멍하니 나와 눈을 마주친 50번이 무전을 켠다. 그리고 내 메시지를 전달한다. 잠시 뒤 바리케이드가 열리고, 나는 여전히 분을 삭이지 못하는 52번을 돌아보며 진심으로 말한다.

"날 믿어줘. 난, 우리가 잃은 모든 걸 되찾을 거야."

래핑 차량에 이안과 함께 올라탄 나는 무사히 금단의 구역, 하도를 향해 달린다. 한참을 달리다 검은 연기가 오르는 것을 발견한다.

할아버지의 업적을 기리던 껍데기 집은 누군가의 분노가 휩쓸고 간 후이다. 할아버지의 마지막 흔적이 불에 타올라 검은 재가 되어가고 있다. 기억의 세 위인의 실루엣을 본떠 만들어진 동상은 통째로 뽑혀 나뒹굴고 있다. 나는 덤덤하게 거리를 지나, 어느덧 도현 아저씨의 집무실 앞에 도착한다.

차에서 내리는 내게 이안이 잘 다녀오라는 듯 고갯짓을 하고, 문의 중심에 선 나는 양쪽 문고리를 내 쪽으로 끌어당겨 문을 연다.

유일무이한 기억

"아버지, 정신 좀 차려봐요! 누가 찾아왔나 봐야죠. 예?"

문을 열기가 무섭게 도현 아저씨가 평소 같은 쾌활한 목소리로 나를 반긴다. 거대한 침대 위에 산소호흡기를 낀 노인이 보인다. 건장했던 체격은 온데간데없이 도형 할아버지가 며칠 사이에 비쩍 마른 모습으로 침대와 한 몸이 된 채로 누워 있다. 그 모습에 본능적으로 목이 멘다. 나는 할아버지 앞으로 바짝 다가간다.

"오는 데 힘들진 않았어?"

도현 아저씨가 나를 보며 친절하게 말을 건다. 이 와중에도 그는 사회적 미소를 잃지 않는다. 원치 않아도 자동으로 덧입혀지는 듯하다. 아니, 이제는 그가 드러내고 싶은 가면만 그의 인생과 한몸이 되는 지경에 이르렀는지도 모른다.

"오느라 고생 많았지? 네가 그렇게 갑자기 사라지는 바람에 아버지가 충격받아서 이 지경이 된 건데 어떻게 생각하는지 어디 한마디해보지 그래?"

아저씨의 비아냥거림에 정신이 번쩍 차려진다. 나는 도형 할아버지를 등지고서 덤덤하게 해야 할 말을 시작한다.

"걱정 마요. 난 삼촌이 원하는 걸 돌려주려고 왔으니까. 아까 트리거 애들한테 들었죠? 내가 초기화 비밀번호를 알아요."

내 목소리에 도형 할아버지가 반응하는 게 느껴지지만, 나는 돌아보지 않는다. 의식을 차리고 산소 호흡기를 벗겨내고 목소리를 내기 위해 안간힘을 쓰는 할아버지의 처절한 신음에도 눈 하나 까딱하지 않는다. 대신 도현 아저씨의 눈동자를 똑바로 마주할 뿐이다.

"봄아, 나를 그렇게 보지 마라. 아버지의 유산을 조금 더 일찍 물려받는 것뿐이니까. 경식 아저씨한테도 악감정은 조금도 없어. 다만,"
아저씨가 차분한 목소리로 내게 말한다.

"나는 메모리케어를 혁신하고 싶단다. 솔직히 아버지가 만들어낸 이 질서는 정상이 아니야. 도시의 모든 기억을 볼모로 잡아놓고, 본인만 정의로운 척. 기억의 기준점으로 경식 아저씨를 세우고 절절하게 그리워하는 꼴을 더 이상 두고 볼 수 있을 것 같니? 이 세계관은 이제 지긋지긋해. 아버지

때문에 난 평생 이 말도 안 되는 세계 안에 갇혀버린 거야. 인생에 아버지라는 꼬리표가 달려버린 거지. 이제 옛날 영웅들은 사라질 때가 됐어. 이 모든 질서를 만들어낸 아버지조차도 결국은 그 기준점인 경식 아저씨한테 종속되어버렸으니까. 지금이 아니면 이 도시는, 그리고 나는 영원히 위인들의 손에 놀아나게 될 거다. 메모리케어가 초기화되면, 나는 아버지 대신 나의 세계관을 메모리케어로 시민들에게 공유할 거다. 구질구질한 기준점은 필요 없어. 그저 시민들에게 도시의 유일한 지도자, 강도현의 위엄을 드러낼 뿐인 거지. 그림자의 삶은 이제 지긋지긋하니까."

도형 할아버지가 안 돼, 하고 겨우 목소리를 내지만, 아저씨는 아무것도 못 들은 체한다. 아저씨의 목소리가 두려움과 전율로 파르르 떨린다.

"그래, 이렇게 말하고 나니까 어른들 몰래 아주 못된 짓을 벌이고 있는 어린애가 된 기분도 들어. 사실 난 아주 오래전부터 이 순간이 오기만을 기다렸거든. 너는 아직 어리니까 이러는 내가 한심해 보일 수도 있겠다만."

"질문이 있는데요."

가만히 듣고만 있던 내가 갑자기 입을 열자 도현 아저씨는 눈썹을 추켜올리며 뭐든 물어보라는 얼굴이 된다.

"그렇게 하면, 뭔가 새롭게 변하는 게 있어요? 뭐가 되었든 어차피 다 가짜잖아요. 삼촌 말은 그냥 또다른 환상을 진짜인 것처럼 전시하고 싶단 말이잖아요."

"아, 현실감각 상실한 어리석은 인간이라고 생각한다, 뭐 그런 거니? 하지만 애초에 현실도 다 내가 만들어내는 환상에 불과해. 그러니 난 그걸 스스로 정하겠다는 거다. 자, 이만하면 됐고 이제 슬슬 시작해봐야지. 아버지, 정말로 이 애의 기억이 메모리케어의 초기화 비밀번호가 맞아요?"

도현 아저씨가 예고도 없이 내 얼굴을 우악스럽게 붙잡고 도형 할아버지 쪽으로 들이대는 바람에, 나는 목이 졸려 몸을 버둥거린다. 그 와중에도 아저씨의 목소리는 전에 없이 차분하고 다정해서 소름이 돋는다. 나와 정면으로 마주한 할아버지의 두 눈이 튀어나올 것처럼 커진다. 조금 전까지만 해도 힘없이 침대에 놓여 있던 할아버지의 손이 불현듯 나를 붙잡는다.

제발 그러지 말아다오. 그는 온몸으로 말하고 있다.

"아, 그거 맞다는 거죠? 그렇다는 거죠, 아버지."

온 힘을 다해 고개를 가로젓는 할아버지를 보며 아저씨는 싱긋 웃는다. 그는 친절한 얼굴로 내 멱살을 잡고 집무실을 가로질러, 벽 한편에 놓여 있는 낡은 의자에 나를 강제로 끌어 앉힌다. 집무실 책상 아래에 손을 넣어 숨겨져 있던 버튼을 누른다. 거대한 헬멧이 든 상자가 모습을 드러낸다. 고요한 집무실에 할아버지의 악쓰는 소리가 울려퍼진다. 나는 긴장하지 않으려 주먹에 힘을 준다.

"봄아, 삼촌은 말이다. 아버지에 대해 알고 있다고 생각했던 모든 걸 다 집어넣어봤거든. 아버지한테 전해들은 경식이 아저씨의 기억, 메모리케어의 초기 기억 등등. 결국엔 깨달았지. 이 모든 걸 직접 보고 들었을 게 분명한 네가 없으면 안 된다는 사실을. 너도 알다시피 온전한 기억은 조작할 수 없으니까."

아저씨는 여유 있는 발걸음으로 헬멧을 가져온다. 그러곤 그것을 조심스럽게 내 머리 위에 씌운다. 도도제약의 패키지를 뜯어 손수 내 손바닥 위에 올려준다. 물러설 수 없는 시점이 왔다. 나는 침을 한번 삼킨 다음, 유리컵 안에 들어 있는 생수를 약과 함께 한번에 쭉 들이킨다.

"그럼, 우리 봄이. 좋은 꿈 꾸고, 부탁한다."

도현이 불을 끈다. 조명이 밤이 된 것처럼 어두워진다. 시야를 완전히 가리는 어두컴컴한 헬멧 안에서 한 번도 본 적 없는 낯선 메시지가 뜬다.

시스템 초기화 비밀번호를 입력하십시오.

도현 아저씨가 수십 번 수백 번을 헤맸을 비밀. 나는, 그게 무엇인지 정확하게 알고 있다. 그가 얻고자 했지만 결코 얻을 수 없었던 유일무이한 비밀을.

그건 메모리케어가 지배하게 되기 전, 도시에 남은 최후의 기억이다.

할아버지가 이 날을 위해 남겨둔, 산복도로에 모인 기억의 위인들의 초대 의회의 기억. 산복도로의 동덕시 도리마을에 있는 '마리사의 집'에서 기억의 위인 세 사람이 한자리에 모였던 그 순간의 기억.

마리사 할머니가 내 귓가에 대고 속삭였던 목소리가 여전히 생생하게 마음을 아프게 찌른다.

"봄아, 메모리케어는 고인의 기억을 선별해서 삭제한다는 걸 알고 있니? 초기 의회의 기억 자체는 문제가 안 되지만 넌 그 과정에서 네 할아버지를 떠올릴 수밖에 없을 거다. 할아버지의 장례식 장면도. 가짜 약이라면 문제가 안 되겠지만, 네가 돌아온 이후 약물은 전부 진품이니까. 넌…… 하도에서 잃은 네 친구 유나와 할아버지에 대한 기억을 전부 잃게 될 거야."

메모리케어의 작동 원리는 단순하다. 기억이 긍정적이든 부정적이든, 원하는 기억을 뇌리에서 깔끔하게 지워주는 것. 이 방식이 시스템을 초기화하는 동시에 파괴할 수도 있다는 걸, 할아버지는 알았다. 당신을 잊지 말고 반드시 기억해달라고 부탁했던 이유는, 메모리케어의 초기화, 바로 이 순간을 위해서였겠지.

눈시울이 뜨거워지지만 나는 무시한다.

마지막으로 할아버지가 알려준 대로 기억의 갱지를 붙잡고 휘리릭 넘긴다. 옷장 뒤에서 보았던 할아버지의 일대기를, 할아버지와의 모든 추억을 차례차례 떠올린다. 이 짧고도 긴 장면들이 끝나고 잠에서 깨어나면 시스템이 열리는 동시에 내가 떠올렸던 기억이 삭제될 것이다. 이제 돌이킬 수 없다는 사실도, 잘 알고 있다. 그럼에도 기억 속 나를 바라보는 할아버지의 얼굴과 그의 카랑카랑한 목소리가 어느 때보다 생생하게 들려서, 기뻤다.

이제는 정말 마지막을 고해야 한다. 내게 기억의 선별권이 있음을 받아들여야 한다. 혹여 다시는 되찾지 못할지라도.

엔딩

끝과 경계가 보이지 않는 무의식의 세계를 헤매던 나를 현실로 불러온 건 불편한 소음이다. 웅성거리는 소리가 내가 누워 있는 방까지 낮게 파고든다. 온갖 내용이 맥락 없이 뒤섞인 긴 꿈을 꾼 것 같은 기분에다 여전히 현실감각이 없다.

도형 할아버지의 집무실에서 깊은 잠에 빠져들기 직전까지 무언가를 간절히 생각하고 필사적으로 떠올렸던 것 같은데, 그게 뭐였는지 전혀 기억나지 않는다. 간밤에 메모리케어를 두고 도현 아저씨와 심하게 다퉜었던 것 같은데. 게다가 난 하도를 떠나 산복도로로 돌아간 지도 꽤 되었는데, 왜 하도로 돌아왔더라? 간밤의 기억에서 중요한 무언가 빠져버린 느낌에 찝찝한 기분이 든다. 어찌 됐든 그런 식으로 하도를 떠났었는데도 여기서 머물 수 있도록 배려해준 도현 아저씨의 마음씨에 감탄하면서 몸을 일으킨다.

그때 멀리서 다가오던 웅성거림이 온 마을을 울릴 정도로 커다래진다. 나는 얼른 내 방의 창문을 연다. 그리고 할 말을 잃고 만다.

태어나서 한 번도 본적 없는 풍경이 눈앞에 펼쳐지고 있다. 나는 밖으로 뛰쳐나와 인파에 뒤섞인다. 바리케이드를 넘어 하도 안으로 한꺼번에 쏟아져들어온 시민들은 금단의 구역이자 도시의 성지였던 기억하는 자들의 마을을 점령한다. 그들은 곳곳에 숨어 있던 도현 일가를 찾아내 광장으로 끌어낸다. 벽처럼 견고하게 자신을 빙 둘러싼 사람들을 보면서 도현 아저씨는 겁에 질린 얼굴이다. 이게 감히 무슨 상황인지 되묻거나 비명을 지르지도 못하고, 앞으로 벌어질 일을 기다린다.

그럼, 나는 어떻게 되는 거지?

"봄이 학생 맞지?"

안면이 없는 아저씨가 불쑥 내 앞에 나타나며 내 의문에 답한다. 자다가 뛰쳐나온 것처럼 산발이 된 머리카락은 아랑곳하지 않는다는 듯, 그의 얼굴은 한껏 상기되어 있다.

"간밤에 여기 있는 사람들 모두가 네 기억을 봤어. 하도의 강도현이 벌이려던 계획도 다 알게 됐고. 그래서⋯⋯."

아저씨가 코를 훌쩍이다 말고, 고개를 돌린다. 내 이름을 들은 몇몇 사람들이 나를 향해 성큼성큼 다가온다. 그러곤 나를 중심에 두고 빙 둘러선다. 핑크색 실크 잠옷 위에 숄을 걸치고 나온 아주머니가 말없이 나를 껴안는다. 영문을 도통 모르겠다고 생각하면서도 나는 그 품에 순순히 안긴 채, 나를 바라보는 이들과 하나하나 눈을 맞춘다. 뭐라고 이름을 붙일 수 없는 묘한 감정과 함께 마음이 뭉클해진다.

폭력 사태가 벌어질 거라 생각했던 내 예상과 달리 사람들은 도현은 그대로 두고 바닥에 무언가를 내던지기 시작한다. 광장은 곧 사람들이 찢어버리고 내던진 새하얀 꼬리표 뭉치들로 수북해진다. 한때 천문학적 가치를 호가했던 기억의 기록들이 한순간에 휴지조각이 되어 바람을 타고 공중을 부유한다.

누군가의 손에, 낡은 카메라가 들려 있다. 그는 용감하게 자신이 해야 할 일을 실행에 옮긴다. 휠체어에 앉아 있는 도형 할아버지와 그의 과거를 완벽하게 빼닮은 도현의 모습이 남자가 든 카메라의 렌즈에 찰칵, 하고 담긴다.

"안 돼!"

도현은 그제야 비명을 지른다. 휠체어에 실린 도형 할아버지는 홀로 덩그러니 남겨진다. 간밤에 무슨 일이 있었는지 조금도 기억나지 않는다는 듯, 할아버지는 자신을 향해 다가오는 나를 보며 의미심장하게 웃는다. 그 웃음에 전염된 것처럼 나도 할아버지를 보며 미소짓는다.

승리를 쟁취한 시민들이 다음 일을 도모하려 흩어지기 시작하자 일찍이 몸을 피해 있던 준찬이 어디선가 나타나 내 어깨를 두드리며 씩 웃는다.

"너…… 이렇게 될 거 알고 있었어?"

내 물음에 준찬이 고개를 젓는다.

"아니, 난 솔직히 네가 다시 여기로 돌아오기만 하면 뭐든 좋겠다는 생각뿐이었어. 나타샤가 이런 걸 숨겨둔 줄은 몰랐는데."

"그런가? 사실 내가 어떻게 메모리케어를 초기화시킨 건지 영문을 모르겠어. 분명 중요한 게 있었는데. 기억이 안 나. 그나저나 우리 부모님은 어디 있어?"

대수롭지 않은 질문이라고 생각했는데 어째서인지 준찬의 낯빛이 눈에 띄게 어두워진다. 내가 뭘 잘못 말했나?

"정말 어제 기억이…… 하나도 없어? 다른 기억은?"

준찬이 내 질문에 답하는 대신 되묻는다. 내가 뭔가 놓치고 있다는 어렴풋한 느낌이 사실이 되어 다가온다.

"그건 왜 묻는 거야?"

나는 인상을 쓴다. 도통 영문을 모르겠다.

"아니, 역시 알고 있었구나 싶어서. 우리 삼촌이 메시지를 가짜로 보냈다는 거 말야."

준찬이 쓸쓸하게 미소 지으며 내 손을 가볍게 잡았다가 놓는다.

"부모님이 돌아가신 게 진짜였다면, 그렇게 친절하게 메시지를 보내는 대신 '다른 방식으로' 처리했겠지. 도현 아저씨는 얼마든지 그럴 수 있잖아."

이벤트 트리거로 분류되어 꼼짝 없이 사건이 일어나기 전까지 무인도에 갇혀 있던 엄마 아빠는 무사히 풀려났다. 총을 든 가드들마저 꼬리표를 내버리고 사라지는 바람에 남은 이들은 모두 자유의 몸이 되었다.

이안은 내게 메모리케어의 초기화가 도시에 어떤 결과를 불러왔는지 알려준다. 메모리케어의 작동원리는 기억을 연동하여 이용자의 기억을 삭제하는 동시에 이용자의 꼬리표에 그 사실을 기록하는 것이다. 그러나 시스템 자체가 초기화되며 메모리케어가 파괴되는 순간만큼은 변형된 방식을 따른다.

초기화 비밀번호를 입력한 사람의 주요 기억은 그날 밤 메모리케어 헬멧을 쓴 모든 이용자들에게 생중계된다. 영화처럼 편집된 나의 일대기가 헬멧에 연동되어, 잠자리에 든 시민들이 각자의 공간에 누운 채 이를 감상했다는 뜻이다.

내가 무의식적으로 내보낸 과거의 이미지 속에서 이안이 해수욕장에서 익사하던 날의 장면을 유심히 지켜본 사람들이 있었다. 이안의 부모님은 내 기억 속의 오열하는 젊은 부모의 모습이 자신들임을 단번에 알아보았다. 분명 그들의 기억에선 사라진 순간일 텐데도. 이안의 부모님은 비슷한 시기에 미화팀의 카드를 받고 사라진 가족이 있음을 마음에 늘 담아두고 살아왔다. 기억은 사라졌어도 기억을 대체하는 어떠한 본능이 가슴 속에서 꿈틀거린 걸까. 그래서 그들의 마음을 계속해서 아프게 건드렸던 걸까.

준찬은 지금까지 무언가를 스스로 결정해본 적이 없다고 했다. 다들 자신의 말이라면 설설 기었으니까 그럴 필요도 없었다고. 어쩌면 나타샤와 거래를 한 어린 시절의 그 순간이 그가 유일하게 한 사람의 인간으로서 결정을 내렸던 때인지도 모르겠다고. 나는 그런 준찬이 평범한 삶을 살 수 있도록 곁에서 도와주겠다고 했다.

한편 여전히 기억의 질서가 이어지기를 바라는 사람들도 있다. 그들은 지금까지 그래왔던 것처럼 자신이 원하는 대로 꼬리표를 발급하며 질서를 유지하려 했지만, 메모리케어가 초기화되면서 더는 그럴 수 없었다. 더는 기억을 조작할 수 없다면 남은 방법은 과거를 참고하여 새로운 환상을 만들어내는 것이다.

화려한 스마트 시대가 돌아왔다.

에필로그

메모리케어가 지배했던 도시는 기억의 암흑기를 끝내고 기억의 자유를 되찾았다. 새로운 시대가 시작되었다. 끔찍할 정도로 생소하지만 곧 익숙해질 풍경이 도시 전역에서 펼쳐졌다. 지하철과 버스 안에서, 길을 걷던 중에, 신호를 기다리며 횡단보도 앞에 선 잠시 동안, 시민들은 다 함께 약속이라도 한 듯 똑같은 행동을 하기 시작했다. 그들은 한시도 시선을 떼지 않고 손안에 쥔 네모나고 작은 박스 안의 움직임을 관찰했다. 본능을 사로잡는 각양각색의 콘텐츠들이 박스 안에서 시민들이 원하는 간접 경험을 끊임없이 제공하기 때문일 것이다. 과거 이미지 렌탈숍이 그랬던 것처럼.

이미지 렌탈숍이 밀집되어 있던 터미널 앞 거리는 원하는 콘텐츠를 24시간 내내 초고화질로 관람할 수 있는 멀티 플

렉스 극장과 가상현실을 즐길 수 있는 놀이시설로 완전히 탈바꿈했다. 더 시간이 지나면 시민들은 거리에 렌탈숍이 존재했다는 사실조차 까맣게 잊게 될 것이다.

처음엔 기억을 지울 수 없다는 사실에 무력감을 느끼던 이들도 시간이 차츰 흘러가면서 마음에 걸리는 일이 있는 일상을 당연하게 받아들이기 시작했다.

아픈 기억도 있을 수 있다는 현실을 받아들이지 못하는 몇몇은 스스로 생을 마감했다. 보이지 않는 저 세상에선 편해질 것을 꿈꾸면서. 차라리 원하는 대로 기억을 취사선택할 수 있었던 이전의 세상이 더 좋았다는 유서가 발견됐다.

40년 만에 방송을 재개한 보도국의 아나운서는 이따금 불쑥불쑥 튀어나오려는 사회적 미소를 어색하게 감추면서 관련 내용들을 보도했다.

사람들은 인생에서 진짜 중요한 것이 무엇인지 또다시 너무도 쉽게 잊고 말았다. 서로 더 좋은 꼬리표를 자랑하기 위해 기억에 매달리며 가짜 기억을 꾸며대고 전시하던 그때와 다를 바 없이, 현재를 흘려 보내고 소중한 순간들을 소진하고 있다.

나는 힘겹게 돌이킨 이 시대를, 기억의 선별권을 잃어버리지 않기를 원한다.

이안과 함께 겨우내 헐벗은 나무들로 뒤덮인 작은 동산을 오른다. 곧 재개발에 들어갈, 삶의 흔적이라곤 조금도 찾아볼 수 없는 회색빛의 언 땅 아래에 내 할아버지였던 사람의 재가 묻혔다고 한다.

모든 걸 잃어버린 도형 할아버지는 자신에게 남은 기억이 완전히 자취를 감추기 전에 산복도로에 남아 있는 노인들을 만나러 가서 참회하겠다고 했다. 그는 그 전에 내 할아버지에 대해 알려주었다.

윤경식이라고 불렸었던, 이제 고인이 된 사람에 대해서. 나를 정말 사랑했다는, 그리고 과거의 내가 끔찍하게 사랑했던 할아버지에 대해서. 기억의 선별권을 지키기 위해 산복도로에 끝까지 남았던 기억의 위인에 대해서.

도형 할아버지는 내가 원하는 방식대로 고인을 기려도 된다고 했지만 나는 고개를 저었다. 비석은 필요 없었다. 고인의 흔적인 내가 흙처럼 바스러지는 대신 단단하고 꿋꿋하게 살아갈 테니.

오랜 시간 사람의 손길이 닿지 않아 정돈되지 않은 동산의 앙상한 나뭇가지들을 차례차례 헤치고 오르다 언덕 정상에 닿는다. 발 아래로 펼쳐지는 도시의 전경과 딱딱하게 언 땅 위로 볼록하게 솟은 지면이 시선 끝에 와닿는다. 할아버지는 지금 어디에 흩어져 있을까. 나는 아무런 기억도, 감정도 남아 있지 않은 사람에게 마지막 인사를 건넨다.

"할아버지, 안녕? 안녕."

작가의 말

　언제부턴가 무언가를 기억하거나 기억하지 않을 권리가 내게 있지 않음을 깨달았다. 삶의 순리에 따라 힘들고 괴로운 일들이 벌어질 때, 어떤 이들은 시간이 해결해줄 테니 괜찮아질 거라는 위로의 말 끝에 "그냥 다 잊어버리라"는 말을 덧붙였다. 나조차도 누군가에게 건넬 말이 그것뿐이었다. 언제까지나 나쁜 기억들을 안고 살아갈 순 없으니까.

　만약 누구나 원하는 대로 기억을 선별할 수 있다면 괴로운 기억을 머릿속에 남겨둘 이들이 있을까. 떠올릴 때마다 마음이 먹먹해지는 고인의 기억을 굳이 간직하려 발버둥 치는 이들이.

　이 이야기는 몇 년 전, 내가 갑작스럽게 할아버지의 죽음을 맞닥뜨리면서 시작되었다. 안방에 도톰한 이불을 깔고 그 위에 할아버지와 나란히 누워 흑백 서부영화를 보던, 평소와 다를 바 없는 날. 할아버지는 갑자기 눈을 감더니 내게 그 모습을 위에서 촬영해달라고 했다. 눈을 감은 당신의 얼굴을 지그시 바라보던 할아버지 입에서 흘러나온 말은 충격적이었다.

"할배가 죽으면 이 모습이 마지막 모습이겠네. 느그가 할배를 언제까지 기억하겠노. 세월이 흐르면 다 잊어버리겠지. 보라 니는 할배 죽으면 슬퍼해주나?"

할아버지가 갑자기 내 곁을 떠난다니. 다시는 얼굴을 마주할 수 없고 목소리조차 들을 수 없는, 그런 날이 온다니. 상상도 못했던 슬픈 미래가 어떠한 경고도 없이 바짝 다가온 기분이 들었다. 울컥하는 마음을 웃음으로 포장하며 당연히 엉엉 울 것이라고 답했더니, 할아버지는 아이러니하게도 듣고 싶은 대답을 들었다는 듯 흡족하게 웃었다. 할아버지는 이 세상에 남겨질 이들에게 잊히지 않고 끝까지 기억되기를 바라셨나보다. 많은 이들의 가슴 속에 할아버지를 기억되게 하겠다는 다짐을 했던 건, 그날부터였다. 약속을 지키는 데 너무 오랜 시간이 걸렸다.

개인의 기억은 제각기 다른 의미를 가지고 있다. 어떠한 기억에서 벗어나는 데 필요한 시간이 1년인 사람도, 또 영원히 잊지 못하는 사람도 있음을 우리는 간과하곤 한다. 내게는 별거 아닌 일이라며 누군가의 기억의 경중을 멋대로 판단하는 건, 그 기억의 주인을 존중하지 않는 처사일 것이다. 그건 그 말을 하는 자신에게도 언젠가 동일하게 가혹한 일로 돌아올지도 모른다.

이야기의 배경은 과거 당리 할배라 불렸던 할아버지의 옛집과 부산의 산복도로에서 큰 영감을 얻었다. 도시의 하중도는 사하구의 낙동강 하구둑과 을숙도에서, 강 너머의 신도시로 묘사된 썬시티는 명지 신도시와 해운대 센텀시티에서 모티프를 얻었다.

나에게, 그리고 독자들께 기억의 선별권을 돌려주고 싶은 마음으로 《메모리케어》의 이야기를 써내려갔다. 혹 완벽하게 표현되지 않은 부분이 있다 해도 글 속에 담으려 한 감정만은 온전할 것이다.

빛나는 호기심과 탐구심을 물려주신 부모님과 부족한 원고를 기꺼이 즐겁게 읽어주었던 한나뇨와 친구들, 그리고 장영직 님.

이야기 안에 담긴 작은 목소리가 모니터 밖으로 나갈 수 있도록 시작의 문을 열어주신 참에이전시의 Sue Park 님과 바바라 제이 지트워 에이전시의 Barbara Zitwer 대표님, 은행나무출판사 관계자분들께 깊은 감사를 드린다.

시간은 모든 걸 파괴하려 들지만, 기억에 어린 진실한 감정만은 오래도록 남을 것이다.

2023년 여름, 치료사의 집에서

진보라

메모리케어

1판 1쇄 발행 2023년 8월 28일

지은이 · 진보라
펴낸이 · 주연선

(주)은행나무
04035 서울특별시 마포구 양화로11길 54
전화 · 02)3143-0651~3 ｜ 팩스 · 02)3143-0654
신고번호 · 제 1997—000168호(1997. 12. 12)
www.ehbook.co.kr
ehbook@ehbook.co.kr

ISBN 979-11-6737-343-4 (03810)